中公文庫

屋　根　屋

村田喜代子

中央公論新社

目次

屋根屋

1

築十八年の木造二階建ての家が雨漏《あまも》りし始めて、私は夫に屋根を点検するように頼んだ。彼は家に居るときはゴルフに行くか、テレビを見るかだった。テレビは今度、新しく建てる東京タワーの名称を『東京スカイツリー』に決定したと報じていた。

「何でも高けりゃいいもんじゃないわ。修理となると大変だもの」

「大丈夫。二階くらいなら、おれでも登れる」

夫は近くのホームセンターに出かけ、防水性の塗布剤とやらを買ってきた。梅雨に入ったばかりの日曜の朝だった。

夫は二階の息子の部屋の窓から屋根に出ると、ヤモリみたいに這《は》って、雨の漏る一階のダイニングキッチンとおぼしき場所の瓦をかなり適当に点検する。それから適当に瓦と瓦の間に塗布剤をどろどろ塗り込んで窓から戻ってきた。この季節、黒い瓦屋根の上は薄曇りの天気でも、陽の照り返しで熱いフライパンの底みたいだと彼は言う。

　私は息子の部屋の窓の中から夫の仕事ぶりを眺めて、これでは雨漏りは直らないと予感した。案の定、数日後に雨が降るとダイニングキッチンは前にも増して雨垂れの音がバケツに打ち続けた。

　思案した夫は、会社に行って資材課のゴルフ仲間の係長に頼み込み、倉庫に埃《ほこり》をかぶっている古いブルーシートを十枚ほど借りてきた。それを雨漏りの疑いのある一帯にすっぽり被せることにした。彼の頭には夏のボーナスで買い換える予定の車が居座っている。青いビニールシートの絆創膏《ばんそうこう》を貼った屋根がどんなにぶざまでも、とりあえずは屋根には眼をつむっていたいのだ。彼は手伝いの息子と屋根瓦の上を再び這いずって、十枚のシートを不器用に張り巡らせた。

　私は今度も夫の仕事が何の役にも立たないことを直感した。昔、祖父が障子貼りをするとき、紙の継ぎ目に塵《ちり》が溜まるのを防ぐため、下から上へと逆に被せて障子紙を貼ったものだ。塵も雨水も上から降って来る。少し考えればわかることだ。ところが夫は足場の良い屋根の上から張り始め軒の方へ下りて行った。だが彼は口を挟むと怒り出す性癖があるため黙っていることにした。

「もしかすると雨は二階の屋根から入り込んで、ダイニングの屋根のほうに流れ込んでるんじゃない？」

息子の涼太が意見を出した。そういう可能性もあるかもしれない。雨漏りはダイニングキッチンの食器棚の上からで、そこは二階の建物が半分被さっているのだった。雨の浸入経路は意外に複雑というので、二階の屋根も調べてみなければわかりそうにない。

けれどそのためには二階の屋根の天辺《てっぺん》まで上がらねばならない。二階の屋根は一階の屋根の上にぽつんと小高く載っていた。そこへ行くには一階の屋根の上に梯子《はしご》を立てて、そこから上がるしかない。シロウトが挑戦するには足場が悪すぎる。

「そのうちよく晴れた日に上がってみる。梅雨が終ってからだ。瓦がすっかり乾かないと滑るからな」

「早く修理しないと、天井裏が腐ってしまうわ」

それにこの雨水をかぶった家具をどうするのだ。私は濡れた食器戸棚、濡れた壁、濡れた床を眺めた。家の中に雨が降るのは、降り方にもよるが、水道の断水やトイレの詰まりみたいに解決に一刻を争うものではないが、長びくと精神的に消耗する。家が少しずつ雨に食われていく。眼に見えない何百匹のネズミを飼っているようなものだ。カリカリカリカリ、雨のネズミはやむことなく家を噛み続ける。

夫はやっと雨漏りの専門業者に修理を依頼することにした。隣町に住む彼の兄の紹介で、懇意の屋根屋がさっそくきてくれることになった。

そうとなれば事が進むのは速い。

夫が修理依頼の電話をかけた翌日、今にも降り出しそうな空模様の朝、『永瀬工務店』という名刺を持った五十代半ばくらいのがっしりした男がやってきた。汗止めのタオルの鉢巻きを大きな禿頭に巻いて、背は一メートル八十センチの息子より拳一つも高そうだ。猪首《いくび》で肩の張り上がった、屋根ごと担ぎ上げそうな男だった。

私は名刺を受け取って眺め、

「あのう、屋根の修理もなさるんですよね」

と確かめた。工務店というと一般の建設業とまぎらわしい。

「いや、自分の所は屋根専門の工務店です」

大男はむっつりとそれだけ答えた。

屋根専門なら昔は簡単に、瓦屋、とか、屋根屋、と呼んでいたような気がする。今の屋根はスレート葺《ぶ》きなどもあって、瓦屋では合わないか。それなら屋根屋でもいい。『永瀬屋根屋』、または『永瀬屋根店』。これならわかりやすい。そんなことを考えていると、永瀬屋根屋はまた無愛想に口を開いた。

「雨漏りのする部屋、見せて貰えますかね」

彼は大きな汚れた船みたいな靴を脱いだ。

私は彼を奥の十畳のダイニングキッチンへ連れて行った。食器戸棚の上の天井板が、昨夜までの雨で生乾きのままぼったりと膨れている。昨日の今頃はこの撓《たわ》んだ板から、するするするすると真珠玉みたいな雨粒が横滑りに流れて落ちて行った。家が傷むことを抜きにすればなかなか綺麗な水玉の行進だった。しかし放置すれば雨水の浸入経路は拡大していく。一滴ずつは小さな雨粒だが侮《あなど》れない敵である。

次に二階の天井裏もついでに雨漏りがないか調べて貰う。高一男子のむさ苦しい巣穴に足を踏み入れると、ベッドに電子辞書と柔道着とスナック菓子の袋が散らばって、勉強机にはサッカーボールと枕と靴下とトランクスが放られている。押し入れの息子の布団類を出して、屋根屋に上へ上がって貰う。彼は天井板を外して懐中電灯をかざし、屋根裏の暗闇に首から上を入れた。

「ああ。ここも漏り始めとる。梁《はり》が濡れとります。上の屋根瓦を調べんといかん」

首のない屋根屋の声がした。

私たちは階下に降りた。彼はアルミの長い梯子を車から運んできて、一階の屋根の軒に掛けた。私は庭に出て屋根屋の仕事を眺める。ギシギシと梯子を撓ませながら彼は上がって行った。意外と軒も庇《ひさし》もびくともしない。頑丈なものだ。まずは一階の屋根を点検する。ダイニングキッチンの屋根の方へ行って瓦の具合を調べた。こないだ夫が蛇の腹下しみたいに防水塗布剤を撒き散らした箇所である。

やがて屋根屋は一人了解したようでその場を立ち上がると、立て掛けていたアルミの梯子を屋根に引き上げ、今度はそれを二階の屋根に掛け直した。瓦の上で足場が悪い。どうするかと見上げていると、梯子の下に板切れを敷いて固定した。それから彼はわが家の一番高い屋根に難なく登り切った。雲が切れて陽が照り始め、屋根瓦の照り返しが強くなった。私はフライパンの底の熱気を思い出して、麦茶を冷やしに家の中に入った。

ダイニングキッチンの流しで、沸かした麦茶のケトルを流水に浸けていると、頭の上の方で乾いた音がひっそりと聞こえ始めた。カタリ……、カタリ……、と響くのは瓦の音だ。屋根屋が瓦の一部を剥《は》がして裏を覗《のぞ》いているのだ。陶器の器を重ねているような音である。瓦も焼き物だから響きが似ている。大男が屋根の上で重たいお皿を一枚、二枚と積み上げる姿を想像する。何となく賽《さい》の河原を彷彿させた。

その晩はまた雨になったが、屋根屋がシートを掛けて帰ったので雨のネズミは消えていった。久しぶりの静かな雨の夜だった。夫が帰宅する頃合いを見はからったように彼から電話がかかり、工事費の見積もり書が出来たと知らせてきた。一階と二階の棟瓦《むねがわら》に破損や塵の堆積、ズレがある。そこから雨漏りが生じていたようだ。瓦の下で屋根全体を覆っている防水シートも劣化して破れている。これの張り替えは平瓦を全部剥いでおこなう。ざっと計算して四十万円也。日数は五日間を見ているが、これは天気次第なのでわからない。

工事開始の朝、午前九時になると屋根屋の車が塀の外にぴたりと停まった。皮肉なもので屋根修理が決まると、空が晴れた。そのぶん作業の足場が良くなるので仕事ははかどることになる。今日も彼は単身でやってきた。従業員がいるのかいないのかわからない。雇い人がいるのだったら二手か、もっとあちこち手分けしてやっているのだろう。

玄関に彼が入ってくると、周囲の壁がぐうーんと圧迫される。家の中のどこに置いても不穏な気配を生じさせる男だ。彼に較べると夫の玲二《れいじ》などは軽量級で、クロームとかニッケルとか非鉄金属などを連想する。

二階のベランダは部屋より床が高くなっているので、洗濯物を干しついでに屋根屋の仕事を見上げる。彼は棟瓦の葺き替えを始めていた。棟瓦というのは屋根の二つの傾斜面が天辺で重なる部分をいうらしい。その細長い瓦の連なりをカタリ、カタリ、と剥ぎ取っている。

濡れた夫の綿シャツや息子のトレパンの間から、久しぶりに白く陽に照った住宅団地の屋根屋根が遠くまで広がっている。家は手っ取り早くいえば箱なのだ。そして屋根は蓋である。黒や赤や青や屋根の色もばらばらの小箱がひしめいている。それらの家は建坪は十五坪か、二十坪。もう少しあっても敷地の区画がもともと狭いのだから大差はない。永瀬屋根屋はそのどれも似たような箱の内の、わが家の蓋の修理に余念がない。

　彼はむっとした顔で足元の瓦をあごで示した。

「シロウトさんは、何でん、やたらに隙間を塞《ふさ》ぐとですよ」

　先日、夫が塗った防水塗布剤の跡である。

「隙間ば埋めてしまうと、雨水の逃げ場がのうなって、瓦の裏に入り込むようになるとです」

　シロウトが修理すればするほど雨漏りが増えることになる。私は自分の夫の愚行の跡を眺めてから下へ降りた。

　昼になると屋根屋は物干場で弁当を広げた。

　そこにはわずかな日陰が出来ていた。彼は瓦剝ぎの黄色い土埃を浴びた姿で腰を下ろしている。階下のダイニングは涼しくて、そこで食べるようすすめたが律儀に断った。屋根が直るまでこれから数日はこの男と付き合うことになる。何か話でもしようと思ったが、話題が思いつかない。仕方なく、瓦の土埃に塗《まみ》れた大王の前におしぼりと麦茶を供えるように置いて、ひとまず引き下がった。

午後一時きっかり屋根屋はまた仕事を始める。

屋根はそろそろ炎熱のフライパンになる。六月でこうなのだから、盛夏にはどうするのかと屋根屋の職業に不安を抱きながら流しで洗い物をしていると、頭の上でまたカタリ、カタリとお皿積みが始まった。無愛想な気難しい感じの男だが、それでも彼の立てる乾いた瓦の音は脳天に心地良く染み込んでくる。

もしかすると瓦の音は「癒し」になるのかもしれないと私は思った。土を固めて古代の人間は土器を作った。そのうち焼いて固めることを覚えた。そんな昔から人間の脳が聴き覚えている懐かしい音だ。私は洗い物をしながら瓦の音について考える。

午後三時になると音がやんだ。頭の上が静かになる。

二階に上がると、屋根屋はベランダの物干場に腰を下ろして水筒のお茶を飲んでいた。彼を見ると、昔の三時のおやつは子供のためでなく、おとなの肉体労働の栄養補給だったと知れる。夫は会社で三時のおやつも休憩もない。なくてもいい仕事である。男にカステラはどうかと思ったがベランダに持って行くと、屋根屋は気が向いたようで手を伸ばした。

「永瀬さんは仕事中、ラジオなんか聴かないんですか」

ひょいとその気になって声をかけた。いつだったか家の外壁の塗装に来た男は、足場の上でずっと日がな一日、携帯ラジオの演歌を流し続けたものだった。永瀬の周囲は静かそのものだ。ただ賽の河原のカタリ、カタリが流れるだけ。

「仕事するときにＢＧＭは好かんです」

屋根屋の返事は一言だった。そして、そう言ってから、初めて私をゆっくりと見た。今まで私のことをろくに気づいてなかった顔だ。

「そういえば奥さんも」

と彼は言った。

「テレビとか見んのですか」

「え」

私は屋根屋に聞き返した。

「いや、テレビの音が聞こえんですから。この家は」

「私もそういうのは、あまり好きじゃないんです」

屋根屋はカステラをつまんで少し笑った。この男の頬がほころぶのを初めて見た。静かなのが好き。屋根屋と私は少しだけ互いの共通点を見いだした。それならこの女に口でも利《き》いてみようという気になったのか、彼が私に聞いてきた。

「テレビを見んのなら、昼は何をしてなさるとですか」

私はちょっと黙った。知らない人間に懐の中へ手を入れられたみたいだった。中年専業主婦の昼の日常生活を、屋根屋の彼にどう話せばいいだろう。しかしこの無愛想な男が私にわざわざ尋ねるのだから、何か答えてやらねばならない。

「そうねえ……。夕食の下準備をしたり、家の中を片付けたり、手芸もすることがありますし、本も読んだり」

家にいても楽しいことは結構あるのである。

「専業主婦って、昼寝ばっかりしてるって思ってました？」

とさりげなく私が付け加えると、

「いや、そんなことは思うとりません」

彼はあわてて首を横に振った。ぶっきらぼうに見えるが、真面目で冗談の通らないだけの人物かもしれない。

屋根屋は次の住宅の話題を探した。

「このへんの住宅はいつ頃出来たとですか」

「三十年くらい前かしら。山を崩した造成地だったそうですよ。うちが越してきたのは十八年前だけど、空き地はもうあんまり残ってなかったんですよ」

私はそのとき三十代の主婦で、建て売りに毛が生えた程度の注文建築のこの家が結構贅沢に見えたものだ。

「家なんて箱ですね、こうして見ると。みんな小さくて」

何の本だったか、昔、ペルシャでは絨毯を土漠、沙漠ではなくて土の、土漠の上に敷いて寝転がると、そこはもう家と同じになった。ペルシャ絨毯が超高級品なのは、一枚の絨毯が家と等しい価値だったからだろうか。地面にゴザを放っただけならただの乞食だ。土漠の民はその一枚の敷物を芯糸まで絹で縒《よ》り、まだ見ぬ楽園の草花を織り込んだ。

日本のように梅雨や台風の来る国は、家にはかならず屋根と柱がいる。暑さ寒さの対策より、雨と風の備えをするように出来ている。木と紙で作ったすきま風の入る家なのに、風雨に耐えるべく屋根だけは大きくて軒が深い。屋根が大きいと支える柱も太くなる。

十八年前、この家を建てるときは屋根のことなど頭になかった。夫は和室の欄間《らんま》の透かし彫り模様や、床の間の柱の材質を、私は洋間の壁のクロスや外壁や塀の格好ばかり話題にした。

「雨漏りのしにくい家って、あるんですか」

私はベランダに立って、カステラをつまんでいる屋根屋を振り返った。プロには何でも訊いてみるべきである。

「それは寄せ棟の、平屋の家でっしょうな」

「あの四阿《あずまや》みたいな屋根ですね。屋根の四面の流れを、組み合わせただけの」

変哲がなくて、上から見るとただの正方形の平凡な箱型だ。

「だけん漏りにくいとです。構造が簡単なのは、屋根の継ぎ目が少ないわけで、雨がスムーズに流れ下る。それに較べると入母屋の二階建てなんかは格好は良かけど、雨仕舞いが大変《おおごと》です」

「雨仕舞い」

「雨が入り込まんように、継ぎ目をしっかり塞いだりするとです。防水の手当です」

屋根の話になると、彼はだんだん口の重さが消えていく。

「だったらお城の天守閣や、お寺の五重塔なんかは、幾層も屋根が重なって入り組んでいますよね。まるで雨漏り屋根の見本みたいなものじゃないかしら」

しかし屋根屋は笑わない。

「そんな文化財級の建物の屋根は、昔は瓦師という職人の超腕利きが造ったとです。そして雨漏りのメンテナンスも、何百年ずっと続いとるとですよ。職人のすごか腕と、建物を維持するカネさえあれば、世の中、どんな格好の良い屋根でん、造れぬものはなかとです」

「それじゃ反対に、庶民の家の屋根は簡単な構造に越したことはないんですね」

屋根屋はカステラの粉がついた指をズボンで拭いて立ち上がり、私のそばにやって来た。

「あの家なんか、漏りにくかですよ」

通りの向こうの家を指し示した。寄せ棟の屋根で広い四面の斜面がストンと軒へ続いている。布団なら相当干せそうだ。

「あれなら雨水がどんどん屋根を流れ落ちる。何の飾りもない屋根が本当は一番良かとです」

空は広く大きな高い雲がゆっくり流れていたが、地上はせせこましい人間の住居の箱で混み合っている。屋根屋が何か見つけたように眼を凝《こ》らした。

「あの柿の木のある家」

三軒先の隣組の阪井家である。

「あの屋根は漏っとります……」

眩《まぶ》しいので手をかざして眺める。

屋根屋が占い師のように見えてきた。

「あの屋根の下は玄関になるとですかね。一階の屋根と二階の壁の接合部だろか。そこから雨水が入ってきとる」

と言われても私にはどこがどのように漏っているのかわからない。阪井家では定年退職した主人が脳梗塞で倒れて入院中だった。奥さんも昼間は付き添いに行っているようで、日中は無人である。不運の起きている家を雨のネズミが跳梁《ちょうりょう》している。気の毒というしかない。

「ああいう切り妻の屋根は、手入れをようせんと雨が入り込みやすいとです。格好の良い屋根の宿命て言いますかね」

私は阪井家の隣の家を指さした。

「あの風見鶏のある赤い屋根の家はどうです」

そこには若い共稼ぎの夫婦が住んでいた。空が少し暗くなって風が出てきて、開け放しの二階屋の窓からカーテンがふわっと煽《あお》られた。窓を閉め忘れて出勤したようだ。

「あの屋根瓦は焼き物じゃなかですよ。夏は暑うて冬は寒かでっしょう」

だが私には普通の赤瓦にしか見えない。

「何で出来てるんです」

「プラスチック」

そういえば焼き物の瓦の艶がないようにも見えてくる。

「軽量だと地震にはいいかもしれんが、住み心地ば良うないです。それにあの屋根は傾斜不足や。斜角が浅いんで、雨水が流れにくい。やっぱり漏りやすかです」

屋根屋はふと空を振り仰いだ。

「今、ポツリときたじゃなかとですか」

「私は何ともないけど」

言いながら私は手を出してみた。

「いや、雨は屋根屋の額に真っ先に落ちてくるとです」

彼はそんなことを真顔で言うと、道具類をまとめにかかった。

空が翳《かげ》ってきた。

薄黒い雲が風に乗って流れてくる。ひと雨来る前に剝がした棟瓦の上にシートを被せておかねばならない。彼は下へ降りて車から分厚いシートを運んできて二階の屋根に担ぎ上げた。私は二階の部屋の窓を閉めてから階下へ降りた。

向かいの軒と庇のない箱形の家は窓が開いたままだ。共稼ぎで昼間は無人だから、こうなると雨が吹き込むにまかせるしかない。

雨脚が弱くなると空は少し明るくなり始めた。

そのうち雨がやみそうなので屋根屋はしばらく待つことにした。台所で二人で向かい合っていても所在ないので、私は何か作ることにした。カステラの口直しに、ニラのチヂミを屋根屋に食べさせようと思った。下関の韓国市場でチヂミの粉を買ったばかりだ。

ニラを刻んで、赤唐辛子の利いたキムチをぶつ切りにして、あと冷凍イカを解かし、卵を割り入れた小麦粉に混ぜる。どろりとしたチヂミのたねがキムチの赤い色に染まる。三時の休憩が大したおやつ付きの延長になった。厚手のフライパンにたねを流して焼くと、ゴマ油のいい匂いが立ち始める。

「今の工務店は始めてから長いんですか」

チヂミを焼きながら屋根屋に聞いてみる。

彼は食卓テーブルに腰掛けてお茶をすすりながらしゃべり出した。十年前に一人で始めたという。大手の建設会社は広い土地を買い占めて区画割りをし、ローン契約で土地と建て売りの家をセットにして販売する。個人営業の小さい建設業者はそれに太刀打ちできず、改造、改築が主になってしまう。屋根屋も雨漏り修理ばかりになる。

「私はその前までは、寺の屋根に上がっとりました」

「お寺？」

チヂミを裏返して、彼を振り返った。意外な話だ。

「寺社建築の専門工務店があってですな。そこに入っとったんです。宮大工から瓦師まで名人級が揃っとりました。私は下の方でしたが」

古い寺などの大々的な修復は何百年に一度あるかないかだが、屋根の葺き替えは三、四十年に一回くらいおこなわれるという。上棟式《じょうとうしき》から完成後の落慶式《らっけいしき》まで短かくて半年、長い場合は何年もかかって仕上げる。

「仕事のやり甲斐はあるし、食いっぱぐれものうて、職人冥利《みょうり》に尽きる職場だったですが、ただ長丁場の工事だもんで、途中で何かあっても自分一人だけ抜けるとは難しかとです」

「何かあったんですか」

一枚目が焼けて皿に載せて出した。

「家内が病気になりました」

湯気の立つチヂミを眺めて彼は答えた。

四国は土佐の古い寺院の本堂、山門、鐘楼《しょうろう》の大修復工事の最中に屋根屋の妻は肺の末期ガンが見つかったというのである。妻は地元熊本の病院に入り、彼は休日に四国と九州を綱渡りで通った。

「現場はその頃、本堂の基礎工事に入っとりまして、息つく間もなく後堂《こうどう》の基礎工事やら、素屋根《すやね》工事が追いかけてくるという状況で」

そこまで言って一口食べ、これは美味いですなと次を頬張った。それから話の続きである。仕事を休みたくても抗ガン剤治療中の妻の病状が定まらず、休職期間のメドが立たなかった。そうこうする内に三ヵ月後、妻は抗ガン剤に苦しみながら息を引き取った。

死に目には会えなかった。

「家内が亡くなった後のことです……。一人で仕事をしとりましたが、ある日、寺の山門の高い屋根の上からずうーっと下を見下ろして、無性に人恋しくなったとですよ。

寺の屋根というのはそりゃあしーんとして広かもんです。そんな所に何十年も上がっとると、たまに妙な気分になるときがあるとです。しかし、あのときは堪《たま》らんかった」

私は二枚目を焼きながら湯気の中に、大きく反り返ったお寺の屋根を思い浮かべた。そうかもしれないという気がする。人間の世界から遠いのだ。

「もう無性に屋根から降りとうなって」

そういえば一生の大半を波間に暮らす船乗りが、何かの拍子に、船を辞めて陸に上がりたくなるという話を思い出した。船と屋根はどこか似ている。船は海の上で、屋根は地上に高く、どちらも人間のいる世界から隔たっている。

彼はとうとうその職場を辞めて、生前、妻と暮らしていた熊本へ舞い戻ったのだという。屋根屋は窓の外に眼をやった。空はまだ薄暗く小さな雨粒がガラスに当っている。

「もしそのままそこにとどまっておったら、私は間違いのう、あの山門から飛び降りとったです」

彼の雨に濡れてなま乾きのシャツが白く浮いて見える。

「弁当のとき奥さんに、昼間はどんなことをしてなさるか聞いたとは、死んだ家内も生きていたときは、私が仕事に出た後どんなことをして過ごしとったのか、ふっと知りとうなったからです。おなごという者の生活ば知らんかったですから」

私の夫も雨の昼に、自分の妻が屋根屋にチヂミを焼いて食べさせているとは、思いも寄らないだろう。

二枚目が焼けたので彼の空いた皿に載せる。小さいから三、四枚は食べるだろう。私は屋根屋が二枚目を頬張るのを眺める。みんな連れ合いのことはよく知らないものなのだ。そうして、知らないということも知らない。気がつかない。

結局、彼は一年ほど失業保険でぼんやりと体の骨が抜けたように無為に暮らし、それから亡くなった妻の次兄が住んでいるこの北九州に出てきて、細々と町屋の屋根修理の仕事を始めた。しかし個人営業には別の苦労がつきまとうことになる。

それは工事代金の未払いだった。不景気で企業倒産も続く世の中である。屋根修理を頼んだ客が、工事完了後に集金に行くと家はモヌケのカラで夜逃げしていたりする。そんなことが続けて起きると、新たな仕事の注文が入っても、材料の仕入れが出来ない。

「肝腎の瓦を買うカネも心細うなりまして」

日暮れの淋しい坂道を、夕日がころころとどこまでも落ちて行くような話である。

「それでどうしたんです」

「ある日、屋根の修理に上がった家の屋根から、ひょいと下を見下ろした途端、クラクラッと吸い寄せられて」

「まあ。落ちたんですか」

「急いで眼を逸らしたとです。危なかった。脂汗が流れました。下ば見ると地面が迫ってくるとです。発作的に屋根から飛び降りそうになった。家内が死んだときの症状が、またぶり返してきたとです」

様子を見に来た妻の次兄が彼の憔悴《しょうすい》ぶりに驚いて、心療内科のクリニックに連れて行った。診断は強迫神経症だった。しかし私の見るかぎり、彼の心の病気と頑丈そうな体がどうしてもそぐわない。私が信じられないような顔をすると、

「自分たちみたいな個人営業の業界では、神経症になって病院に通っとる人間は多かとです」

と意外なことを言った。職人は意外に神経質でデリケートな男が多いということだろうか。

「というより、客にカネば踏み倒されやすかとです。自分らの仕事は会社みたいに事務員も集金係もおりませんから。仕事の合間に夜なべして請求書を作るとがやっとです」

私は三枚目を彼の皿に載せて、四枚目に取りかかる。フライパンがジュッと音を立てた。

「腕に技術ばつけるため五年十年費やして、ようやっと一人前になれば大手企業に食われ、それでんコツコツ働くと、客に代金ば踏み倒される。ひどい客は屋根の完成後にバケツで天井に水ば掛けて、工事ミスや、カネは払わんと居直る者もおる。職人ば殺すっとも同然ですよ」

私はガスコンロの前から振り返って、屋根屋の顔を覗いた。

「あのう、うちはかならず代金はお払いしますよ。むろんちゃんと雨漏りが直ったらですけど」

「ああ、こちらさんはそんなことはなかです。お宅を拝見さして貰《もろ》うたらわかります。しかし、これは大丈夫かなと最初から心配な家でも、客を断るわけにはいかんですけん」

屋根屋は口ごもった。

「それで、ご病気のほうはもう良いんですか」

「はあ、おかげで。もう十年ば経ちましたけん」

彼の表情が変わって、にっこりした。

「名医だったですよ」

半乾きのシャツの袖に手を入れてカリカリと腕を掻《か》いた。黒くて硬そうな毛が、男の空豆みたいな太い指の先で掻きむしられる。

　そういえばいつか健康雑誌に、体毛が深いのは臓器を保護するためで、胸毛の濃い男性は肺や心臓が弱い傾向にあるなどと出ていた。そのとき私はずいぶん以前に見た『猿の惑星』のチャールトン・ヘストンの胸毛を思い出したのである。チャールトン・ヘストンも永瀬屋根屋も蒲柳《ほりゅう》の質なんだろうか。

「薬の治療の他に、毎日かならずやらねばならんことがあるんです。医者に言い渡されましてね」

「何をやるんですか」

「夢日記というもんば付けるとです」

「夢日記？」

　いきなりそう言われても、それがどんなものなのか想像できない。体を診る病院に行くと、コレステロール値を計る。心電図を取る。ＣＴ写真を撮る。普通そういうもので調べられる。こちらは心の病気なので、専門が異なるとずいぶん違うものだと思う。

「永瀬さんが、それを毎日付けたんですか」

　そもそも夢日記というものが私にはわからないのだが、しかしそれより屋根屋が毎日、机に向かって、何やら日記を記している姿が似合わない。

「はあ、文章なんち柄にもないことですが、健康には替えられません。毎日続けました」

「どんなことを書くんですか」

私もチヂミを食べながら聞いた。そもそも夢が厄介なのは、それを見ている本人が眠っていて自覚がないことなのだ。眼を覚ましてから思い出そうとすると、よほどの夢でないかぎりもう薄れかけている。起床と共に分単位、秒単位で消えていく。春の日向の淡雪のようだと私は儚《はかな》く思うのだ。

「だから毎朝起きるとすぐ、前の晩に見た夢ば思い出すとです。忘れんようにすぐノートに書き留めます」

でも夢を見ない日はどうするのだろうか。私はめったに夢を見ない人間なのである。たまに何だか夢を見てもぼんやりした記憶しかなくて、白い脳のスクリーンにときどき薄い雲みたいな影が動いたりするだけだ。そんなものをどう書けばいいのだろう。

「いや、朝起きて何も夢ば見なかったようでも、頭の中ば探ってみると出てくるとです。夢は一晩に四つ五つは必ず見ていると医者は言うとです。思い出す癖ばつけると、だんだん頭の中に沈んでいたのが、浮かび上がってくるとです」

だから思い出せなくても書くのである。書こうとする。

「どう書くんです」

「今朝はもやもやしているが出てこない、とか、何か見たような気がするが思い出せない、とかそんなことでもよかとです」

　要は毎朝、前夜の夢にこだわってみるのだと言う。

「だが思い出すのが上手くなってくると、毎朝するりと出てくるようになる」

「変なたとえだけど、食べてるときですけど……、何だか便通の話みたい」

　私がつぶやくと、

「そうかもしれんですな」

　と屋根屋は笑った。

「クリニックに行くと、カウンセリングのときその日記を医者に見せるとです。夢は脳の重要な排泄物で、毎朝、そうやって外の風に当て、陽の目ば見せてやると、頭の中が軽うなっていきました」

「それで治ったんですか？」

「おかげで。それ以来、私はずうっと夢日記ば付け続けとります。だからもう十年日記です」

　と彼は営業日誌でも付けるように言った。

　彼は三枚のチヂミを食べ終って箸を置いた。たぶん普段から彼は実直で仕事熱心な、一つのことをやり通す男なのだろう。だから神経症にもなったのである。そうでなくては病気も治ったのに日記を続けるなんて、屋根屋みたいな肉体労働の合間に出来ることではない。

「十年間ずっとですか」

その間には閏《うるう》年が何回かあるが、ざっと三千六百五十日である。その頁が全部、夢で埋め尽くされている。考えるとただ事ではない気がする。

「でもたまに夢を見ない日もむろんあるでしょう。毎日見続けるなんて、脳もくたびれてしまうでしょう」

「いや、脳はずっと夢を見続けとるとです」

屋根屋はやはり帳簿を付ける人の顔で言った。

「昼間、私だちが受ける肉体的、精神的なダメージなんちいうもんは、医者の話によると、眠ることで修復されるとだそうです。そしてその眠りが深かほど、昼間に収集した情報の処理や分類、保存がスムーズにおこなわれる。人間がはっきりした鮮やかな夢ば見るのは、その深い眠りの後のレム睡眠のときやと医者は言うとります」

「そうすると夢は見なくちゃならないのね」

最近、夢を見たのはいつだったかと、私は記憶を探りながら言った。

「いや、無理に見ようと思わんでも、人間は毎晩、知らずに夢ば見とるという。そのうちの一つ二つは、はっきりとした夢を見とるそうです」

「そうすると、思い出せば出てくる？」

私は穴を掘る手つきをした。

「そう。掘るうちにだんだん上手くなる」

彼の話によるならば人間が一日二時間、夢の中にいるとして一年で七百三十時間である。私は電卓を取ってきた。八十年生きたとして五万八千四百時間になる。それを換算すると実に六年間以上も夢を見続けていることになる。

私は寒けがした。夢は手を縛られているのと似ている。自由がきかない。恐ろしい夢でなくても、意味もない長話の友達に扉の開かない部屋に閉じ込められて、延々と付き合わされたらどうなる？　人生にそんな六年余もの服役期間が本当にあるのか。それなら夢というものは思い出さないほうがいい。毎晩の夢の服役は忘れているほうがらくである。

屋根屋は窓を見た。椅子の背に干していた自分のタオルを外して首に巻いた。いつの間にか窓の外には薄日が射していた。雨が上がったようだった。ダイニングキッチンはキムチのニンニクの臭いが立ちこめていた。

屋根屋はもう仕事につく顔に戻っていた。

屋根屋はチヂミの礼をのべて弁当箱を手に出て行こうとしていた。私は彼を呼び止めた。最後にもう一つ訊きたいことがあった。

「夢日記の最初の頁に書いたのは、どんな夢でしたか」

彼は立ち止まって考えた。

「そうですね。何も形のあるものは見なかったような……」

「ということは、形のないものは見たんですね」

「ええ、水の中にいたような感じばしたですね。なまぬるい水の中ば、両手をこうアメンボのように、のろのろと掻き分けて、泳いでいくような」

屋根屋は首を前に突き出して、両手でのろく弧を描く仕草をしてみせた。ギョロ目に迫力があるのでその姿はちょっと気味が悪い。

「ずっと上の水面があるような辺りも、下の方の水底があるような辺りも、靄《もや》がかかったようで何も見えません。ただぬるい水のような中を、自分はゆっくり進んで、体の両脇を水が分かれて流れ過ぎて行くみたいでした」

私は聞きながら息苦しくなってきた。

「だがどうもそれは水ではのうて、空中のぬるい風の中を飛んでいたのかもしれんですよ。何も見えないんで曖昧模糊《あいまいもこ》としとりますからね。医者はそれでいいんだと言いました。夢のほんの一部でも思い出したんだから、それでいいんです」

屋根屋の濡れた服も、アルミの梯子も乾いた。彼はまた梯子を撓《たわ》ませながら二階の屋根の天辺に上がった。雨をかぶったシートを一枚ずつ剥いでは、がばがばと打ち振って雨粒を払う。そんな彼の姿の背後にどんよりした光の弱い空があった。空は水のようだった。

屋根の上で彼は人形《ひとがた》の影絵になって動いている。私はその姿を見るうち、さっきの彼が見た夢はやはり水の中を泳いでいるのではなくて、空を飛んでいたのだろうと思った。空と水の中はこんなに似ているのだ。彼みたいに常に空の近くで仕事をしている者は、夜の夢の中でも空に浮かんでいるのが自然である。

今の雨で私は息子の部屋の押し入れが気になった。二階へ上がって雨漏りの天井を見ると濡れてはいなかった。屋根屋がしっかりシートを掛けていたからだろう。窓を開けて部屋の中に風を入れていると、上から聞こえていた瓦の音がやんで、

「あ」

と彼の声がした。窓の外を彼の帽子が風に飛ばされて斜めに落ちていく。窓のすぐ向こうの瓦に落ちるのを見た。手を伸ばしても届きそうにないが、屋根に出るとすぐに取れるだろう。私は首を伸ばして上の彼に声をかけた。

「大丈夫。私が拾います」

風はやんで帽子は動かない。追われた猫みたいにうずくまっていた。私はスカートの裾を上げて窓から片足を出した。瓦の上に足を置くとじんわりと温い。残る片足も屋根の上に移して、両足で瓦を踏んでみる。気持ちいい。足裏に瓦は意外に柔らかい

のだった。

二歩、三歩とカタリ、カタリと静かに歩いて、帽子の所へ行くと難なくつまみ上げた。こないだ夫と息子がシート張りをしたとき、何であんなにガタガタ耳触りの悪い音を立てたのかわからない。私は黒い瓦の連《つ》らなりを見た。屋根は静かな場所なのだった。ゴミ一つ落ちてなくてカランとしている。

せっかく屋根に出たので、ついでにもう少し歩いてみた。足元は結構傾いているので、私の体も傾いた。しかし気持ちいいのである。瓦を踏むと今にも足元ががらがら崩れそうで崩れない。傾きながらも何とか普通に歩けるのが不思議である。何だか屋根を歩くことにはまりそうな気がしてきた。

そのときだった。

「危なかじゃないですか」

頭の上から彼の声がした。

見上げると屋根屋が飛び出るような眼で私を睨《にら》みつけていた。大きな声を出さなかったのは私を驚かせないためだろう。一階の屋根の庇は幅が狭いので、びっくりして足を滑らせるとそのまま庭に落ちてしまう。

「窓に戻って」

と屋根屋が言った。

「大丈夫。私、高い所わりと強いんです。帽子、そっちへ放り上げてみましょうか」

屋根屋は呆れたような顔をした。

「帽子は後で貰います。早う中に入ってください。怪我でもされたら、私の責任になります」

急《せ》き立てられて私は仕方なく窓へ戻った。

明くる朝、眼が覚めると頭の中に何か残っているものがあった。気分は悪くない。何か思い出そうとするが窓のブラインドを下ろした電車が走り去って行くように、中がみえない。白いブラインドに何かの影がよぎる。

時間が経つと溶けてしまいそうで、夫が今日は接待で遅くなると言ったけれど、

「そう。それじゃ家の鍵、忘れず持って行ってね。先に寝るから」

とだけ返事した。それから息子に弁当を持たせて早々に家を追い出した。

九時きっかりに屋根屋の車の停まる音がした。屋根屋は車からアルミの梯子と、一階の屋根に入れ替える新しい瓦を運び出した。やがて頭の上のほうでいつものカタリ、カタリという音が響き始める。掃除機を止めてその音を耳に溜めるように聞いていると、屋根の霊験とでもいうのか、朝方に見た夢の断片らしきものがチラチラと浮かんでき始めたのである。

向こうに高い鐘楼が聳《そび》えていた。

どこかヨーロッパの町並みの風景を私は見下ろしているようだった。家々の屋根は赤い石瓦みたいなもので出来ている。鐘楼も町並みもその向こうに見える運河らしい白く光る帯も、眠ったようにゆったりと動かない。どこの町だろう。女友達と行ったイタリアか、フランスのパリあたりだろうか。

そう思っていると、広い所に出た。空がすぐ頭の上につかえそうな近さにある。私は広い所に友達と座っていた。床はいちめん赤かった。友達は八つ九つの女の子だった。向こうに行くと運河の船が見えると彼女が指さして、私たちは立ち上がると歩き出した。私もどうやら同じ齢くらいの女の子だった。足元は斜めに大きく傾いている。私は赤い屋根の上を歩いているのだった。屋根にはガラスの天窓がはまっていた。この町の子供たちはいつもそこを出入りして遊んでいるのだった……。

三年前の季節は秋のこと。

女友達何人かとフランスの旅をしたときに、みんなでパリのとある通りを歩いた。人が消えてしまったようにひっそりした町だった。通りの家々の天窓のある屋根を見て、誰かが指さして言ったのだった。

「ヨーロッパの子供たちはね、幼い頃から天窓と親しむことで、日本の子供が知らない、まだ見たこともない世界を、早くから感受してきたのよ。生意気にもね」

人間の姿のない町。夕日が倍ほども大きくなる場所。そして鳩と猫が人間の声でしゃべって、毎晩、星が幾つかカラカラと墜《お》ちてくる。
世界が滑り台のように大きく斜めに傾いた所。子供たちは天窓を抜けて内緒でこの世の裏側へ行き来する。道端に行き倒れた老婆が夜露に濡れて一人息を引き取るまで、神の眼だけが静かに眺めることのできるような特等席……。

私は夢の中でその町の、とある家の天窓を潜って赤いおとぎの国みたいな屋根の上にいたのだった。

その町の写真は、今も本棚の隅に差し込んだままである。そういえば屋根に特別な感情を持ったのはあれが最初だったような気がする。

昼に屋根屋が弁当を持って下りてくると、私はダイニングキッチンの昨日のテーブルで彼に打ち明けた。

「昨夜《ゆうべ》、屋根の夢を見たんです。なかなか思い出せなくてしばらくかかりましたけど」

「楽しい夢でしたか」

と屋根屋は弁当の包みを開きながら言った。

「いいえ。ただフランスのどこかの町の屋根に上がっていただけです。そこから町を眺めていました。ストーリィも何もなくて、とくに楽しいことはなかったけど、何か懐かしくて、気持ちのいい夢でした」

「フランスですか……」

　と屋根屋がほうっと息をついた。

「私はまだ行ったことのなか国ですが……」

　と彼は遠い所を見るような顔をした。

「いつか有名なパリのノートルダム寺院や、ランスの大聖堂や、アミアンの大聖堂、シャルトル大聖堂なんかのゴシック建築の屋根を、見に行きたいと思うとるんです」

　彼の口からすらすらと外国の寺院の名前が出るのは、もうかねてから旅の計画に入っているのかもしれない。

　そう聞くと、私の脳裡にもよみがえってくるものがある。

「ああ、何年前でしたか、私は友達とパリに行って、ノートルダム寺院に立ち寄りました。そして塔の天辺まで登りました。でも日本の寺院と違ってあまりメンテナンスされてなかったですよ。屋上の瓦などあちこちはげ落ちていたりして」

「向こうは雨を恐れないですもんね。雨が少ないんで、雨漏りなどは平気なんです」

「永瀬さんが行かれたら、いろいろ見るべきものがあるでしょうね。きっと面白いと思いますよ」

　私は本気で言った。

「そうですか。そんなら楽しみにしましょう。奥さんもまたいい夢を見てください。そう思うて寝るといい夢が見られるとですから」

今日の屋根屋の弁当は塩鮭とプチトマトと塩昆布だけである。おかずらしいおかずは一切れの塩鮭だけだ。白ご飯の上に梅干しが埋め込まれていて、梅干しの周囲のご飯粒が薄赤く汚れている。肌着のシミなどより妙に眼に残る。屋根屋も楽しい夢を見ているだろうかと思った。

「本当にいい夢を自在に見ることができるんですか？」

「だんだん出来るようになるとです。面白かですばい。奥さんもやってみなっせ。すると心身の状態も良うなります」

何しろ夢日記の記帳歴十年の人物が言うことであるから、信じたくなる。

「私、屋根の夢が見たいんです」

息子の弁当から分けた挽肉《ひきにく》入りオムレツと、きんぴらゴボウを皿に載せて彼に出した。

「屋根ですか」

と屋根屋は呆れたように言った。

「奥さんは変わっとる」

「見ることができないかしら？」

「寝る前に心に思うと、見れるようになります」

「本当？」

「本当です」

私はパンを焼いてガーリックバターを塗った。何だか屋根屋が請け合うと力が湧いてくるようだった。

「奥さんが上手に夢を見ることが出来るごとなったら、私がそのうち素晴らしか所へ案内ばしましょう」

「まあ。どこへ」

「奥さんがびっくりして溜息ばつくような、すごか屋根のある所です」

まんざら冗談でもない顔で言う。

「お寺かしら」

「…………」

彼が言うのだから大した屋根なのだろうと、私はトーストにガーリックバターを塗り足しながら想像した。

彼は黙って弁当箱に眼を落として食べている。

2

屋根の修理が終った。

梅雨は明けたがまだすっきりとは晴れない。屋根屋が去って半月ほど経った晩。夕方から妖しい風と雲が出始めて、食事の片付けをする頃から久しぶりに軒を打つ雨音が本格的に響き始めた。夫は全英オープンゴルフ中継を見終ると、テレビを消してソファに座り直した。

「涼太は自分の部屋に行って、天井の音を聞け」

息子は、ガッテン、と応えて二階へすっ飛んで行った。あの激しかった雨漏りが本当に止まったのか、私は少しどきどきした。食器戸棚のそばに食卓テーブルの椅子を持っていき、そこへ腰を下ろした。いちばん雨漏りが酷かった所である。夫婦でしんとなる。

雨漏りの音がしない。

「いや、いや」

と夫は言った。

「まだ降り始めたばかりだから、そのうち屋根瓦の下に雨水が廻ってきて、それから天井に落ちてくるのかもしれん」

二階へ上がった息子も辛抱強く雨漏りの音の張り番をしているようで、降りてくる気配はない。

庭の木の枝が大振りに揺れていた。風が強まっている。

雨垂れというのはおかしなもので、外でどんな激しい雨や風の音がしても、天井裏にポツリ……と響く一滴の雫《しずく》の音は家の中にいる限り、決してかき消されたりしないのだ。あのポツリ……という音は、地面に小さい木の葉がひらっと舞い落ちたり、昼の静かな部屋の畳に針がツンと落ちたりするのと同じような、音というより、振動というか気配というか手強い感じだ。そしてまた、どこからか起こる微《かす》かなノックでもあるのだ。

行きまーす……。

と天井裏の暗がりから入る合図。

ポツリ……。

去年、十五歳で老衰で死んだラブラドールが元気だった頃。散歩のとき一匹の小さな蝶が飛んできて、でっかい犬の背中をヒラッと薄い羽根でひと撫でしたことがある。

途端に犬はワッ！　と仰天。もんどり打つように跳び上がると、背中の毛がザワザワッと波打ち総立ちした。

　あのときの図体の大きな犬の驚きよう。犬はしばらくきょろきょろとあたりを見て、誰もいないのに気づくと毛を鎮《しず》め、また何事もなかったように歩き出した。あのときの薄い蝶の羽根のあるかなきかの一撃も、雨漏りの最初の一滴と似ている。

　見えないものは不気味である。雨漏りのノックは雨のネズミの仕業だ。頭の上からその微かな音がすると、もう観念して耳を傾ける。ポツリ……の、合図には逆らえない。雨のネズミの思《おぼ》し召しのまま、屋根の破れた家はやがてずぶ濡れになるのだった。

「大したもんだ」

　と夫は満足そうに天井を見た。

「四十万円の実力だ」

　といってもその修理代金はまだ未払いである。永瀬屋根屋が後日、請求書を作って持ってくることになっている。勉強させて貰います、と言っていたので、それより幾らか安くしてくれるだろう。

　屋根屋はもう来なくなった。

　頭の上で響いていた瓦の音は嘘のように消えた。

　私は屋根屋のことを思い浮かべる。永瀬屋根屋は昼の弁当のとき、私が作った挽肉入りオムレツと、きんぴらゴボウを食べながら言ったのである。

そのうち私が上手に夢を見られるようになったら、素晴らしい所へ連れて行きましょうと。

あの言葉は何を意味するのだろう。

屋根屋が私をどこかへ連れて行く？　連れて行く、ではなくて案内するという言い方だったような気もするが、連れて行くも、案内するも同じことだ。私は彼がどこかそう遠くないお寺などへ、ただこのあたりではそんな素晴らしい屋根のある神社仏閣は聞いたことがないので、車で少し遠出するのではないかと思ったりもするのだった。

しかし実際、ある日、彼があの風体で私を迎えにやってきて、頭に鉢巻きを巻いて右耳に鉛筆を挟んだあの格好で、

「奥さん。そんなら行きましょうか」

と言ったらどうしよう。こういう場合は夫に言うべきだろうかと、私はまた勝手に一人で戸惑ったりした。少しばかりの遠出なら夕方ちょっと遅くなる程度だろう。そのときは食事のこともあるので夫と息子に前もって言うことになる。

「屋根屋とちょっと出掛けてきます」

夫の妙な表情がありありと浮かんでくる。

そんなことを考えると、私はだんだん面倒になってきた。実際のところ、屋根屋は

あの日、私に言ったことをまだ覚えているのだろうか。

　午前九時きっかりに、永瀬屋根屋から電話が掛かってきた。修理代は三十八万四千五百円になったという。私は買物のついでに銀行へ寄って下ろしてくることにした。

　修理が終って半月以上経っていた。事務員がいるような工務店なら、もっと早く請求書を出せただろう。現金は欲しいが、請求書を作る時間がない。個人経営では事務員はたいてい妻である。その相棒に死なれた彼に同情しながら着替えをして外へ出ると、雨上がりの住宅団地の屋根屋根はまだ雨の痕《あと》が乾いていなかった。

　昼過ぎ、約束した時間を少し遅れて屋根屋の車の音がした。表に出てみると車の荷台に、見慣れたアルミの梯子やブルーシートが積んである。今までどこかの家の屋根で仕事をしていたのだろう。

　彼は玄関に入ると上がり框《かまち》に腰をかけた。

「雨漏り、止まったでしょうが」

　のっけから自信ありげに言った。

「ええ。ぴたり」

　私は銀行から持ち帰った封筒を開けて、彼に用意した代金の端数も揃えて差し出した。永瀬屋根屋はお札の束に軽く頭を下げて、一枚、二枚と几帳面な手つきで数え始めた。濃い毛の生えた腕が瓦の埃で汚れていた。まだ昼の弁当も食べてないことがわかる。気がつかないふりをするか。ちょっと迷う。

「はい、確かに全額戴きました」

と彼は言った。

「おかげで主人も喜んでいます」

私は頭を下げると屋根屋の顔を見た。ここで一言誘うのが自然ではないか。

「せっかくお出《い》でたんですから、お昼はうちで如何ですか」

「そうですか。そんならお言葉に甘えて」

屋根屋も誘われるままうなずいた。

彼は車から水筒と弁当箱を取ってきた。洗面所で顔や手を洗ってもらう。エアコンの利いた食堂で彼が弁当を広げる間に、私は流し台でオクラと大葉を刻んで梅干しの果肉で和えた。冷や奴の上にそれを載せて、一品。大葉のざく切りの香りが立つ。

「今朝も夢日記、付けたんですか？」

私は冷や奴の皿を屋根屋の前に出しながら聞いた。

「あんまり代わり映えはせんですが」

と屋根屋はうなずく。

「永瀬さんの夢って、どんなもの見るんです？」

「今日は、明け方、どこかの川の土手を歩いていると、草むらに白っぽい土器《かわらけ》みたいなものの破片が眼に入ったとですよ。靴の先で草ばどけてみると、破片にぶつぶつと模様が浮き出とります。こりゃ凄かと思うて、座り込んでしもうたです」

「それ、何です」

「古瓦ですよ。九州から出土する中世以前の寺の瓦ですたい。蓮華文《れんげもん》やら唐草文やら、繊細な風情ばある模様です。朝露に濡れた草をかき分けて、瓦の破片ば手に取りました。こりゃ良かなあ、と思うたら眼が覚めました」

永瀬屋根屋の頭の中は黒や灰色のモノトーンの世界である。彼に似合っていると思う。息子の弁当に作った残りの冷凍帆立のフライをもう一皿出しながら、

「いいですね。私も夢を見たいんだけど、毎晩ぐっすり眠ってしまって、何も見ません」

「夢は特別なものを見るわけじゃなかとですよ。生活の中で見聞きしたり、体験したものを、脳が編集し直すとです。だから毎晩かならず夢は見るとですよ」

「それなら、どうすれば自分が見たい夢を、見ることができるんですか」

「見たい夢の体験ば作ることですよ」

「体験？」

彼の言う意味がわからない。永瀬屋根屋はオクラの載った冷や奴を口に運んだ。ね

ばねばの糸が口にかかる。

「奥さんな、どげな夢ば見たかってですな？」

私の眼の中に入り込むように彼は尋ねた。

「永瀬さんみたいに一度、広い屋根の上に登ってみたいわ。そんな夢が見たいです」

私は自分で照れて笑いにまぎらわせた。

「日本のお寺の屋根でよかですか？」

と彼が聞く。

「ええ」

「広か屋根なら五重塔より、本堂がよかですね」

屋根屋は何だか旅行のコーディネーターみたいな言い方をする。

「近くがよかですな。ちょっと行ける所がよか」

彼は思案しながら呟くと、作業ズボンの腰ポケットから手帳を出して一枚破り、耳に挟んだ鉛筆を取って意外に小さなちまちました字で、何やら所番地を書いた。

福岡市中央区綾瀬御笠《みかさ》川綾橋 袂《たもと》
真言宗東経寺

「ここに御笠川が流れちょります。川のこっちが北、こっちが南ですたい。こっちが東、こっちは西。この東へ沿うて綾橋、三國橋と進むと東経寺の五重塔が見えて来ます」

　私は黙って聞いていた。

「ただし、そこの境内に入っても本堂の大屋根は下から眺めるしかなかです。その広か屋根の上ば見渡すには、その近くの高いビル上がるとよかですたい。裏手のビルなら真下に見えっとです。ぐるりと全部、隅から隅まででん見下ろせます」

　あのう、と私はようやく言葉を挟んだ。

「私が実際に行ってみるんですか。自分の足で」

　今は夢で見る話をしていたのだけど。

「そうです。まず奥さん自身が行ってみるとです」

　一人で？　と私は胸の中で呟いた。博多の町は中心街しか歩いたことがない。

「一人で行って、じっくりと辺りば眺めて、自分の脳に覚えさせます。脳に体験ばさせてやるとです」

　脳は人間が眠ると、その日の記憶をストーリィのない夢で再現するのだと彼は言う。そして整理収納のための処理をおこなうというのである。重要な記憶や自分にとって楽しい、うれしい記憶などというのは、取り出しやすい場所に保管し、そうでもないものや、嫌な記憶、忘れたいものなどは、容易に開かない深い保管庫の底の方に沈める。

「だから人間がどうしても見たいと思う夢があるときは、現実にそいば《それを》体験すっとよかですたい」

「でも」

　事実はそんなふうにはうまくいかないことのほうが多い。娘の頃、好きだった少年の写真を寝る前にどんなにじっと見つめても、夢に見たことは一度もない。彼の代わりに授業中、かならず私を当てる近眼の英語教師の顔が出たりしたものだ。強く思うものは夢に出ない。私はそう信じてきた。

「夢は見れます。しかしそれは後のことです。まず東経寺に行ってみんですか。それから実際に自分の見たか夢の見方については、私が順ば追って奥さんに教えますけん」

「夢の見方があるんですか」

「ありますとも。何でん、方法と順番がありまっしょう。キムチ入りのチヂミを焼くとも、帆立のフライを揚げるとも、手順次第でっしょうもん」

　そう言うと永瀬屋根屋は帆立のフライをかりかりと食べた。私は横に広く顎《あご》の張った彼の口元が動くのを見た。この男から夢の見方の講義を受けている。今このときのほうが夢じゃないかという気がする。

「それじゃ訪ねて行ってみますわ」

私はその気になった。

博多行きの特急に乗ったのは週末の昼だった。

夫は接待ゴルフで、息子は学校のテニスクラブの試合だった。夕食の支度はいらないので家をゆっくりと出た。八月も近くなって天気の日は灼《や》けるように日射しが熱い。空はよく晴れて私は日傘を差して駅に向かった。

四十分余りで博多駅に着くと、インターネットで調べておいた東経寺の近くまで市内の循環バスに乗る。博多駅の周辺はいつ来ても雑踏だった。周辺の北九州にもこんな人出はない。しかしバスの窓からあらためて見ると、ビルとビルの間や、ちょっと小路に入った先に、いきなり古い寺や神社の大きな反りの屋根が覗いて見えた。古い町と新しい町が混ざり合っていると、おかしな景色が現れる。

綾橋の袂でバスを降りると、もうビル群の間から東経寺と見える大屋根が覗いた。何十年も葺き替えてないようで、古瓦の波がざあーっと大きく雪崩《なだ》れるように駆け下っている。せっかく来たのだからビルの上から眺めるのは後にして、門の中に入った。ちらほらと見学の人影が見えた。

本堂の前に立って屋根を見上げるとずっしりと瓦の波が迫ってくる。何十万枚の瓦がここに葺かれているのだろう。

寺の屋根は本瓦葺《ほんかわらふき》という葺き方だと彼は教えてくれた。平らな瓦をざーっと階段状に積み重ね、その間に等間隔で丸い筒型の瓦を縦軸として被せる。

平瓦のおびただしい横線と、丸瓦の縦線が、太い毛糸のざっくりした編み目のようで、昔、母が大きな棒針で編んでいた父のセーターみたいな風合いだ。じっと見ていると懐かしい。

見学者は正面に立つと、申し合わせたように屋根を見上げる。人の手が積み上げたと思うとくらくらする。以前に行ったローマ市内の縦横に走る石畳の道を思い出す。あれも何十世紀も昔の古代ローマ人が一枚ずつ敷いたのだった。

私は屋根を見上げて至極平凡なことを考える。こんなものを昔から営々と積み上げてきた人間がいる。そして何もすることなく、生まれて死んでいった人間もいる。自分はその後者の方であると。

寺を出ると、裏道を通ってインターネットで見た五階建ての山岡ビルという建物に向かった。一階がコンビニになった雑居ビルで、二、三階は歯科と精神科のクリニックで、四、五階は事務所が入っている。私は屋上まで直行してエレベーターを降りた。

都市の騒音が、車の渋滞のアイドリング、信号機のメロディ、大勢の人間の足音、潮のような雑踏のざわめきなどが混ざり合って、ビルの屋上を包んでいる。屋上の縁へ行くと転落防止の金網越しに、東経寺の黒々とした反り屋根がこちらを威圧するように迫っていた。近隣の雑多なビルを圧して、そこだけ突然、雄大な黒表紙の本を開いて伏せているようだった。本の中には「色即是空《しきそくぜくう》」や「空即是色《くうそくぜしき》」や「生死涅槃《しょうじねはん》」なんて文字がびっしり書き連らねてあるのである。寺の屋根は人間の住む箱のフタとはおもむきが異なる。

空は明るかったが、眼の前に迫る屋根は不気味に暗く静かで盤石《ばんじゃく》の重みを備えていた。近所の景色の中でここだけ無彩色が広がっている。屋根屋はこんな所に仕事で登って人生の大半を過ごしてきたのかと思う。色即是空。空即是色。瓦の波がふつふつと唱えている。

ふとこの大屋根の見事な反りを、どこかで見たことがある気がした。北斎の『富嶽《ふがく》三十六景』に出てくる、浅草のナントカいう寺の絵だ。屋根の絵だ。寺の全景はなくて、大屋根の鋭角にとんがった天辺の辺りで、屋根大工が瓦を葺き替えている図……。背後にはたなびく雲間に富士山が聳え、のどかに凧《たこ》が揚がっている。

浮世絵は早い話が極彩色の意表を突くポスターである。

この東経寺の古屋根とはまるで違う。

東経寺の大屋根は明るい昼間の外光に背くように、ずっしり重くうずくまっている。

ただ軒が反り返っているので、この重量を載せて西方浄土へかどこへか、不意にぐらっと飛び立ちそうな感じもする。

　夢に見るなら、と私は思った。これに乗ってどこへ行こうか。西洋の教会の屋根が飛ぶなら、天国か地獄だ。日本の寺の屋根はどこへ連れて行くだろう。

　背後に屋上のドアの開く音がして、人の声が聞こえてきた。私は振り向いた。

「あ、金網が高くなっています。まいったなあ。これじゃ写真に入ってしまいますよ」

　カメラを持った男が年配の男に言った。

「去年、飛び降りがあったんですよ。その後に網、高くしたんでしょうな」

　風景写真を撮るつもりだったのか。二人は諦めて降りて行った。降りがけに二人共、振り返って私の方を見た。自殺志願者ではないかと思ったようだ。

　夜、息子が二階の部屋に上がってから、私は電話の前に座った。夫の帰りは十二時をまわるだろう。私は先に寝るのである。寝て屋根の夢を見る。しかし信じられなくて、笑えてきて、何となく胸がくすぐったくなる。

　永瀬屋根屋に電話をかけた。まだ起きているだろうか。私は作業着を着た以外の屋根屋の姿を想像できない。

「ああ。奥さんですか」

今晩は、と彼のいつもの声がした。

「東経寺に行ってきました」

「そうですか。どげな印象でしたか、屋根は」

「反り屋根なので、どこかへ飛び立ちそうでした。怖いような感じでしたが、乗ってみたくてぞくぞくもしました」

「そりゃよかった。そのくらい印象に強う残ったら、しっかり脳の記憶に残りますよ」

彼は喜んでくれた。

「でも私、夢はめったに見ないんです。最近はもうふっつり見なくなりました」

「奥さんは、朝は何時頃に起きらるっですか」

と彼は聞いた。

「六時半くらいかしら」

「もう一時間、早よ起きまっせんか」

「どうして？」

「前に、ノンレム睡眠と、レム睡眠のことば話しましたでしょうが。夢ば見るのは脳が活動しとるレム睡眠のときですたい。その少し後に眼を覚ますと、夢の記憶がまだ残っとるので思い出すことができっとです。それを、夢を見た、と私たちは言うとですよ」

二つの睡眠はワンセットで九十分だ。私が夢を見ないのは、脳が活動を休むノンレム睡眠の深い淵から浮かび上がる頃、眼が覚める習慣になっているからではないかという。それで屋根屋は起きる時間を少し前にずらしてみたら、と言うのだった。

「目覚ましばセットしてください」

「わかりました」

と私は言った。

「それで、あの、どうすればいいんでしょう」

受話器を握って私はぼんやりしていた。たったこれだけで東経寺の屋根の夢が見られるのだろうか。何かほかに大事なやるべきこと、準備みたいなことがあるのではないか。旅行に行くなら乗り物の切符を買う。家を出る。そういう行為をするではないか。

「あとはゆっくり眠るだけです」

夢を見るには、眠らねばならない、と屋根屋は言った。眠るということは水深の深い所へ降りていくことに似ている。降り方がまだ浅いと、夢の劇場まで届かない。そこまで下降し続けるためには、意識がくったりとしぼんでいなければいけない。夢を見ようなどと思ったりすると、そこで意識が目覚めてしまう。

意識とは心の力みたいなもので、その脱力の仕方というか。力の入れ方ならわかりやすいが、抜き方は勝手が違う。何だか微妙で聞いていると眠れなくなりそうだ。

「だけん、あとのことは私に委《まか》せなっせ」

えっ、と私は聞き直した。

「委せる？」

「向こうで合流ばしますから」

合流とはどういうことだろう。

「奥さんと私と、どっちが先に着くかはわかりまっせんが、向こうの屋根で落ち合いまっしょう。夢のドッキングですたい」

昼間見た反り屋根の黒々としたカーブが眼に浮かんできた。空を斜めに食い割ったようなあの瓦の斜面の上で、私と屋根屋が落ち合う。それこそ夢のような話である。

なぜかわからないが鳥肌が立ってきた。

雨戸の鳴る音がした。また雨が来る前の風かもしれない。今頃あの東経寺の屋根の上は月もなく、真っ暗だろうと思った。雨が降らなければいいがと思う。それとも夢の中では天気は関係ないのだろうか。

「そんなら奥さん、目覚ましのセットば忘れんように。おやすみなっせ」

屋根屋は野太い声でそう言うと電話を切った。

ベッドに入って眼を瞑《つむ》ると、昔、プールへ潜ったときの深い呼吸を思い出した。高校時代は水泳では県大会で優勝した。あの薄緑色のゆらゆらした無重力の世界へ潜って行く。途中で少しずつ脱力していく。

うまくいったと自分で思う。

久しぶりに私は夢の中にいた。これは夢だと自分でわかる。けれどこれが夢であるのはわかるのに、まだ辺りに見るべきものが何も現れてこない。クロールで夢のなまぬるい水を掻き分ける。ネグリジェの長い裾が金魚のヒレのように揺れた。

下の方に黒いものが見えて来た。広くて真っ黒なので、大きな鯨の背中のようだった。しかし鯨は動かない。ようやく屋根かと私は気がついた。昨日、自分で行った東経寺の本堂の大屋根に違いない。ぎざぎざの本瓦葺の模様がありありと見えた。

私はその屋根の上に軽く着地した。

辺りはぼんやりしているが、屋根屋の姿はまだ現れていないようだ。私のほうが早く着いたらしい。ネグリジェが気になったが仕方ない。所在なく屋根に腰を下ろしていると、突然、頭の上のほうから、

ギャオゥーーッ

と大型の獣の唸り声と共に、金茶の大虎が一匹、何だか龍のように尻尾を振りたて天翔《あまかけ》てきた。そして私の頭の上を唸り声とともに躍り越えた。カッと金色の眼が私を睨むと、また飛び去って行った。東経寺の屋根になぜ虎がいるのか、私には合点がいかない。

永瀬屋根屋はなかなか現れなかった。

ここは東経寺の屋根ではないかもしれないと不安になってきた。上も見えなければ、下も見えない。この上に空があるのか、この下に寺の地面や池があるのか、見通しが悪いのだ。

しばらく待っていると、ずんぐりした魚雷みたいな影が音もなくこっちへ進んでくる。そんな影は永瀬屋根屋以外にここでは現れるはずもないので、私が手を振ってみると、向こうからも手を振り返した。

屋根屋が到着した。いつもの作業着に腰手拭いの格好でこっちへ飛んで来るのがはっきり見えた。この男は本当に体型が船か魚雷のようである。張り出た大きな眼が上の方から私の姿を見届けると、鳥が翼を畳むように速度を落として降りてきた。

「どうですな。奥さん」

と屋根屋は言った。私は彼の姿を頭の天辺から足の爪先まで眺めて、感慨をこめて答えた。

「本当に夢のよう。でも服着替えるのを忘れていたわ」

「ははは、夢だけん、何でん構わんですたい」

屋根屋は鷹揚《おうよう》に笑い飛ばした。

「これは私の夢ですか？」

私はあらためて彼に確認した。

「ええ。奥さんの夢です」

「その私の夢の中に、どうしてあなたが入ってこれたんですか。それともこれは、私だけが見ている夢で、明くる朝になってあなたに聞いたら、そんな夢は知りませんって、あなたは言うのかしら」

込み入ってわかりにくい話なので、私は自分を指したり、屋根屋を指したりしながら、ゆっくりしゃべった。

屋根屋もうなずくと、私に説明するためにちょっと宙を見て思案し、ゆっくり答えた。

「何度も言いますが、これは奥さんの夢です。しかし、同時に私の夢でもあるとですよ」

「ということは共同の夢ということ？」

「厳密に言うと、違うですたい」

と彼は私を指しながら、

「奥さんは自分の家の自分の布団に寝とらして、今、この夢ば見ちょらすと。そして私も」

と今度は自分の胸を指して言った。

「私の家で寝て、今、この夢ば見ちょりますと。二人の別々の夢が、両方から重なり合《お》うたとです」

二本の別々のストローから出たシャボン玉が、両方からくっついた。私はそんな光景を想像した。

「それじゃ、この夢は一つにドッキングした夢なの？」

「いや、別々です」

どうもわからない。シャボン玉をひとまず消した。

「それなら、あなたの見る夢と、私の見る夢は少し違うんですか？　それともまるきり同じ？」

「まるきり同じです」

「…………」

夢の水底の東経寺の屋根で、私と屋根屋は向き合っていた。

彼は私の気を落ち着かせるようにゆっくり話し出した。

「奥さんをここへ案内したとは、この私です。奥さんは自分一人でここに来たと思うとられるでしょうが、じつは私の誘導で来たとです」

「でも、どうやって他人の夢を操れるんです？」

「誘導する者の念が強かったら、一緒にどこへでん連れて行くことが出来るとです。ただそのためには少々難しか手順がいりますがね」

それを屋根屋は説明した。

始めに私を案内したい場所に先に行かせる。近い所なら実際に本人に行かせて体験させ、遠い所や、現実には行けない場所なら、写真や話で想像させる。そして私がうまく意識の鎖を解いて夢の場所に到着したら、今度は屋根屋が後を追う。

他人の夢に入り込むには、無意識のさらにもっと深い所の、集合的無意識まで降りて行く。それには意識の鎖を解かないまま、しかも心は脱力して、微妙な下降をやるのだという。

「その集合的無意識まで降りるには、意識の服は脱がねばならんし、服を脱ぐと、共同夢を作るという肝腎《かんじん》の意識が消えてしまいそうになるとですよ。なかなか難しか」

屋根屋は苦笑いした。

「まあ、そんなご苦労をなさったんですか。すみません」

屋根屋は照れたように頭を掻《か》いた。

屋根屋は、座りましょうか、と私に言った。

屋根屋と私は反り屋根の中途に登って腰を下ろした。

月が屋根の天辺に斜めに架かっていた。寝るときは雨が降っていた。夢は晴れて助かった。

「一度こんな所に登ってみたかった。願いが叶ってうれしいわ。本当に別世界なのね。想像した以上です」

「ヨーロッパの教会とはまるで違うでしょうが」

そう言われて、私は夜空を仰いで考えた。

「あのゴシック寺院の教会の屋根の上には、天国が載ってるわね」

「そんなら日本のお寺の屋根には、何があっとです？」

屋根屋が面白そうに私を見た。

「死よ。静寂な……」

「奥さんは面白か人ですな」

おなごのくせに、と言いかけた顔で屋根屋が笑った。

「そういえば、さっき」

と私は眉をひそめて背後の空を見た。

「金茶の虎が唸り声を上げて、物凄い勢いで空から飛んできたの。あれは何だったのかしら」

「たぶんご主人でっしょ」

彼が笑った。

「奥さんが心の隅で思うたんでしょう」

屋根屋は私の心を見透かすように言った。

「あの、焙《ほう》じ茶、飲みませんか」

「いいですなあ。焙じ茶なんて久しぶりです」

と彼は言った。私は月明かりの下で、ポットに入ったお茶をフタに注いだ。東経寺の屋根ではコーヒーは似合わないと、寝る前に心に思ったのだった。


八月に入った。

この頃は連日、灼け付くような陽が射すかとみると、ときどき下界は暗くなって雷鳴が轟《とどろ》き、夕立が屋根瓦に打ち付ける。降ったり照ったり、なるほど人間は屋根に守られて暮らしているのだと、ベランダに広げた梅干しのザルを取り込んで私は息をつく。

戸外がどこもかしこも溶けてしまいそうな午後。永瀬屋根屋はこんな日もどこかの現場の屋根の上で、素手では持てないような熱い瓦をカタリ、カタリと葺いているのだろうか。賽の河原も猛暑に違いない。

しばらく永瀬屋根屋とは会っていなかった。

といっても、その最後に会ったのが屋根の修理費を彼が集金にきたときなのか、こないだ一緒に東経寺の屋根に登った夢のあの夜であるのか、自分でもよくわからない。それに普通の夢は日にちが経つにつれて薄れていくのに、夢の中で私たちが……、永瀬はやや上から、私は少し下から、反り屋根の中途に腰を下ろしてしゃべっていた情景は、もう一人の自分が眺めていたように鮮やかだ。

最近見た夢はそれが最後だった。相変わらず私は毎晩、よく眠って気持ちのいい朝を迎えている。夜毎に夢は見ているのだろうが覚えていない。田舎の母や姉や妹たちはたいてい不眠を抱えている。女性ホルモンは不眠のホルモンではないかと思うくらい、彼女たちは眠れない。私は夫や息子と一緒に夢も見ないで眠るのだ。

中元を一つ送り忘れて、昼からバスに乗り町へ出た。夕方、買物をすませてアーケード通りを抜けた所で、永瀬屋根屋の軽トラと出会った。荷台にはいつもの仕事道具やブルーシート、竹箒《たけぼうき》などが雑然と突っ込まれて、運転席の永瀬屋根屋が首を伸ばしてこっちを見ていた。アーケードの中で日傘を畳んでいたから気づいたのだ。傘を開いていたら通り過ごしていただろう。私が会釈すると、信号が青になった。

永瀬は車を道の端に停めて窓から手を出した。道なりに五、六軒先に駐車場のある喫茶店の看板が見えた。彼の手がそっちに向いてひらひらと振られていた。私を誘っている。一緒にお茶を飲もうというのらしい。いきなりだったのでちょっと驚いた。買物の荷物と日傘をさげて喫茶店まで歩いた。彼は先に駐車場に軽トラを入れて、店の表で待っていた。

「お変わりなかですか」

汚れた作業着の首に巻いたタオルで、土埃をかぶった頭の汗を拭く。この格好なら町でいきなり他人の妻を喫茶店に誘っても問題はなさそうだ。笑いがこみ上げてきて頬がゆるんだ。

「おかげさまで」

この炎暑に屋根のある所に居ることができて、昨日と同じ気の向いたことをして暮らせている。

がらんとした店に入ると、エアコンの効いた奥のテーブルに向かい合って腰掛けた。メニューを眺める永瀬屋根屋の顔を前にして、私はこないだ最後に会った……、夢で会った夜のことを思い出す。あれが彼の言うように偶然の夢でなくて、きちんと計画されて実行に移されたものなら、私たちの関係は喫茶店で何か飲むくらい当然である。

「私は冷たいのがよか。コーラにします」

永瀬屋根屋が言った。ウェイトレスが来たので、それにアイスティを加えて注文した。

「ああ。コーラの前に、抹茶あずきば下さい」

彼はほてった体をかき氷で一気に冷やしたいのだろう。

「夏バテ、大丈夫ですか、毎日」

と私は聞いた。本気で心配する。

「ええ、何とか」

彼は笑った。

「屋根の上はどのくらいの温度になるんですか」

「日中の直射日光の下なら、瓦屋根で摂氏六十度、カラーベストなら七十度くらいになりますたい。服ば着たまま頭からバケツの水をかぶって屋根に上がっても、アッという間に乾いてしまう。瓦に尻ば降ろすと火傷《やけど》すっで、中腰のまんまで仕事ばします」

抹茶色に染まったかき氷をザクザク砕きながら言う。

「まあ、そんな所で死んでしまいません？」

私が変な聞き方をしたので屋根屋は笑い出した。

「瓦の中では黒のいぶし瓦が、いちばん太陽光ば吸いますけん。熱中症か、酸欠か、実際、危なかです。昔はこげん暑うはなかったですが、最近の夏は異常ですたい。それで私ら屋根屋は八月は仕事休みば取ります」

「まあ。それで収入はどうなるのですか」

私は思わず立ち入ったことを聞いてしまった。

「収入はゼロですけど、命には替えられまっせん。北の方の土地の事情は知らんですが、西日本は盆休みというてですね。二十日くらいも続く、長か盆休みに入ります」

今日の永瀬はまだ作業着姿だった。

「ええ。うちは明日からその盆休みです。今日までは、ちょっとハウスメーカーの仕事ば頼まれていたもんで。大手メーカーは工期が決まっとりますから」

家を建てるとき、真っ先に必要なのは屋根だと永瀬は言う。建物の柱が立って全体の枠組みが出来た後、柱だけのスッポンポンの家にまず屋根を造る。瓦を葺く。

「屋根が出来ると、後は大工も左官もみんな、自分たちの仕事がやれるとです」

「あ。それって一番最初に旗を立てる人ですね」

と私は言った。

「旗？」

「ほら。エベレスト登山とか天辺に着いて、旗を揚げるじゃないですか」

屋根はシンボルなのだ。

「いや、そんな凄いことじゃなかですが」

と永瀬屋根屋が照れたようにガリガリと頭を掻いた。

「でも、旗より大したものです。だってあんな大きな屋根ですもの。それをまるごと上げてしまうんですから」

永瀬は頭の次に顎《あご》を掻き出した。

「その代わり私ら、町場の仕事では孤独ですたい。誰よりも先に現場に入って仕事を始めます。それで屋根を葺き終って帰り支度する頃、大工や左官がやって来る。現場が賑やかになるときには、私らはもうおりまっせん」

屋根屋は先に来て先に帰る人間なのだ。

小さい銀色のスプーンに載った氷小豆が、永瀬の大きな分厚い唇の暗闇に放り込まれる。氷の冷気の白い煙が唇のまわりにまといついた。明日から永瀬屋根屋は長い休暇をどうやって過ごすのだろうか。作業着を脱いだ後のこの男の生活に何があるのだろう。

「今年は家内の十三回忌になるっで、毎年、盆は熊本の家内の実家に墓参りば行ってきますたい」

私は永瀬屋根屋の妻のことを忘れていた。彼は妻の法要がすんだらそのまま足を伸ばして、大分にある富貴寺《ふきじ》と、四国は高知へ渡って豊楽寺《ぶらくじ》の薬師堂というのを見に行くという。私の聞いたことのない寺の名である。

「ははは。知っていたらよっぽどの建築マニアですよ。どっちも国宝で九州と四国では最も古い平安後期の寺院ですたい。当然その屋根が見物《みもの》でしてね」

　永瀬はこぼれ落ちるような頬で話す。

「そんなに凄いんですか」

「富貴寺の屋根は行基《ぎょうき》葺きというて、本瓦葺きの中でも古うて珍しいもんです。豊楽寺薬師堂の屋根は柿《こけら》葺きで、これはもう屋根屋なら涎《よだれ》が出る見事なもんで、四国と九州の古か屋根を、この眼で見較べて来ますたい」

　こけらは「柿」と書くが、柿の木の柿とは違うらしい。檜《ひのき》やサワラ、杉など筋目が通って削ぎやすく雨に強い木材を、二、三ミリの極薄に削いで下から密に並べて葺くそうだ。

「柿葺きといえば金閣寺の屋根と同じですがね。ただ金閣寺はシャープですが、豊楽寺の反り屋根は厚うてボリュームがあって、分厚い屋根のカーブは牛の角のごと見えるとです」

　四国で仕事をしていた時期、永瀬は一度だけ車で通りすがりに寄ったという。カメラもなく時間もなかったので、いつか行き直したいと思い続けていた。

「瓦屋根とは違うのね」

「瓦より、板の方が柔らかみがあってですよ。そのぶんソフトだけん、生きものの体のようにも見ゆっとです」

「私も見てみたいわ」

　思わず言った。

「というより、その屋根に上がってみたい……」

　夢の中のことではあったが一度、もう寺の大屋根に上がったせいで、何だか登り癖がついた気がするのである。自分の足の裏が屋根を踏む感触を覚えたのだ。東経寺の屋根は硬い瓦だったが、柿葺きではどんなふうに柔らかいのだろう。屋根は山に似ている。見上げると登頂したくなる。

「そうですな。私も乗ってみたかですなあ」

　永瀬屋根屋も東経寺の夢を思い出したようだ。

　昼の喫茶店の隅で、私たちは叶うはずのない望みに向かい合っていた。渋味の強いアイスティを飲みながら、私は自分がずいぶん変わったことに気がついた。

　今まで自分の家で料理や手芸をするのに飽いてきたら、女友達と外国旅行に出かけたものだ。身につけるものが欲しくなると、町の手作りの彫金の店に小さなピンブローチなどを探しに行った。つましく暮らしていれば、結婚前に働いた預金は利殖と運用でそれほど減るものではない。主婦の暮らしの願望はそれなりに叶った。けれど私はこの頃、だんだんにこの世で叶わないこと、出来ないことを望み始めている。

「写真ばいろいろ撮って来ますから」

永瀬が連れて行けない私を慰めた。

「ええ。撮ったらぜひ見せてください」

帰って来るのは八月も末になるようだ。

「それまで私はどうしていたらいいのかしら」

私は手持ちぶさたで頼りない気がした。

「そんなら」

と彼は笑った。

「夢見る練習ばしなっせ」


見渡す限り白いノートの頁みたいなスペースが広がっている。そこを小さな夫の姿がゴルフクラブを握って真っ直ぐ歩いて行くのが見えた。しかしそこはゴルフ場ではないようで、芝も生えてなくて、ホールもなく、旗も立ってなくて、夫のほかには人間はいない。妙な場所である。

私は久しぶりに夢を見た。

夢というのは二回楽しめることに気づいた。一回目は睡眠中、夢を見ているとき。二回目は眼が覚めて起きた後、思い出すときだ。

夢に夫が出るなんてめったにない。夢は見た直後に忘れるので、今までには出たことはあるだろうが、そもそも私は思い出すに足るような、まとまったストーリィをほとんど見ないのである。

夫が消えると、その後に息子が出て来た。テニスのラケットを持っていたが、やはり白一色の世界だった。息子はラケットを振りながら見えなくなって行った。

私は居間のソファの上でふっと眼を覚ました。

壁の時計は午後二時を少し過ぎていた。窓のカーテンは昼下がりの強い直射日光に射されていた。昼寝は夢を見やすいと雑誌で読んだことがある。熟睡しにくいので、意識と無意識のまだらに短かい夢が紛れ込んでいくのだろうか。

静かすぎて耳が痛くなる。ソファから降りて窓のカーテンを開けると、隣近所の家々がしんと静まりかえっている。九州は八月盆だ。今日は十四日で盆の中の日である。だから近所の半分の家は田舎に帰ってカラッポだ。

あと半分は田舎のない老人の家で、息子や娘夫婦が子供を連れて帰ってくる。家は束の間にぎやかになるが、すぐ墓参りだの、子供の喜ぶテーマパークだの、デパートの昆虫展だのに出掛けて行く。夜はファミリーレストランで外食するので、やはり家はカラである。

わが家は家族三人しかいないが、朝早くから誰か迎えの車が来て、夫はゴルフに出て行った。盆のゴルフ場は空いているようで、とくに誘い合う仲間がいる。息子は塾の夏休みの強化合宿に参加した。一週間、大分の山に行って朝六時から英数二教科の特訓を受ける。

田舎に帰ることもなく、孫を連れて帰郷する子供もいない中年家庭の盆は、宙に数センチ浮いている。足元が何となく頼りない。家族が出払った空気の薄い家の中で、私はソファに横になって酸素不足でうとうとしたのだ。

夕方、携帯が鳴って永瀬屋根屋かと思うと夫の声だった。

「今日は暑かった」

夫は炎天のゴルフに行って至極当然のことを言った。

「それで水分補給に、ちょっと飲んで帰る」

私は静かに一呼吸置いて聞き返した。

「水を飲むのね？」

夫は急に元気のない声になって、

「うん。ちょっと水、飲んで帰る」

と答えた。汗をかいた後のアルコールは脱水状態を促進させると、近所の立花クリニックの医者に言われたばかりだ。

携帯電話はそうっと切れた。

私は庭に出て洗濯物を取り込んだ。

外はまだ太陽がぎらぎら照りつけている。夫、五十歳。明日も明後日も来年も再来年も、今の自分の体はずっと現状維持で保つと思い込んでいる。

台所で一人分のソーメンを茹でて、青じその葉と擂《す》りゴマ入りのだし巻き卵を焼いた。陽が傾き始めると私は雑誌を広げて読みながら食事をした。

夜の九時過ぎ、シャワーを浴びた後、永瀬屋根屋に携帯をかけてみた。田舎の夜は遠来の客をまじえて酒が出ているのかもしれないが、そのときは向こうの状況に応じて切ることにする。だがいつもの永瀬の落ち着いた声が応じた。

「今夜は一人でテレビば観ています」

と彼は言った。低い音量のテレビが切れた。

「昨夜は遅うまで家内の兄弟たちと飲みました。それで今夜は酒はやめて、奥の間に一人でごろりと転がっとります」

部屋は縁側にでも面しているのか、テレビの音が消えると庭の虫の声がかすかに響いていた。私は田舎の薄暗くて鴨居の高い座敷に、所在なさそうに横になっている永瀬の姿を思い浮かべた。

「どうしたとですか」

永瀬屋根屋がゆっくりした声で聞いた。

「今日、昼寝をして、珍しく夢を見ました」

こんな他愛のないことで電話する相手が出来たのが、しゃべりながら自分で不思議な気持ちになるのである。昼間の夢の白い何もない所を歩く夫と息子の話をした。

「こんな夢に何の意味があるのかしら」

「それはわかりまっせんが、どっちみち奥さんの暮らしの記憶には違いなかでしょう」

「真っ白けの風景が？」

私が聞き返すと、永瀬の声があらたまった。

「夢は脈絡のないもんで、それに強いて意味づけするのは、通りがかりの人間に言いがかりをつけるようなもんです。夢というもんは、何を見たかを分析するとではなく、自分を心地良くする夢を見ることが大事ですたい」

「心地良くする？」

「そうですたい。もともと夢というもんは、幸せよりは不幸、恐れや不安なんちゅうものを見るほうが多かとです。楽しかったり、うれしかったりする夢はめったに見んですから。それで精神科では、うつの治療ではときどき、レム睡眠時に夢を見ないような薬を処方するそうです。夢ば見るとよけい症状が重うなってしまうからです」

たいていの夢では自分が被害者の側になると永瀬は言う。何かが自分に向かって襲ってくる。自分が何か向こうに攻撃することはなく、一方的にされる側にまわりやすい。そういえば私も若い頃、町の曲がり角でライオンに出会う夢を何度か見たことがある。道の辻から辻へ逃げ回った。

「ライオンは何か人生の恐怖の象徴じゃなかですか」

「私、アンリ・ルソーという画家の絵が好きなの。熱帯の密林の中に一頭のライオンが影絵みたいに立ってる絵があるんです。そのライオンが夢の中にときどき抜け出してくるんだわ」

　ひとけの絶えた白昼の町に、そのライオンの影は人生の災難のように突然現れる。気がつくと私は何事もない毎日に、いつか来る変事を心配しているのだった。明日降りかかる事故。明後日に襲ってくる病気。明明後日に待ち構えている火事。昨日と変わりなく自分の家に屋根が載っていることの不思議。砂色のたてがみを生やして尻尾を垂らした「不安」という生きものが、のしのしと通りを横切って行く。

「どうしたら楽しい夢が見られるでしょう」

「それは奥さんが考えてみることです。こないだは東経寺の屋根で遊んだじゃなかですか。あれは楽しかったでしょうが」

　なるほど。私はうなずいた。

「見たい夢の計画を立てることね」

「そうです。楽しか夢を目論《もくろ》むことです」

旅行の行き先を考えるのと似ている。私は笑った。

庭の虫の声はまだ続いている。熊本の田舎のほうが秋が早いのだ。永瀬屋根屋は明日の朝にはそこを発って、軽トラで一路、大分の富貴寺に向かうのだという。夜の酒は翌朝まで残るので控えたのだ。

永瀬の妻の実家は長兄が畜産農家を継ぎ、北九州の次兄のほかに彼女の下に二人の弟がいるという。それがみんな大男で酒豪のようだった。

「奥さんの法要はどうでしたか」

「今日の昼、お寺でやりました。おかげさんで十二年、一区切りがつきましたたい」

亡妻の実家に泊まっているせいか、永瀬の声は普段より神妙な感じだった。

「永瀬さん」

長く握っているので手の熱が移って、携帯は小さな生きものになっている。

「ところで、今朝も日記つけました？」

「つけましたよ」

永瀬は私が聞いてくるのを予期していた声で、静かに微笑んでいるようだった。

「正月と盆には家内の夢ば見るようにしとります」

「まあ。七夕の織女と牽牛《けんぎゅう》みたいですね」

「はは。そげなロマンチックな話じゃなかですよ。ただ死なれてもう十二年も経つと、私も自分一人の生活というもんに慣れてしまいました。それでせめて盆暮れくらいは夫婦旅行のつもりで、夢で会うとります」

　自在に夢を見ることは特技だ。永瀬は何と羨ましい特技を身につけたものか。

「しかしあくまで自分のために見る夢ですよ。私自身が得心するために見るだけで、家内のためではなかですけん。家内はもうおりまっせん。死んでしもうて、もうおらぬ人間です。この私が私のために都合の良かように作る夢ですたい」

　それができたら夜は本当に最高に楽しいものになるだろう。だがそんなことを永瀬屋根屋は淡々と言うのだった。

「自分を自分で癒すことができたら、素晴らしいでしょうねえ」

　いや、いや、と彼は携帯の向こうで覚めた声を出した。

「そうは言うても、いざ夢の中に入ると、なかなか思うようにはならんですたい。自分の意識が半分、無意識が半分ですからね。こんな夢を見たいと考えるのは、意識の力です。しかしあと半分の無意識、潜在意識がどう出るかは、眠っとる間の予測不能のことですから」

「そのときになってみないと、わからないということ？」

「そうですたい。夢の筋書きをこうしたい、と願うても、無意識の思念が邪魔ばします。たとえば大風の中を、小さい鳥がひょろひょろ飛んで行くようなもんです。風に体をさらわれてしまうこともある」

　ということで現実にはなかなか難しそうである。

「夢の中では」

　と私は手の熱に温められた携帯を握り直した。

「奥さんとはどんな所で会うんですか？　七夕みたいに天の川なんかで会ったりすると素敵じゃないですか」

　漆黒の夜空にきらきらと星の帯が流れていて、その両岸に永瀬屋根屋と妻が向かい合って佇んでいる。永瀬の妻はパーマネントが伸びて痩せている。ガンで亡くなった女性のイメージしか私にはない。永瀬は私の言葉に誘われて、ぽつりぽつりとしゃべり出した。

「昨夜の夢では、私が座敷の畳に横になっとると、家内が暗い縁側からこっちに上がってきました」

「まあ」

　聞くなりぞっとした。永瀬の言うその情景がなまなましく頭に浮かんできた。怪談が始まるのに似た場面だ。

　永瀬の妻がひたひたと来る、肉の薄い素足が見える。

「遅くなりました」

と、はるばると遠来の妻が、この世の夫に挨拶する。屋根屋の声は相変わらず抑揚がなかった。彼は夢に見た場面を正確に、一つ一つ言葉に移し替えるようにしゃべった。

「ふと見ると、家内の手が小さい物を握っていたとです。小さいキュウリの馬です」

「キュウリの馬？」

「ほら。盆に仏壇にお供えするでしょうが」

ああ、キュウリやナスに楊枝《ようじ》の足を刺しただけの、素朴な馬と牛のお供えだ。死んだ先祖は盆に帰ってくるとき、キュウリの馬に乗って急いで帰ってくるという。

「そういえば、キュウリの馬はね、亡くなった人がこの世に帰って来るとき乗るんだそうですよ。走って帰るので」

と私は言った。

「それでナスの牛はね、盆が終って、亡くなった人があの世に戻るとき乗るんですって。ゆっくり、ゆっくりとナスの牛の背に乗って、この世に別れを惜しみながら、去って行くんですって」

息子が幼稚園のとき絵本で読んだ話だ。

「そうか。馬にも牛にも、それにふさわしか役目があるとですな。昔の人はよう考えたもんです」

「それで、そのキュウリがどうしたんですか」

「ええ。家内がキュウリを畳にポツンと置いて、青白か顔ば近づけて息をふっと吹きかけると、そのキュウリの馬がどんと大きゅうなったとです。本物の馬のごと大きゅうなって。しかしキュウリですからな、青臭い匂いが鼻先に立ちこめました」

永瀬の妻がキュウリの馬の首を撫でた。下の村で盆踊りが始まるから、私たちはこの馬に乗って行ってみましょうよ。するとそのとき本当に遠くから夜風に乗って盆踊りの高い三味線の音やら、太鼓の音が流れてきたのだった。昔の田舎ではレコードではなく、人が肉声で歌っていたと永瀬は言うのである。

キュウリの馬には目も口もなかった。青いトゲトゲのある細長い大きなキュウリなのである。

「大丈夫か。壊れやせんかのう」

と永瀬が言うと、

「こんな太い楊枝を刺してるのよ。しっかり拵《こしら》えているから平気ですよ」

と妻。楊枝といっても拡大しているので、なかなか頑丈そうだった。キュウリの馬はどっちの端が頭でどっちの端が尻なのか迷ったが、やはり生《な》り口のある方が頭で、その反対が尻だろうと見当をつけて、永瀬は青い胴体にまたがった。妻の手を取って自分の前に引き上げた。彼は妻が藍の朝顔の模様の浴衣を着ていることに、初めてそのとき気がついた。妻は亡くなった齢《とし》のままなのでまだだいぶ若かった。浴衣の柄が似合った。

「出発しようとするとき、庭の植え込みの方がざわざわして何だか四、五人の子供たちが現れたんです。男の子が二人と女の子が三人いましてね」

　子供たちも手に手に小さいキュウリの馬を握っていた。

「この子だちは誰か、と私が家内に尋ねると、あら、私だちの子供じゃありませんかと言うんですよ。忘れたんですか、と言われて、ああ、結婚後まもなく家内は二度の流産をしとりますんで、そのときの子供かと思い当りました。しかし、それではあと三人の子は余分ですたい。しかし妻は、いいえ、みんなあたしだちの子です、とはっきり言うとです。するとだんだん私もそんな気がしてきたとですたい」

　それでとにかくこのにわかに増えた一家で、盆踊りに行くことにした。永瀬の子供たちは各々自分のキュウリの馬を縁側に並べて、ふっ、ふっ、とさっきの妻のしたように息を吹きかけた。大きな緑色の青いキュウリの馬がズラリと縁側に並んだ。馬たちは目鼻のない長い顔を振り上げてヒーンと鳴くそぶりをしたが、嘶《いなな》きの声は立たず縁側には遠い盆踊りの楽の音が流れるだけだった。

　五人の子供たちはそれぞれのキュウリの馬に飛び乗った。

「それじゃあみんな、一緒に出かけましょう」

永瀬の妻が言って、六頭の馬は一斉に星の瞬く空へ駈け上がった。

「私はキュウリの馬の手綱を手繰りながら、胸がわくわくしましたばい。家内がいたらと思わぬ日は一度もなかった、その懐かしか家内がいて、子供というものが一人でもいたらと思うていたその子が五人も勢揃いして、この賑やかな盆の宵は何としたことじゃろう、とそれこそ夢のようにあると、胸が熱うなったですよ」

下の村の盆踊りは広場でおこなわれていた。外灯の白っぽい弱々しい灯が、広場の所々に点々と光の輪を作り、老若男女、思い思いの浴衣に手甲、脚絆《きゃはん》に草鞋《わらじ》履きの踊り手が、歌と共に回りながら場所を移って行くのである。キュウリの馬から下りて、永瀬一家も踊りの輪に入った。

田舎の盆踊りの歌は昔から伝え続けられている。哀愁の深い歌詞だった。盆はなあ。盆はうれしや。別れた人も、晴れて、この世に、逢いに来る。そんな文句なのだった。

「妻も子供だちも、輪の中でそのうちばらけて、どこにいるのかわからんごとなりました。そいでも向こうの外灯の明かりの下に妻の姿がふっと見え、それからまた、こっちの外灯の明かりの下に男の子の姿がふっと浮かんで、ああ、あっちにも、こっちにも、みんな、自分の家族の姿が見ゆる、と安心したもんです」

しかしそのうち、外灯の明かりから、暗がりに入り、また明かりから暗がりと回って行くうち、いつの間にか、永瀬の妻も子供たちの姿も、明かりの下に現れてこなくなった。

「おかしいなと思うて、外灯の光のところばかり目を凝《こ》らしたですが、もう家内も子供だちもおりまっせん。キュウリの馬をつないでいた所に行ってみると、あの緑色の馬も姿がかき消えてしもうとります」

「永瀬さんの乗っていた馬も？」

「はい。思わず腰が萎えて暗い地面にしゃがみ込んだら、そのとき自分の深い溜息で、目ば覚めました」

　座敷の縁側に向いて、屋根屋は独り転がって寝入っていた……。


　盆が過ぎたが、塾の合宿に参加した息子はまだ帰らない。朝から晩まで数学と英語に明け暮れる日々とはどういうものなのか。母親の私がそこへ投げ込んだわけではなし、このままではどうにもいけないと息子みずから自覚して入ったわけで、同情はするが私に助けてやる術《すべ》はない。

　夫は会社が始まってゴルフ焼けした顔でネクタイを締めて通勤し始めた。屋根の葺き替えをした後、車がとうとう故障して修理に出したが、手違いで代車の手配が出来なかったのだ。新車に買い替えるボーナスが屋根に行って、ここ数日、早朝からの電車通勤が始まった。息子は学問に、夫は仕事にいちおう身を入れている様子だ。

長かった夏が息を切らし始めた。八月も後半になると今年は風が少し涼しくなった。去年はこうは行かなかったのに。

永瀬屋根屋から封筒が送られてきた。四国の滞在先の宿から投函したものだ。大判のカラー写真で大分の富貴寺の大堂《おおどう》と、高知の豊楽寺薬師堂が撮られていた。富貴寺の大堂は行基葺きという古いもので、瓦の陰影は重なりの深いものほど見る方向と太陽の位置でガラリと変わる。

薬師堂の大屋根は平たい帽子を伏せたようだ。素晴らしく帽子のつばが広い。どうしてこんなに大きな屋根がいるのか、堂の建物は押し潰されたように低く、巨大な大屋根が置き去りになったように地面に伏せていた。それが厚手の革みたいにソフトで、掌を載せて撫でてみたくなる。

焦げ茶の木の細片を束ねた柔らかい屋根は、登るとするすると滑り落ちそうだ。

「滑るかどうか、近いうち、登ってみましょうか」

と永瀬の手紙に書いてある。

「私は瓦屋ですから、板葺きの屋根には触れたことがないです。こういう屋根は登ると足が落ち込んで上がることはできないので、上に登って感触を味わえるのは我れ我れだけでしょうね」

などと言う。そのうちまた連れて行ってくれそうな気配である。

石鎚山《いしづちさん》など四国の山の写真も数枚入っていた。

「石鎚山脈は四国の屋根ですが、この長いぎざぎざの稜線にも瓦をすっぽり葺いてみたかです。瓦屋冥利に尽きるでしょう」

などという文章もある。

「するといったい山一つにどのくらいの瓦がいると思いますか。かつて世界一大きい木造建築物といわれた東大寺大仏殿の容積は、約十三万立方メートルあって、一枚の瓦が新聞紙一頁大で四十キログラムもあります。小柄な女性一人分の目方でしょう。

そういうのが十五、六万枚も載っているわけです。

石鎚山では何十億枚いるでしょうか。

昔、富士山を瓦で葺いたらどのくらいいるかと計算した男がいました。瓦師です。パソコンのない時代で計算はメチャメチャでしたが。

石鎚山を葺いたら気持ちが良いでしょう。しかし疲れて死んでしまうかもしれません。ずらーと瓦の波型の山です。思うだけで胸が一杯になってきます」

瓦屋というのは途方もないことを考えるものだ。

夜、真っ黒な顔の夫が会社から帰ってきた。本当にギョッとするような顔である。

夕食の皿をテーブルに並べていると上司から電話がかかってきて、今度の日曜のゴルフに誘われている様子だ。しかし車もないし小遣いも減って無念そうに断っている。

「あそこのゴルフ場は素晴らしいんだ」

Ｋゴルフ場の広い芝生の起伏を私は思った。そこでゴルフボールを思い切りかっ飛ばす人間がいる。永瀬屋根屋があのグリーンを見たらどう思うだろうか。人は様々である。世の中にはその広い芝生一面に、瓦を葺きたくなる人間もいるのである。

月末近くそろそろ永瀬も家に戻った頃かと、昼過ぎ永瀬屋根屋に携帯をかけると上機嫌の声が響いてきた。

「ええ。帰りました。おかげで骨休めできました」

「写真ありがとうございました」

「どっちの寺もなかなか良かったでしょうが」

「柿葺きの屋根は初めて知りました」

「あれはもう生きもんです。牛です。でかい牛ですよ」

「その背中に乗ってみたいわ」

私はまどろこしい気持ちですぐ口に出してしまった。

「ははは。奥さん、西部劇の女ロデオ師のようですな」

永瀬屋根屋は腹を揺するような声で笑った。

3

たぶん私への気遣いなのだろうが、永瀬屋根屋が彼のほうから電話を寄越すことはほとんどない。しかし私が電話をかけると、永瀬は待っていたかのように受話器の向こうですぐ反応する。その様子が手に取るようにわかった。

　彼は現場の仕事に出ていることが多いので、昼の弁当を食べ終った頃を見計らって電話を掛ける。

「永瀬さん。そろそろ次のお寺の屋根はどうですか」

　言葉をぼかして曖昧に尋ねる。季節は九月を過ぎてひと月近く経っていた。私も辛抱強く遠慮していたのである。

「ああ。私もそのことでは、いろいろと候補地ば検討しとりました。奥さん、奈良、京都の方はどうですな？」

　電話がつながると、いきなり彼の話は進展する。

「柿葺きの四国のお寺じゃないんですか？」

「それは次のことにして、今ちょっと心惹かれとる場所が出来たとです。自分の興味が強か場所ほど、奥さんを誘導しやすいですからね。じつは前から気になって探していた寺がありまして、その寺の名前と場所が見つかったとです」

　永瀬の声は弾んでいた。

「まあ、今度はどんなお寺の屋根ですか」

「いや、寺というより、そこの屋根を葺いた瓦師のことを調べていたとですよ」

　永瀬の声にじわじわと熱がこもった。

「昔、私が寺の屋根に上がっていた頃、仲間に聞いた話です。室町時代に寿三郎という瓦師が、大和地方にいたそうでして」

　六百年ほど前、足利義満の時代だと永瀬は言う。

　台所の窓の向こうには、すっかり日射しの落ち着いた秋空が広がっていた。そこをうっすらと黒い点のような飛行機が、うろこ雲の海を滑るように行くのが見える。

　鉄の塊が空を飛ぶ不思議もある、と私は思った。

　他人に導かれて夢の中に入る不思議もある。

　電話の子機を耳に当てて窓の外を眺めていると、そのどちらの不思議もあり得ないことに思えてくる。

「この寿三郎は人の世を見下ろす高い大寺の屋根で、毎日、仕事ばしとりました。そんな彼は仕事の合間に、自分の思いばいろいろと瓦の上にヘラ書きしたっでしょうな。それが何百年に一回とかの、古か寺の大修理のときに発見されたとです」

「ヘラ書きってどんなものですか」

「今の瓦屋は、瓦を焼くのと、それを屋根に葺くのと、分業化してしもうたですが、昔は瓦師が自分で焼いて自分で屋根に葺きました。それで自分の仕事の証しに、木べラで焼成前の瓦に文字を彫り込んだとです」

「名前とか、竣工年月日とか？」

「ええ。普通はそうですがね。しかし寿三郎が瓦に彫り付けた文字は、どうも気のおもむくままの独り言のようでしてな」

永瀬屋根屋は電話の向こうで笑みを湛えるように言った。

「瓦に独り言？」

「心に浮かぶつぶやきを記《しる》したんでしょう。学問を修めた者なら漢詩など書くかもしれんが、瓦師の寿三郎はおそらく文字を書くとがやっとだった。寿三郎のヘラ書きのある古い瓦が、ようけ残っとるとだそうです」

永瀬屋根屋はそれを大切そうに電話の向こうで諳んじた。

大工ノトシワ、コノトキワ、廿八ニナルナリ

「これが一番古いヘラ書きの文句です」

そのときはまだ寿三郎でなく、ヒコ次郎、と名乗っていたようだった。次の年の瓦にはヒコを漢字の彦と表しているところから推して、瓦に彫り付けるのにカナ文字のほうが易しかったからだろう、と永瀬は言う。

「いずれにせよ、ヘラ書きなどを遺せるのは、彼がその齢でもう瓦大工の頭《かしら》であったことは間違いがなかでしょう」

「そうかもね……」

「そう思うて見ると、この短い文章は生き生きしとります。大工の齢は、この時は、二十八になるなり、ですからねえ……。腕に自信の若い瓦師が、胸ば反らして、自己紹介をやっている様子が伝わってきますたい。たった二行ですもん。瓦大工のヒコ次郎、と自分の名ば彫り付けて終っとる。若い棟梁《とうりょう》の気概と、潔さがよう出とります」

永瀬は珍しく長々と嬉しそうにしゃべった。

窓の外にまた灰色の点のような飛行機の影が音もなく飛んで行った。秋の空はつるりと磨き上げたガラス玉のようだ。

「そのヘラ書きの瓦はどこの寺から出たんです」

と私は聞いた。

「そのときは寺の所在ば聞き漏らしました。ただ、翌《あく》る年にまたこのヒコ次郎が彫った別のヘラ書きの瓦も見つかっておりまして、その瓦にはヒコ次郎が名前を変えたことも、わざわざ記してあったとです」

永瀬の立ち上がるような気配がして、

「ちょっとその資料ば取りに行きます」

と言う。彼は今日は家にいるようだった。机の引き出しか何かから、片手で紙を出してパサパサと広げる気配である。それから彼はゆっくり、読み上げた。

フスマ瓦百八十枚
　大工彦次郎
　ナヲカエテ
　寿三郎トナノル
　トシワ、廿九ニナル

「つまり翌年の屋根仕事では、寺の古い瓦を百八十枚新しく焼いて、葺き替えたとですね。几帳面に記しとります」

「ふふ。トシワ、廿九ニナル、なんて、またわざわざ彫ってるのね」

若い瓦師の気負いみたいなものだろうか。現代に生きていたら、案外、ナイーブな青年だったかもしれない。

「寿三郎はですな、屋根の上で仕事しながら、こうやってそのときどきに人生ば感じながら、瓦に書き記していったとですよ。それが奈良の古い寺にいろいろ残っているようです」

「そのお寺の名前、わかったんですか」

「はい。瑞花院吉楽寺《ずいけいんきちらくじ》というて橿原《かしはら》の、近鉄真菅《ますが》駅の近くです。私はじつは十日前にそこへ訪ねて行って、その瓦をこの眼で見てきたとですよ。ヘラで書いた跡が今は薄うなって、判読しにくいところもあるですが、よう見れば読めるところもあって、なまなましい瓦でした」

落書きともいえるが、しかし単なるいたずら書きとは違うと永瀬は言う。

「つまり、哀感があるとですたい」

その例として永瀬は瑞花院の瓦の一枚を挙げた。

五月一日ノサルノトキニ
トクリホトナル、アラリ

フルナリ。ヒツシサルヨリ
ウシノハウエ、フリイクナリ

これを判読すると、

（五月一日の申の刻に
ドングリほどになる　霰《あられ》が降った。
それは未申の方角から、
丑の方角へ、降って行く）

となるのである。

「私も始めは、トクリというから酒を入れる徳利かと思うて吃驚《びっくり》しましたが、説明ば読んで、トクリつまりドングリということで納得ばしました」

ドングリ大といえば、もう霰というより雹《ひょう》である。その大きな氷の塊が未申の方角つまり南西から、丑の方角すなわち北北東へ降って行った。

「寿三郎はこの日、屋外で瓦を製造していたんでしょうな」

瓦にヘラ書きをするのは、粘土で成形して窯で焼く前の柔らかい状態だ。それでこのとき天から降ってきた氷の塊は、寿三郎の作った瓦にもバラバラと盛大に打ち付けて去って行ったのであろう。

「それで次にこういう文章が続きます」

　コクチナルワ

　五月一日ノ、アラリノアト

（瓦の小口にある傷は

五月一日の、霰の痕なり）

「よかでしょうが、この文句も」

永瀬屋根屋は嬉しそうに言った。

「パラパラ、バチバチと、大きな雹は小気味良か音ば立てて、寿三郎の仕事場の上を通り過ぎて行った。ちなみにこの瑞花院の瓦には、嘉吉《かきつ》元年、つまり一四四一年の日付が記されとります」

　大工ノトシワ、廿八ニナルナリ、とヘラ書きしたのが応永十二年、一四〇五年であるから、寿三郎の齢はこのとき六十四歳になっていると、永瀬は感慨深げに言うのだった。

「瓦日記とでも言いましょうか……」

彼は電話の向こうでほうっと籠《こ》もるような息をついた。

「面白いものを見たんですねえ」

と私は言った。

「ええ、奥さんにもこの瓦ば見せたかですよ」

永瀬の言葉に、私は急に我に返った。

「見せること、出来ますか？」

永瀬ならもしか、出来るかもしれないと思ったのだ。

「はい。出来るかもしれませんな」

考えるように彼は答えた。

私は電話の子機に当てていた左耳が熱くなって、右耳に移し替えた。

いつか東経寺の屋根に上がったときの情景を思い出す。

「今度は、私たち……」

と私は言った。その、私たち、という言葉に躊躇《ちゅうちょ》があったが、思わず口から出た。

「その瑞花院というお寺に行くんですね、夢の中で」

「奥さんが見たいならばです」

永瀬はそんな言い方をした。

「ただし、今度は前のときより、少々難しかですよ」

東経寺の夢のときは実際に現地へ下見に行ったが、今回はわざわざ出向くには遠すぎると永瀬は言う。奈良の橿原となると一日は家を空けることになるだろう。それで下見なしに直接、夢で瑞花院に行く方法を取るならば、少し難易度が高くなると言うのである。

「下見なしで瑞花院に行くのは想像力が要《い》ります。一段も二段もハードルが上がりますばい」

私はどきどきした。夢を見るにもハードルがあるのである。

「そして奥さんを誘導ばするこの私も、当然そのハードルば飛び越えねばならんです」

至極もっともなことだと私は電話のこっちでうなずいた。

そこで一案があります、と永瀬の声が思案していた。

「私が今度、瑞花院で撮って来た映像ば、ＤＶＤにして奥さんに送りますけん、じっくり見てください」

ＤＶＤの映像で下見の代わりとなる情報を得るわけだ。

「写真よりは臨場感がありますけん、少しは役に立つでしょう」

なるほど、そういう手もあったのかと私は思う。

「どうです」

と彼の穏やかな声がした。

「冒険ば出来ますか？」

「ええ、やってみます」

と私は返事した。もう心は瑞花院の屋根瓦に飛んでいた。電話を掛けながら眺めていた窓越しの空が遠くなった。

翌々日の午後、外出から帰ると、家の郵便受けに永瀬からのＤＶＤの包みが入っていた。宛名も住所もなくて紙袋にただ無造作に詰められている。仕事の途中で直接ここへ寄ったものらしかった。

その日は朝から女友達と、地元で始まったアジアの映画祭の一本を観に行った。夫に虐《しいた》げられる妻の話だ。陰惨かつ凄まじい暴力シーンで、最後は妻が夫を殺して終る。つまり何も問題は終っていない話だった。私たちはアジアの女性差別の一端を覗いた代わりに、予約していた昼のフレンチは食欲が消えてしまった。

「今夜はこの腹いせに亭主を殴りつけるかもしれない」

女友達の一人がワインを飲みながら言ったものだ。

そんな外出から戻って私は冷蔵庫の水を飲み、ついでに口直しのように居間のテレビで永瀬のくれたＤＶＤを見た。まだ陽は高く私はワインに少し酔っていた。ソファにもたれて見た。

寄せ棟造りの寺が映った。門に『祐禅山瑞花院』とある。浄土宗の古い寺のようだが、いわゆる五重塔があるような大きな寺ではない。こぢんまりとして落ち着いた庭に、手入れの良い松の木が並んでいる。何か足りないと思ったら、音が入っていないのだった。

撮影者の永瀬の息遣いが、姿の見えないぶんだけ逆に無音の画面の裏から洩れてくるようだ。……たぶん妻を殴らない男。……むろん死に別れたのだから今ではもう殴りようもないが。……おそらくセックスにも関心がなさそうで。……いや、その実は私が知らないだけで、……本当はあったかもしれないが。むしろそのほうが普通の男である。そして、富士山や石鎚山を屋根瓦で覆うなんてことを夢想する人物が、ここでカメラを構えている。

赤い毛氈《もうせん》か何かの上に古い色褪《いろあ》せた、端の欠けた瓦や、破片がずらっと並べてある。これが寿三郎のヘラ書きであるらしい。瓦はもう黒くはなくて灰色のまだらに褪せて、文字は判読できない。何か彫るというか、引っ掻いたような条痕がある。

永瀬のカメラが近づいたり、退いたり、何とか文字を撮ろうとしている。参拝客が結構いるようで、画面の端に人の手がふっと入ったりする。ぱっと若い女性の笑顔が入って、片手でピースの形をする。

カメラは庭に出てそこらを歩く。

その辺りから私は眠気が襲ってきて、いつの間にか居眠っていたらしい。電話の音で眼を覚まして受話器を取ると、永瀬だった。ＤＶＤを受け取ったか確認のためである。

「宛名を書かなかったもんで」

彼は私の名前を知らない。私は彼に名前を教えないままだった。

「音が入ってないので分かりづらいでっしょうが」

「ヘラ書きの瓦のところまで見ました」

「その後にほかの寺が幾つか出て来ます。唐招提寺《とうしょうだいじ》と薬師寺と醍醐寺です。こっちは奈良、平安の建造物です」

その寺々の屋根にも寿三郎は修理で登っていたようだ。青年棟梁は後に国宝級の寺の屋根を手がける瓦師になったのである。

「そっちも見てみてください」

「それでいつ、私たち、行きますか」

私が聞くと電話は静かになり、永瀬は日にちを検討しているようだった。

「そうですな。そんなら、来週から仕事が立て込みますけん、少し早いが明後日の晩などはどげんですか」

「明後日ね」

私はいつだって異存はない。

「わかったわ」

私の返事を確認するように一呼吸置いて、永瀬は電話を切った。


夜、夫から遅くなるという携帯が入ったので、息子の涼太と二人で夕食をとる。高一男子のテニス少年は目下、悩みを抱えていた。

「テニスクラブ、いつまで続けるの」

と私は聞いた。来年までクラブに在籍すると、息子の成績では志望大学は危うい。

涼太は鶏の照焼きを頬張りながら、

「これからは頭の出来の良くない奴は、体鍛えるのが先決と思うんだ。それにはテニスは続けた方がいいと思うんだ」

「体を鍛えてどうするの」

「職人になろうかと思うんだけど」

私は一人息子の暢気《のんき》な顔を見た。

「ふうーん、職人って言葉、知ってたんだ」

と私はわざと感心してみせた。

「大工とか左官とかいろいろあるよね。サラリーマンは会社いつ倒産するかわからないしね」

もう夫たちが会社に就職した頃とは状況が違っている。

「でもね、サラリーマンの将来も不安だけど、職人だって一匹狼で技術張ってるだけではやっていけないのよ。大工だって建築会社に就職しなけりゃ、安定しないでしょ。結局、企業のサラリーマンになるか、職人のサラリーマンになるかってことじゃない？」

「それじゃ、ぼく、大工のサラリーマンになっていい？」

それなら会社のサラリーマンである涼太の父親と、かつて職人のサラリーマンだった永瀬屋根屋の話の、両方を聞いたほうが良くはないか。涼太はのどかな声で、ふうーん、と言った。

「それじゃ大工のサラリーマンになるため、とりあえず勉強は続けたほうがいいわよ」

涼太はご飯を三杯お代わりして二階に引き揚げた。

私は食器を洗った後、また永瀬のＤＶＤの続きを見た。

瑞花院吉楽寺の後は、私もどこかで見覚えのある有名な寺々が映った。唐招提寺の五重塔、醍醐寺の五重塔、薬師寺の三重塔。寿三郎がこれらの寺の屋根に登ることが出来たのも、一匹狼ではなかったからに違いない。職能集団の一員でなければ出来ない大事業だ。

画面に瓦の展示室らしいものが映った。永瀬のカメラはその一枚を大写しにする。古色蒼然とした欠け瓦のヘラ書きは判読しにくい。そばに説明書きの札が置いてあった。

ヒン□ーウシ……
アラヒナカヤ
ヒタルシヤ……

(貧乏し……
あら、日永や
ひだるしや……)

腕の立つ瓦師も貧乏からは免れることができなかったようである。ひだるしや、は空腹という意味だろう。日の長い季節に一日働けば腹もずいぶん空いてくる。日永というから春に書かれたものだろう。ふと思いつくままヘラを動かしたものと見える。寿三郎にとって木ベラは筆、瓦は紙の代わりである。生涯にいったい何十枚、彼は瓦に思いを刻んだのだろう。

ふと二階の職人志望の少年に、この瓦を見せたくなった。

私がDVDを消した頃、会社の設備設計課の深夜打合せ業務を終えた夫が上機嫌で帰館した。夫の性格のたぶん一番の美質は、酔うと機嫌が良くなることである。酒には美味い酒も苦い酒もあるだろうが、どんな酒を飲んでも彼は憂さを晴らし、春風《しゅんぷう》駘蕩《たいとう》、にたにた笑いながら靴を放り脱いで上がって来る。飲まないときの無愛想な顔が別人である。

「みっちゃん」

と彼はキッチンの椅子に座り込んで言った。飲んでいないときは、おまえ、である。機嫌の悪いときは、君、と改まって呼ぶ。

「はい、はい。何ですか」

と私は適当に聞いた。

「資材課の横山が肺ガンだってさ」

こないだの雨漏りのとき、屋根を覆うブルーシートを貸し出してくれた同僚だ。入社が夫と同期で、彼には二人の息子と一人の娘がいて、去年家を建てた。咳がぐずぐず治らなくて病院に行くと、もう手術できなくなった肺ガンで、ただちに抗ガン剤治療を言い渡されたという。

「横山の女房は気の毒だ」

夫は急に他人の妻に同情した。

「みっちゃんは幸せだ」

横山の妻へ飛ばした玉が、跳《は》ね返ってきて今度は私に当る。

たぶん妻の幸福は、夫である彼自身の幸福の確認になるのだろう。コップに水を注いで渡すと、彼は頭をぐらぐら揺らしながら美味そうに飲んだ。

寿三郎は酒は飲まなかったのだろうかと私は思った。屋根葺きは危険な仕事で、量を過ごせば翌日に酔いが残って支障が出る。寿三郎も少しは飲んでも、深酒はしなかったろう。

私の夫もアルコールが入っていないときは気の晴れない男である。六百年前の寺の屋根に上げたら、彼も瓦に何か書き付けたかもしれない。


貧乏し……

あら、日永や

ひだるしや　ひだるしや

その夜、私はまた珍しく夫の出てくる夢を見た。

高い五重塔の上に彼がいた。その塔は写真や何かで見る法隆寺の塔によく似ていた。古い白黒フィルムの映りの悪い画像のような夢で、チョンマゲに股引みたいな下穿《したば》き姿の彼が、天辺の屋根の端にしゃがんでいる。

彼はそこで一枚の瓦を取り上げて、自分のヘラ書きの跡を眺めていた。別人みたいに哀愁の深い顔だった。チョンマゲの鬢《びん》の後れ毛が五重塔の風に激しく震え、足の下には今はすべての関係が断ち切れた遠い下界が霞んでいた。

翌朝起きて私は思った。

夢に較べると、現実の夫はなんと存在感が薄いことだろう。顔を洗い着替えをして台所でフライパンを火に掛けていると、少しずつ自分なりの答えが導き出された。

結婚生活の相棒は歳月と共に空気みたいに慣れていくものだ。相棒が朝な夕な生々しい存在でそばにいたら、愛したり憎んだり欲情しっぱなしだったりで厄介である。というわけで生活の便宜上、夫や妻は影が薄くなるようにできている。

永瀬屋根屋と約束した明後日の夜がやってきた。

いよいよ瑞花院吉楽寺に行くときが迫る。永瀬から念のため確認の携帯がかかってきたとき、私はもう自分のベッドに入っていた。

「眠れそうですか」

「ええ。そろそろ瞼《まぶた》が重くなってきてます」

昨夜、夫の帰宅を待っていたせいだ。

「ご家族はもう休まれたですか」

「主人は昨夜遅かったので、とっくに寝室で爆睡中です。息子は二階のれいの巣穴で、起きてるか寝てるかもう知ったことじゃありません」

「よかです」

と永瀬は笑った。

「何も心に残すことがなかように、眼ば閉じてください」

「死ぬ間際の人間に言ってるみたいね」

「はい。状況はよう似とりますたい」

まず一番の関門は深く眠ることだ。気になるものがあると肝腎の眠りがやってこない。マイスリー……。ソメリン……。ベンザリン……。田舎の母が泊まりに来ると近くの内科に睡眠導入剤を貰いに行く。安らかに眠ることと、安らかに死ぬことは人生の最難事かもしれない。

「安心して先に行ってください。私も後から追いかけます。向こうで必ず逢えますから」

「ええ」

この瞬間だけ余人は入れない。

永瀬屋根屋だけと向き合う。

うまく目的地に行き着くこと。それから支障なく帰り着くこと。ときどき東経寺の夜の大屋根を思い出すと、私はどこかにあの深い夜のしじまの世界が今もあるような気がしてくる。あんなどこまでも広く深い夜の世界が頭の中だけで作り出されるなんて、信じられない。そこへ行くのが誰にでも出来ることではないように、そこから戻ってくるのも簡単なことじゃないと思えてくる。

「もう……たまらなく眠いわ」

「ははは。奥さんはまこと健康なおなごですな」

それが私という女の取り柄なの、と言いかけて億劫《おっくう》になり、途中で携帯を切った。

気がつくとどこまでも落ちている。落ち続けている。一度こうして夢路を行ったことがあるので心細くはない。ただ視界は暗くて辺りは見えない。だいぶ落ちた所で足裏が固い物の上を踏んだ。屋根の瓦の上だった。東経寺のときとほとんど同じだ。

西の空の低い辺りに三日月が昇っていた。

「いやあ、こりゃしくじりましたばい」

背後で永瀬のいつもの地声が響き私は振り返った。いつもの作業着姿で永瀬が明かりの下に立っている。私が携帯を切ったので、彼も急いで後を追って来たようだ。私はまたどじを踏んで、今回も生地の薄いひらひらしたネグリジェなどを着ていた。

「ここはどこですか」

「瑞花院の屋根の上です」

「なら目的地にぶじ着いたわけね。何がしくじったって言うんですか」

「私が来たかったとは、昼の瑞花院です。こんな夜中では門も開いてなかですけん、展示室の説明係もおりまっせん」

夢なのだから勝手に展示室へ侵入して、勝手に瓦を見ればよさそうなものだが、永瀬は首を横に振る。

「私は案内係のようには説明はできまっせん。なんぼ夢でも、知らぬもんは知りまっせん」

私たちは屋根の上で途方に暮れて腰を下ろした。平屋の本堂の屋根らしく、下を眺めてもそれほどの高さはない。辺りは静かな住宅地があって、間に大きな神社の鳥居の影なども見えた。

「やっぱりＤＶＤでは難しかったんでしょうな」

そういえばＤＶＤに映っていた瑞花院は、昼の景色だったなと思い出す。

「ああ。私がしっかりイメージしなかったせいです。ごめんなさい」

「いやいや。私の撮影にインパクトがなかったとですよ」

と二人で謝り合っていたときのこと。バチッと何かがショートしたような音と一緒に赤い、一抱えもあるようなオレンジ色の火の玉が屋根の上を走った。白い煙と焦げたような臭いが立ちこめた。

私は思わず叫んで屋根屋に抱きついた。

ギャーウォーー！

とオレンジ色の火の玉が化け猫みたいな唸り声を発して、ぐるぐると火の粉を振り撒《ま》いて転げ回る。

「大丈夫です」

永瀬は困ったように片手でシッシッと火の玉を追い払う。

「それって何です？」

「いや……」

その持て余した彼の顔を見るうち、気がついた。

東経寺では金茶の虎になって私の夫が現れた。今度は永瀬の妻が出たのに違いない。

こないだの彼の夢ではキュウリの馬に乗った病軀《びょうく》の女だったのに、今夜はかなり凶暴だ。

「どうもすんまっせん」

追い払いながら永瀬が面目なさそうに詫びた。

「さっき床に就く前にちょっと、家内のことを考えたもんですから」

永瀬が落ち着くと、火の玉も彼の心の僕《しもべ》のように鎮まり、燃え尽きて消えて行った。

静かになった屋根の上を私たちは、ようやく気を取り直して歩き出した。この瑞花院だけで、寿三郎と彼の配下の手になる瓦のヘラ書きは四十数枚におよぶらしい。

「寿三郎の生涯最後のヘラ書きも、この寺にあるんですよ」

永瀬が屋根の天辺に上がっていくので、私もついて登った。月の光に屋根の突端の鬼瓦が青白く照らし出されている。永瀬はその鬼瓦にひょいと大きな梟《ふくろう》の影みたいに腰掛けた。

一四四八年。その頃、寿三郎は名前をユウアミと変えていた。

ユウアミ、トシ
七十一ニマカリナル
フアン五年十月廿日

ノチノヨニ、ミタラン
スルヒトワ、子ンフツヲ
申テクルヘシ

（幽阿弥、齢は
七十一に罷《まか》りなるなり
文安五年十月二十日
後の世に、見たらん
する《ママ》人は、子《ね》んぶつを
申してくれるべし）

大工ノトシワ、廿八ニナルナリ、から数えて実に四十三年後である。屋根の上の一生の最後のヘラ書きは、後世の者に念仏を頼む言葉で幕を下ろしたのだった。

「何と言うか、瓦日記の完結にふさわしか、締めの言葉ですなあ」

永瀬は立ち上がると夜空の一角を指さした。

「あっちに聳えている高い影が、法隆寺の五重塔です」

また手の方角を変えて黒い影を指した。

「あっちは薬師寺の三重塔。どれも寿三郎が屋根のメンテナンスば引き受けて、営々と修理し続け、瓦を葺き替えた寺ですたい。どれ、ちょいと廻ってみましょうか」

と永瀬が振り返って私の手を取った。

屋根の軒からふわっと空に躍り出た。法隆寺の五重塔をめざして飛んで行く。迫ってくる大きな建築物の黒い塊は、人が十本の両手を順々に広げたような奇怪な影法師に見えた。敷地の向こうには千三百年前、檜材で造った日本最古の金堂がある。五重塔はそれに次ぐ古い建築物だ。

天辺の相輪《そうりん》の長さは十メートルあるので、それを除いても、

「高さ二十二メートルというと六階建てのビルくらいですな。これが建って後、震度六以上の地震が三回、震度五以上なら六回以上も経験ばしとるとに、びくともしまっせん。見なっせ、この木造瓦葺きの勇姿ば」

夢の中でも永瀬の解説はしっかりしていた。

「醍醐寺、興福寺、仁和寺《にんなじ》、東寺、日光東照宮など、日本には昔から五百を超す塔があるですが、火事で焼失したものは多うても、地震で倒壊ばした塔は滅多になかですよ」

「どうして倒れないのかしら」

「各層ごとの積み上げ構造になって、力ば分散して支えます。それと、五重塔の屋根

には非常に重か瓦が使われとります。そして先端が反っとりましょうが？　それがやじろべえの役割をしてバランスば保っとるとです。軽い屋根では、やじろべえは立ちまっせん」

　私たちは法隆寺の五重塔のそばに来た。

「さあ、奥さん。こっちに飛び移りなっせ」

　永瀬屋根屋が一番上の屋根に乗って、手を差し出した。私がその手を取ろうとしたとき、また、シューッと尾を引くような音がして、バチッと激しい火花が散った。オレンジ色の火の玉が屋根の軒先にかっと燃え上がった。また彼の妻が出てきたのだ。

　あああ。

　私の手が永瀬の手から離れかけた。永瀬が上からしっかりと摑《つか》んだ。私はかろうじて屋根に這い上がると座り込んだ。もう火の玉は子どもの背丈くらいに大きくなって、屋根の上を火炎を吐きながら転げている。永瀬はそれを、またシッシッと追い払いながら、

「奥さん。今夜はどうもいかん。私の気持ちが定まらんです。ひとまずここで別れまっしょう」

　彼の気持ちが定まらないとは、いったいどういう状態であるのか私にはよくわからない。しかしそんな彼の事情よりも、急に別れようと言われて、私は一人でどうやっ

てここを脱出すればいいだろう。

「大丈夫。私はこの狂うたような火の玉ば連れて、ひとまずここを離れますけん、奥さんは後から落ち着いて、ゆっくり家に戻ればよか」

「どうやって戻るんです？」

「なあに、屋根から眼ばつむって飛び降りればよかですたい。家に戻ったとこで眼が覚めます」

　もう思案する間もなかった。永瀬屋根屋は見る間に火の玉に包まれて姿が見えなくなっていた。彼を呑み込んだオレンジ色の生きものみたいな炎の塊はぐるぐる瓦を蹴立てて駈け回り、勢い余って屋根から宙へ飛び出した。それきり夜空に火炎と共に掻き消えた。

　気がつくと、耳が押し潰されるような五重塔の静寂が私を包んでいた。永瀬も去った。寿三郎はもっと遠い以前に去っていた。人間の姿のない広い屋根の上を私はみしみしと、古代の瓦の冷たさを踏みしめて歩いた。私に飛べるだろうか、と思う。

　同じ飛ぶなら、一番高い所から飛ぼうと心に決める。屋根はもう今にも夜空に飛び立つ船のようだった。天辺の鬼瓦が、ここへこい、と私を誘っていた。牙を剝《む》いた怖ろしい鬼の形相だが、飛び出た眼は笑っていた。ようやく上に登り切ると夜空に聳えた鬼瓦の、火焔状の巻き髪と吊り上がったまなこが、永瀬に見えた。

夜露に濡れて彼は私を睨んでいた。

「飛べ」

と鬼面は言った。

「大丈夫。眼をつむって飛べばいい」

私は何だか懐かしさに涙が溢れてきた。

そうだ。家へ帰ろう。私は意を決して虚空に身を躍らせた。


　永瀬屋根屋が普段、自分のほうから電話を掛けて来ることがないのは、私に対する気遣いと思っていた。しかしどうも最近はそれだけではないような気もするのだ。私の携帯に返事が来ない。着信履歴が残っているはずで音沙汰ないのは変である。

　こうなると夜に自宅へ再々掛けたが、呼び出し音が続く。もう十月も後半になったので、屋根の上での熱射病は考えられない。今年の秋は珍しく台風らしい台風もやってこなくて、あと考えられるのは足場からの転落事故だ。それで救急車で入院などということになっているのではなかろうか。

　とにかく彼の携帯と、自宅の電話に連絡を待つ旨を残すと、浮かない気分の日を過ごす。

　この頃、私はほとんど毎晩、なんらかの夢を見る。本当は人は夜毎に幾つもの夢を見ているというので、私もそれらの夢の断片の一つ二つを思い出せるようになったのだろう。しかし他人に語れるほどの意味のあるものはない。

　まとまったストーリィも持たず、現れるものにはほとんど満足な形もない。人の居る気配はするが本体は見えず、影や気配だけが動いている。どこかの風景みたいなものが映っているようだが、ぼんやりとしてとらえどころがないのだった。

　このあてどない感じは、絵を習い始めたばかりの人が教室の休みに、所在なくスケッチブックに何か描いたりするのや、バイオリン教室か何かに通い始めた人が、やっぱり休みの日に独りでそろそろと弾いてみるような感じ。

　夢の独り稽古。

　毎夜のレッスン。しかし肝腎の指導者がやって来ないので、一向に前へ進む気配がない。

　私はいつかの夜の法隆寺五重塔の夢を何度もおさらいする。夢というには現実的すぎる。あれは永瀬との二度目の旅とでもいおうか。お互い別々の家に居て、一つの夜と時間と眠りを共有する夢の旅だ。

　最初は博多の東経寺の屋根の上だ。前回は奈良の瑞花院吉楽寺と法隆寺だった。二度目で旅のハードルがぐんと上がった。ただ、思いがけないアクシデントで、行きは良かったが帰りは一波乱起きてとんだ結末となった。

私たちは屋根の上で別れ別れになることになった。今思い出してもあの高い五重塔の天辺から、自分一人で飛び降りて帰還したなんて信じられない。天辺の相輪の高さを除いても、二十メートル余の屋根からだ。たとえ夢の中でも、あのときの絶望感と恐怖は、未だ私の体にありありと残っている。

私はまだ帰り着いてない気持ちがする。滅茶苦茶に破れかぶれに戻ってきたわけで、帰りは達成感からはほど遠い。自分でどうやって戻ってきたか納得がいかない。

私が屋根から夜空へ跳躍《ちょうやく》したとき。体が一瞬ふわっと浮いて、それから真っ逆さまに物凄い速さで落ちていったとき、足の爪先がひょいと何かに触れた。それが硬い地面でなくて、柔らかい自分の寝床だったことは叫び声が出るほど嬉しかったが、後で気持ちが落ち着けば不本意なばかりだ。

出来ることならもう一度、私はあの屋根から見事に飛び直したい。これでも昔、高校水泳の高飛び込みで県下一になったことがある。自分の体が落ちて行く先を、ベッドの中の自分に戻ってゆく道筋を知ることができなかったのが歯痒《はがゆ》い。

秋も一歩一歩と深まってきた。公園の芝生を焼き尽くしていた真夏の日射しも、今は色を失って白っぽい水みたいな光を降り注いでいる。

これで永瀬との夢の旅は終りなんだろうか。

私はドキリとする。

永瀬屋根屋の顔を思い出す。あの夜の五重塔の月に照らされた、彼と奇妙に似た鬼瓦の顔が浮かんでくる。妻に先立たれた肉体労働の男の孤独と、地上から浮き上がった高い屋根で陽と月に晒《さら》され続ける鬼瓦の孤独が混ざり合う。

永瀬のことばかり考えるうち、私はついに意を決して、彼の工務店へ行ってみることにした。ある雨の晩だった。翌日も雨が残れば永瀬は仕事を休む可能性が高い。

「お返事がなく心配なので、明日の午前中、お宅へ伺ってみます。お留守のときは帰りますので、気になさいませんように。」

とメールを打った。

昔ながらの古い商店街に挟まれて小学校が建っている。そこから東へ拡がる新興の住宅地に私の家がある。商店街の西にある古くからの住宅地に、永瀬工務店は看板を上げている。名刺の住所から見当を付け、秋雨のうっすらと降る中を傘を差して家を出た。

古い瓦屋根の続く町の通りを行くと、景色の中に畑や竹林が混じってくる。永瀬工務店は竹林を背にして建っていた。十年前に開業したわりに建物が古すぎるのは、中古店舗を買い取って改造したのだろう。錆《さ》びたシャッターが半分上がり、店の土間らしい暗がりが覗いている。

　チャイムが見つからない。仕方なくシャッターの前で中腰になって首を暗がりに差し込んだとき、見覚えのある汚れた船のような永瀬の仕事靴が眼の前に現れた。右足と左足が揃って立ちはだかり、茶色の太い鉈豆《なたまめ》のような手の指がにゅっと出てシャッターの下の端を摑む。

　ガラガラガラと軋《きし》む音を立ててシャッターが上がった。

　正面から眼と眼とが合った。

　永瀬が声も出ないという顔で私の前に立っている。

「お早うございます」

　と私は言った。

「こりゃまた」

　と永瀬屋根屋もしゃっくりみたいな声を出した。

「音信不通で」

　と私はそっと笑った。

「ご病気か、お怪我でもと気になって」

「いやいや」

永瀬は片手をひらひらと打ち振った。

「仕事が立て込んどりました」

「それは何よりです」

私がうなずくと、彼は表の道をきょろきょろと見て、

「ここでは何ですから」

と体を中へと引っ込める。店の中へ案内されるのかと思ったが、

「ちょっとお茶でも飲みに行きましょう。車のキーを取ってくるので、裏へまわっといてください」

横の駐車場を指さすと、事務所の中に引っ込んだ。

薄暗い事務所の中は雑然としてよく見えない。壁に何やら作業着やゴムの合羽《かっぱ》、安全帽みたいなものがぶら下がっている。突然やって来た施主の主婦を招じ入れる場所はなさそうだ。土間には漆喰《しっくい》やセメントの袋が積み上げられ、ゴム長靴やスコップ、工具の類が整頓して置かれている。永瀬の気質が窺《うかが》える。

私は外へ出ると、駐車場に行って永瀬を待った。雨で仕事を休んでいるらしく、軽トラの荷台を覗くと何も載ってなくてカラッポだ。仕事もせず、私の携帯に返事もくれず、この数日何をして過ごしていたのだろう。

駐車場で永瀬の軽トラの助手席に乗った。

「こないだの喫茶店にでも行きますか」

フロントガラスの向こうに商店街へ行く道が現れる。この数日のあてどなさを思えば、今、彼と一緒に同じ景色を眺めながら車に乗っているのが、何か夢のようだ。

「携帯に伝言入れていたんですけど」

恨みがましく口に出る。性懲《しょうこ》りのない女だ。

「ああ。すんません。ここんところどこのお宅も台風に備えて、屋根の点検、整備の依頼が増えるとです。夏に休んだぶんば取り返そうと、目一杯、仕事ば引き受けてしまいました」

そう聞けば納得しそうになるが、心の中に未だほぐれないものが残る。返事ができないほど忙しかったのか。

店に入ると今日もがらんとしていた。客はいない。雨のせいか湿気の臭いがこもっている。いつかの席に座った。今日の永瀬は抹茶あずきではなくてコーヒーを注文する。あのときは汗まみれの顔から湯気が立つようだった。私も温かいココアを頼んだ。

「いつぞやは大事《おおごと》でしたな」

と永瀬はまず法隆寺五重塔でのことを口にする。

「ほんと、大冒険だったわ。凄い体験でした」

そう言うと、彼は苦い顔をした。

「もう懲りたかと思うとりましたが」

「だから言ったでしょう。私、高い所に強いんです」

「奥さんは楽しゅうても、私は責任があるとですもん」

と永瀬は口ごもるように言う。

「どんな責任？」

私は首をかしげて彼を見た。夢の中で起ることに永瀬がどんな責任を取る必要があるだろう。

「私が五重塔の屋根の上から転落でもしたとき？」

「………」

永瀬は黙ってコーヒーを飲んでいる。

「それで夢の中で私が大怪我でもしたとき？」

「そういうことではなかですが、夢というても体に応えるとです。あんまり怖ろしか夢を見ると、病気にもなります。反対に楽しか夢ば見ると、病気も良うなりますけん」

「遊び事じゃないと言うのね」

「そん通り」

どうやら永瀬は私から後ずさり始めている。

「あなたと一緒に見る夢は、嫌な夢じゃないわ」

何だか凄い口説き文句のようになる。しかし他意はなくて、私はただ真剣なだけだった。

「あのときの夢も怖かったけど、一生忘れられないでしょう、きっと。月の光に照らされた反り屋根の美しさなんか、言葉では絶対に言えないわ。あの夢は本当に遊び事以上でした」

この齢になってこれほど真正面から、他人に自分の心の内を語るなんて絶えてない。

「もう一度、帰りのおさらいをやりたいんです」

「おさらい？」

「ええ。あんなどさくさ紛れじゃなくて、きちんと夢を見終って、私は眼が覚めたいのです」

少し冷めかけたココアを思い出してようやく口をつける。一口飲むと、いつか永瀬に言いたかった言葉がふっと出た。

「前から永瀬さんに聞きたかったけど、私、どうでしょう？　素質あるほうじゃないですか」

彼が、えっ、という顔になる。

「あるでしょう？　夢を自由に操る素質」

あると言ってほしい。自分ではそう思う。比較する人間はいないが、何となく私には自信のようなものが芽生えてきた。

「あなたのいい弟子になれるでしょう」

永瀬は思わず笑った。

「奥さんは変な人ですな」

「相棒と言ってください」

私が迫ると、永瀬の顔に微かに苦渋の色が見えた。

「だが難しかことは今後もいろいろ出て来ますけん。相棒になるには早すぎます。私だちの夢行きは、今後も多難含みの気がするとです」

「それって、あの夜に出た大きな火の玉のことですか」

言い渋る永瀬に詰め寄るように聞いた。

案の定、彼は押し黙った。

あの大きなオレンジ色に燃えさかる火の玉を思い出すと、私は今も息が苦しくなる。火の雫を滴《したた》らせ、獣みたいに吠え声を上げながら、屋根の上を転げ回った人魂《ひとだま》のお化けみたいなもの。

「それからあの虎の化け物のこともですか」

永瀬屋根屋はやっぱり口をつぐんでいる。

ギャオゥーッと物凄い唸り声を上げて空中を走ったあの虎は、何だか龍みたいな長い尻尾を振り立てていた。

「その火の玉と、大虎は夢行きの障害物となりますけん。先行きが思いやられます」

確かに私たちは厄介な化け物を抱えているのだった。しかしそれは永瀬の妻の化身の火の玉ではなく、私の夫の化身の虎なんかでもむろんない。永瀬と私の心が生んだ火の玉と虎に違いない。化け物が厄介なのではなく、私たちの中にある火の玉や虎を生み出す人間の心が厄介なのだ。きっと。

「夢行きに」

と私は永瀬の言い方を真似た。旅でもなく、まして旅行というほど物々しくもない夜の遠出に、夢行きという言葉はぴったりだった。

「慣れればそのうち出て来なくなります。こういうものは気にすればするほど現れて来るものだと思うわ」

「そうですかなあ」

彼はコーヒーの残りをすすると、自信がなさそうにつぶやいた。私はそんな彼の顔をじっと見た。

「それより永瀬さん。あなたはそろそろ次の夢行きを一人で考えているんじゃありません？」

「いや……」

図星だったらしく彼は返事が見つからない。正直な人物なのである。

「今度はどこのお寺の屋根ですか」

私も思わず膝を進めているのだった。

「国内はしばらく置いて、そろそろフランス辺りの教会なんかを考えとります」

「まあ。いつか仰ってたゴシック建築の大聖堂ですか」

永瀬の話はいきなり大きく飛躍していた。

「はい。仕事柄、屋根に興味がありますけん、ヨーロッパの教会の屋根の本を、いろいろ調べましたったい。するとイタリアはバロック様式が主で、ゴシックいうたらフランスに凄いのがあるとわかりました」

彼は少し普段の口調を取り戻して話し出した。

「パリの南西、ボース平野の草の海にシャルトル大聖堂は、石の大きな森みたいな姿で建っとります。その威容を一遍、この眼で見たいと思うとです」

この眼といっても、夢で見る眼だ。永瀬にとって夢と現実の力の差はほとんどないようだ。

「シャルトル大聖堂の身廊の大きな屋根は、空から見下ろすと薄青い十字架の形ばしとります」

「ああ巨大十字架ね」

　八百年の時を重ねた世界遺産の巨大な大聖堂は、私も写真で名前や威容は知っている。

「草の海に投げ出された十字架みたいね」

「だが菜の花の季節になると、黄色い花の波ん中に十字架がどさりと落ちとるようですたい」

「眼に見えるようだわ」

　と私はうなずいた。イタリアへは何度か足を運んだが、フランスはパリしか行ったことがない。しかしそのパリのノートルダム寺院には立ち寄って塔の天辺まで登った。足のすくむような赤い屋根の町を見下ろした。

「ほかにはどこへ」

「アミアン大聖堂も、尖塔《せんとう》の屋根にずらっと付いたガーゴイルの化け物を見たかです。向こうには日本の雨樋《あまどい》に代わるもんがありまっせんので、雨水ば吐き出す仕掛けですたい。それがみんな怪物の恰好ばして、大口を開けて屋根にへばり付いとります」

　ノートルダム寺院の高い屋根や壁にもそれがあった。一本角の鬼、鳥、獣、龍、天使、それがみんな化け物めいた姿になって、嘔吐《おうと》の恰好でずらっと並んでいたものだ。

「あれら怪物たちが雨の日に、一斉にげぼげぼと雨水ば吐き出す様を見たかです」

永瀬は気分が乗ってきて、楽しそうにしゃべり出した。

「そんな様を、上手い具合に見られますか」

「見れます、見れます。雨ん日でも、お天気でも、こっちの意のまま自由自在ですたい」

「今は秋だけど、菜の花の海に浮かぶシャルトル大聖堂は見られるかしら」

「それはもう。雪の大聖堂でん、菜の花の大聖堂でん、何でん見れます。夢は現実より確かですたい」

その口ぶりはすっかりいつもの永瀬屋根屋になっている。

「奥さん。ゴシックの大聖堂に行ったら、塔の天辺まで登らんとつまらんですよ。日本の屋根の鬼瓦と同じで、塔の屋上には鬼や怪物の彫り物がぞろぞろと陣取っとります。あれらは何百年も町ば眺め続けとる。西洋の屋根は賑やかで面白かですばい」

彼はまだいろいろと行きたい大聖堂の候補があるようだ。

「本当に行くんですか？　あの、本当に夢で行くのかと……」

私は言い直す。こういう会話はややこしい。

「はい。夢で本当に行きます」

永瀬のその答えもおかしかった。

「長旅にはならないんですか」

何しろフランスに行くのである。いくら夢でも国内旅行とは違う。永瀬のその夢旅は何日も続くようなものなのか。それとも夢の特性を生かして、印象的な場面だけアルバムみたいにまとめて見るとか。

そうでもしなければ夢を何日も見続けるしかなくて、飲まず食わずで眠ることになるのではなかろうか。

私がそう言うと、永瀬は初めて声を出して笑った。

「そんな長い夢行きの場合は、毎晩、連続して見るとですよ。夢の続きば一週間とか、十日とか、実際の旅行みたいに時間ば取って、ゆっくりと見て行きます」

まるで本物の旅の話のようだ。夜だけの旅である。

「昼は仕事をする？」

「むろんです。飯も食って、働いて、生きていかねばなりまっせん。夢は人生と共にありますけん」

永瀬の顔がまたふっと法隆寺の鬼瓦と入れ替わった。あの鬼も私の見た夢の中で、今の彼のようなまなざしで私を見ていたような気がしたからだ。

私たちは二杯目の飲み物を頼んだ。カウンターの中で眠りかけていたような女の声が返事して、コーヒー豆を挽き始める音がする。

「そもそも永瀬さんは、ヨーロッパの教会の屋根のどんなところに興味を持ったんです？」

　日本寺院の屋根職人という彼の仕事と、それは何か関係があるのだろう。

「はい。日本の寺の屋根は船に似とります。広うて大きい。誰もその上に乗る者もないのに、ゆったりと反り繰り返っとります。それの極端なのが四国で私が見てきた、豊楽寺薬師堂の大屋根です」

　いつか写真を貰った、あの牛の背中みたいな柿葺きの四国最古の寺だ。

「あれは正面から見ると、鍔《つば》の広か大きな帽子が、地面にでんと居座っとるようです。屋根の下の建物はろくに見えまっせん」

　無用といえばこれほど無用な屋根もない。けれどこうなるとどこかアクロバティックで愉快である。

「そこへいくとヨーロッパの建物は教会でも民家でも、屋根の端に軒がない。ストンと屋根の端は切り落としになっとります。庇や軒という余分がなかですたい」

　雨の多くない国は建物の構造が簡単でいい。屋根の雨仕舞いにかかる手間がほとんどいらない、と永瀬は言う。

「大聖堂のガーゴイルも、雨の少ない国では装飾みたいなもんです。あの一本角の小鬼やドラゴンや鷲の化け物が、盛大に雨水のゲロを吐く光景なんか、よっぽど大雨でも降らんと、見れるもんじゃなかですたい」

永瀬は肩をすくませる。

「いずれにしても」

と彼は運ばれてきた二杯目のコーヒーをすすった。

「あのストンと切り落とした急傾斜の屋根は、じつは魔物の住み処ですよ。背中に羽根の生えた化けもんだけが棲み着いとる」

確かにカトリック寺院の屋根は魔物の彫像だらけだ。中には旧約聖書の預言者、聖人、天使まで、奇妙な姿で屋根に登ってしまっている。

それに引き替えて、無人の大船に見える日本寺院の屋根の静けさは対照的だ。人も動物もみな西方浄土へ飛び去って、鬼面の鬼瓦くらいがぽつんとカラになった空を虚しく見送っている。その明るい静かな瓦の波に、たまに本物の鳩や猫が日向ぼっこの影を落としているのである。

「もともと西洋建築は塔の文化ですけん。出来る限り高く高く、空へ向かって伸びっとですよ。そのぶん建物も細うて尖塔みたいにせり上がっていく。その塔の天辺の端をチョンと切り落として、急傾斜の狭い屋根が被せられた。あれはつまりは蓋ですけん」

永瀬は眉根を少し寄せて、悩める鬼面の風情になった。その顔でやるせなさそうに言う。

「その屋根とも言えぬ大聖堂の高い蓋を、私はこの眼で見てみたかです」

思い出したように私は聞いた。

「フランスの大聖堂に行ったら、やっぱり屋根に上がって見るんですか」

「そうですとも。何事も体験です。小鬼やドラゴンと一緒に下界ば見下ろすとです」

「聞いてるだけでぞくぞくするわ」

やはり永瀬は奇妙な男というしかない。

「それで向こうへは……」

と旅行の相談をする調子で私は尋ねる。

「何日くらいの予定です」

「一週間かなあ」

と永瀬屋根屋は宙を見た。別に仕事にひっかかる心配もないのに、ちょっと思案顔になるのである。

「毎晩、連続の夢を見るには何か技術がいりますか」

これは重要な質問だ。胸騒ぎするゴシック屋根の話をたっぷり聴かされて、永瀬一人を旅立たせるなんてできない。

フランスまでどうやって行くのだろう。夢でも飛行機を使うのか、それとも空を飛んで行くのか知らないが、私は飛行機の尾翼にぶら下がっても、彼の後から必死に空を羽ばたいて飛んでも、大聖堂の屋根に登りたくなる。

「奥さんにはまだ無理です」

　永瀬屋根屋の返事は変わらなかった。

「なぜ」

「連続夢というのは、気持ちの水平飛行です。感情にムラのある女性はとくに難しい。毎日、気持ちが変わらず、穏やかにどこまでも水平飛行で飛び続け、昨日の夢の続きに今日降りて行き、また静かに夢を破らぬように抜け出て行く。一日限りの夢行きとは違うとですけん」

　まるでその夢の見方は、殻のない生卵を薄皮一枚で保とうとするような喩《たと》えだった。ちょっとでも強く触れると皮膜が破れる。どろりと夢の中味が流れ出てしまう。その薄皮一枚の生卵の中へ毎日潜り込んで、それから抜け出る。そしてまた潜っていく。

「絶対に無理だなんて、やってみなければわからないわ」

　私は食い下がる。

「無理なことはわかっとります」

「失敗したらまさか命がないわけじゃないでしょう」

「そりゃ命には関わりまっせん、が……」

「が？」

「奥さんに教える手間が面倒です」

「まあ。はっきり仰るのね」

「夢行きの誘導は神経をすり減らします」

「知らなかったわ。永瀬さんに今までそんなご苦労かけてきたなんて」

「それに」

と彼は低い声で言う。

「ただでさえ難しい上に、障害物が飛んできます」

ああ、とうなずいた。あの火の玉と大虎である。

「あれは解決すると思うわ。私たちが心の始末を付ければ、必ず消えてしまうんじゃない？　だって火の玉も虎も、あなたと私の心の想念が生み出しているものですからね」

「そう簡単にいくもんですかな」

後ずさりする永瀬を私は引っ張る。

波打ち際はそこである。そこから夢の海に潜るのだ。砂の上に私と永瀬の足跡が行きつ戻りつしている。

「私たちは夢に興味があるんですよね」

と私は言う。

「永瀬さんもそうでしょう」

「はい」

「私はずいぶん成長したと思いませんか」

「成長ですか」

「腕が上がりました」

真顔で言うと、

「ははは」

と思わず永瀬は笑った。

「あなたの生徒です。どのくらい腕が上がったか試してみてください。それでもダメだったら途中で置いて行って結構です。諦めて帰りますから」

「五重塔から落ちるより、怖いですよ」

「ええ。飛行機の上から落とされても仕方ないわ」

そのとき電話のベルが店内に鳴り響いて、私は我に返った。カウンターの女が受話器を取った気配である。

「もしもし、ええ。ちょっと後にして。今、お客、取り込み中なの」

カウンターの女が微かに囁《ささや》いている。どうやらずっと聴かれていたようだ。私たちは顔を見合わせて苦く笑い合った。どんな話に勘違いされているのだろう。

「そんなら容赦なく、途中で落としますばい」

「わかったわ」

私たちはテーブルから立ち上がった。

カウンターの中はしんとしている。


どうせ仕事の予定には影響はないはずなのに、永瀬は夢行きの出発日を決めかねた。おかげで私も落ち着かない。

本当に海外に行く前のような気分である。しかしぼんやりしてはいられなかった。永瀬は私に平静な気分を保つよう命じた。常に変わらない穏やかな感情を保つレッスンだ。

「とくにおなごには難しかことでしょう」

その目安として私は毎夜、永瀬の指定する夢の地点へ泳いで行く日課を命じられた。そこは目印もとくにない茫洋《ぼうよう》とした海みたいな所だった。眠りに入ってすぐ泳ぎ始め、どのくらいか経つとその水域に着くのである。小さな旗が立っているわけでもなく、何かあるのでもない。

私はそこで海月《くらげ》のように浮かぶ。脱力してゆらゆらと温度のない波間に漂っている。そこで連続夢を泳ぎ続ける感覚を味わうのだ。ときどきその波間に影が差した。大きな魚の影のようであったり、不穏な魚雷か何かのようでもあった。ときにその影に人の手のようなものがヒラヒラと動く。

　永瀬が来るとわかるのだ。

　しかしそこで会ってどうするわけでもない。ただ永瀬の影が水に揺らぎ、私の影も水中に砕けたりくっついたりしながら流れていくだけだ。会って、別れて、また会って、それを毎晩淡々と繰り返したある日。

　彼から昼に電話が掛かってきた。

「奥さん。だいぶ上達しましたな」

　いよいよそのときが来たのだと私は思った。

「十一月の祭日というと、勤労感謝の日がありまっしょう。その前の土曜と後の振替休日をつけた連休に発つというのは、どうですな？」

　と彼は言った。

　受験を控えた息子を持つわが家には、とくに家族旅行の予定もない。夫はたぶんゴルフ、息子は塾である。夢の旅行であるから、べつに連休の必要もないのだが、休日のほうが永瀬は落ち着けるのだろう。

　冷蔵庫の扉にマグネットで止めた小さいカレンダーに鉛筆で目立たないよう丸印を付ける。服の下で私の体が静かに鳥肌立っていく。それは顎の下のほう、喉元から起こり胸から両腕へ、腹から下へとさざ波みたいに広がった。

「わかりました。それで用意する物は」

「サムソナイトのトランクは要《い》りまっせんが、ヨーロッパの地図を一枚。飛行機の西回りの空路を取りますけん、北極圏も入った広いやつを」

私は携帯を持ち替えた。

「それを買ってくるわけ？」

「そん通り」

「どうやって持って行くんです」

「脳味噌ん中へ入れて」

買って来たら毎晩眺めて、頭の中に入れること。

電話の向こうで笑っているような声だった。


「おい。ちょっと見てみろ」

テレビの前に座った夫が私を呼んだ。

「見ろよ、見ろ。草津温泉も変わったなあ」

仕方なく洗いかけた鍋を流しに置いて、ソファの所へ行くと、二十年くらい前に行った温泉がテレビに映っている。息子の涼太が生まれる前で、夫の親類の結婚式に行った帰り道、立ち寄ったのだった。テレビでは町の中心街にある足湯の情景が映っていた。足湯の構えや屋根などは以前のままみたいだが、そういえば近くの店の並びなど変わったような気もする。

秋もやや深くなった紅葉の草津だ。

「いいなあ」

と風呂好きの夫は間延びした声を出す。ついでに酒も好きである。今も日本酒の冷やのグラスを握っている。露天温泉には燗酒《かんざけ》がセットである。

「涼太が大学に受かったら、草津温泉にまた行こう」

「涼太が？」

私は聞き返した。

「あの子が温泉なんて喜ぶかしら」

「ばか。涼太が大学受かって、この家を出て行ったらだ。そしたら俺たちは身軽になって、温泉に行くんだ」

「なるほど」

二年後に受験がうまくいったらの話である。涼太の志望大学は寮があるが、落ちれば近場の私立大に家から通うことになる。草津温泉はどうなるか予測はまだ立たない。

「大丈夫。あいつは受かる。勝負強い奴だからな」

アルコールのせいで気が大きくなっている。彼はソファを突いて私に言う。
「まあ、ここに座って草津温泉を見ろよ」
いつもなら、鍋があります、と言って取り合わないところだが、何となく一人でテレビ相手にアルコールのまわってしまった男に同情して、私は彼の隣に座ってやった。永瀬との夢行きがなかったら、鍋洗いのほうが優先するところである。妙な気持ちだ。喉元に毛筋ほどの魚の小骨が引っ掛かっていた。痛くも痒《かゆ》くも何ともない。それが少しずつ喉の肉に刺さってくる。

その晩、夫は珍しくいつまでも寝なかった。二階で勉強している息子が、ときどき冷蔵庫を開けに降りてくる。いつもは息子の就寝を待つ間に寝てしまう夫だが、その夜は待たずに私を抱きしめた。涼太のドタドタと立てる足音を、私たちは絡み合わせた体のまま動きを止めて聞いた。そのずっと向こうで遠く、空港のアナウンスが聞こえてくる。私は夫の頭を抱いて髪の匂いを嗅ぎながら眼をつむった。

夜半ようやく眠りに就くと、身を躍らせて日課の夢の海に潜っていく。しかしなぜか泳いでも泳いでも、いつもの地点に行き着かなかった。目印があるわけでもないので行き着いているのかもしれないとも思ったが、潮の流れも違っている。勘が狂ったのだろう。日々変わらず平静にあり続けることは難しい。

永瀬の起伏の少ない表情を思い浮かべる。私はもっとレッスンに励まねばならない。

しばらく泳ぎ続けて永瀬の影が現れるのを待ったが、無駄だった。濡れた髪をふるって私は向きを変えると、渚に戻るためにもう一度泳ぎ直した。

4

十一月の半ばにチラチラと薄く初雪が舞った。

例年にないことで、今年の冬は寒くなりそうだった。

日曜の勤労感謝の日を挟んだ三連休の朝。

一週間前からこの連休を、テニスクラブの合宿と、塾の集中講座のどっちを取るか、悩んだふりをしていた息子は、今朝、階下へ降りてきたときにはボストンバッグとラケットを持っていた。階段の降り口の所まで口笛を吹いていたのだろう。唇がその形のままになっていた。

その顔でパンを焼いている私に、右手をぺろんと伸ばしてきた。合宿代は三日で二万一千円、塾の講座は一万八千円だ。私は黙って財布から二万二千五百円を取り出して、涼太の掌に載せた。

「ん、二千五百円？」

「先生に渡す二万一千円と、一日五百円の小遣いね」

いくらかの予備のお金はいるだろう。

「きりよく五千円、とかにはなんないの。半端じゃない？」

「じゃあきっちり二万一千円でいく？」

「それいやだ」

涼太は急いでお金を上着のポケットにしまい込んで、テーブルの焼けた玄米パンを取って頰張った。

「お父さんはもう行ったの」

三十分前に夫はゴルフ道具とボストンバッグを提げて、この部屋から出て行ったばかりだ。いつも外を見てそわそわしているこの二人は似ている。ドアを潜るときの恰好、背の高さからドアノブの握り方まで、父と息子はいやに似ている。

ただ夫は一泊で明日の晩は満足して帰ってくる。私が一人で過ごす夜は今晩だけだ。しかし夢行きの初日は神経を使いそうだから、ひと晩の不在でも私は有り難い気がした。食事をすませると、ボストンバッグとラケットを抱えて涼太の唇から小さな口笛の音が出る。

「じゃ、行って来るからね」

と彼が部屋を出ながら言う。

「気をつけて」

と私は息子に返した。私も行って来るわ。胸の中で誰にともなくつぶやいてみた。自分も今夜、出かけるのだ。二人よりもっと遠い所へ行くのである。

昨夜《ゆうべ》、前に女友達とヨーロッパ旅行をしたときの地図を、引っ張り出してみた。海外旅行に出る前は、高揚した気分とは別に妙な寂しさにも襲われる。世界地図の一点に印が付くと、そこへ向かって飛行ルートの放物線が引かれる。ヨーロッパに向かうときなど、その線は北極圏に近いシベリアの白一色に広がる大地を伸びていくのだ。

一帯は凍った雪原と骨みたいな山岳地帯が続いている。その白いシベリアの地図が、何もないノッペラボウになっていくのである。私はそのノッペラボウの中へ小さな点になって吸い込まれる。飛行機が目的地に着くまで、しばし人間は空の浮遊ゴミだ。その淋しさが私を浸すのだった。

昼過ぎ、珍しく永瀬屋根屋の方から私の携帯に電話が掛かってきた。今日は仕事を休んでいるので、声の調子がどことなくゆったりしている。

「今夜の打合せばしておきまっしょう」

と彼は言った。

「まず携行品から申し上げまっしょう。メモしてください」

ツアーの添乗員みたいな雰囲気である。私はボールペンと紙を出した。

「まず旅行トランクに、パスポート」

「トランクに、パスポート？」

　オウム返しに私はつぶやいた。

「どうしてそんなものがいるんです？　こないだ永瀬さんも言ったじゃない。サムソナイトは要りませんが、って」

　だいいちパスポートなど、夢で渡航するのに入国審査を潜らなければならないのだろうか。

「はい。夢にも場合によっては、税関でん何でんあるとですたい。今度の旅は、いつかのお寺みたいなものではのうて、シリアスにいこうと思いましてね」

　ああ。私は一瞬に納得した。空を飛ぶなどして荒唐無稽に行けば、れいの大きな火の玉や虎などを引っ張り出しかねない。永瀬はそれを考えたのに違いない。

　言葉に出してそれを確認するのも危うい気がして、

「なるほどね。わかりました」

　と私は携帯を握ったままうなずいた。

「こういうことですから念のため言うときますが、今度こそネグリジェはいかんですよ。気をつけて」

　私は二度の失敗を思い出して赤面した。それを察したようで、永瀬は声の調子をや

わらげて、

「フランスのド・ゴール空港に降りるとですからね。奥さん、暖こうて、お洒落な服ば着て行きなっせ」

向こうで笑っている彼の顔が見える。

シャルル・ド・ゴール空港……。前にパリへ行ったときも、私はその空港に降りたのだった。

「さて携行品の続き。十日分くらいの着替えと化粧品、薬その他。トラベラーズチェック。つまりトランクに詰める中味ですたい」

「それ、本当にトランクに詰めるんですか」

私が間の抜けた声を出したので、永瀬のからからと笑う声が響いた。

「わざわざ用意することはなかですが、いちおう心づもりとして、携行品や服装のイメージば頭ん中に入れてください。それを忘るっと……」

「いつかみたいに、寝間着姿になってしまうのね」

シャルル・ド・ゴール空港で。

「そん通り」

私は背筋を伸ばした。想像していた夢のフランス行きは、もう少しゆったりとしたものだった。私は気分を切り替える必要がありそうだ。

「それじゃ旅客機は何に乗るの？　ＪＡＬ？　それともエールフランスか何か？」

私はくすくす笑いながら訊いた。「飛行機のチケットも買うのかしら」

「いや、航空券はいりまっせん」

屋根屋はちょっと声を改めた。

「時間の節約んために、向こうの空港に着いたとこから、夢を始めまっしょう。それで私たちが落ち合うのは、ド・ゴール空港の入国ロビー辺りでよか」

「待って。私、頭が混乱してしまったわ」

永瀬のしゃべるのを制して、

「それじゃあ、私はどうやってそこまで行けばいいんです？　そのシャルル・ド・ゴール空港まで私一人で、夢のＪＡＬかエールフランス機に乗って行くの？」

私はまだ海外へはツアー以外で行ったことがない。しかしそれでも現実の旅ならば、一人でも何とか行くことはできるだろう。だがすべてが不確かな夢のようなものの中で、目的を遂行する術を持たない。今の私は永瀬の服の袖を掴んでついて行くのがやっとだ。

「いや。だから飛行機には乗らんでもよかとです。飛行機はとばして、ド・ゴール空港から始めます」

と永瀬はまたゆっくりと言い直した。

つまり、いつものイメージの練習と同じだと言うのである。毎夜の日課で泳いで行くあの夢の地点、約束の水域までちゃんと行けばいい。

「奥さんがそこへ来なさるとを、私が先に行って待っとります。安心して泳いで来なっせ。そこの水ばちょっと突き抜けると、空港ですたい」

私もだんだん彼の説明がわかってきた。

「昨夜のようにやればいいのね」

水中に黒い魚のように浮かんだ永瀬の影を思い出す。

「そん通り」

「時間は？」

「奥さんが眠らっしゃったときでよかです。時間ば決めると却って寝られんようになる。ゆっくりおいでなっせ」

気の立つ猫の背をそろそろと撫でるように、屋根屋はゆっくりと言った。

電話が終ると、私は洋服ダンスを開けて思案し、何着かの服を取り出してみた。ド・ゴール空港にネグリジェで到着することがないように、何なら今夜、皺《しわ》になってもいいから着て寝てみようか。

大聖堂の塔の天辺に上がることも考えて、ストレッチのジーンズにカシミアの赤のセーターを着る。そしてフランスにはぱんぱんに膨れたロースハムみたいなダウンでなく、しっかりと織り目の詰んだツイードのコートを着て行こう。

念のために鏡の前で着て、その姿を自分の眼に映してみた。トランクとバッグ、ウエストポーチも出した。この夢行きの初日だけでも、夫や息子がいないのは幸いだった。

メモ紙に携行品を書き上げてイメージする。赤い十年用のパスポート。トラベラーズチェック。カメラ。『地球の歩き方』のヨーロッパ編。しだいに私の背後に空港のざわめきが押し寄せて来た。天井の高い建物の中に響く、籠もったような靴音や、飛行機の離着陸を告げるアナウンス。

行ける、大丈夫、きっと行ける。

心の内に確信みたいなものが生まれてくる。私は永瀬屋根屋のたぶん最良のパートナーになれるだろう。

日が落ちると普段通りに食事を作り、一人で食べて片づけて風呂に入り、決まった時間に寝室へ行った。家族の帰らない夜の家は氷でカチンカチンに固めたように音が抜けている。

さすがにその晩は眼が冴えてなかなか寝付けなかった。それでもベッドに入って、明日は海外へ発つ前の晩みたいに、真っ白い何も記されてない世界地図を頭に浮かべていると、心が沈んでいってしんしんと淋しい気分になってきた。すると体がじわりと地図の中へ溶けていく。いつどの辺りから自分が眠ったのか境目はわからなかった。

気が付くと光の薄い水の中を、私はゆっくり水を分けて泳いでいた。向こうから大きな魚のようなものの影が、水の流れを揺らしてのっと近付いて来た。すると永瀬の顔が現れて泳ぎながら片手を上げていた。こっちへついて来い、というふうに手招きすると、方向を逆に取って泳いで行く。

私もその後を追った。

彼の足の裏が白くひらひらと誘導する。

行く手の水の壁がどっと破れた。分厚いガラス板のような壁が割れてキラキラと光った。さあ、と永瀬が私の手を摑み、ぐいとその水の割れ目へ潜り込んだ。

水の壁を潜り抜けた向こう側は、ぼんやりと薄暗かった。

見渡すとそこは大きなドームのような建物の中だった。さっきまでの大量の水はここには雫の跡形もなくて、金髪やブラウンの毛をした人々がカートを押して歩いて行く。

フライトの案内のアナウンスが流れてきた。

「まあ夢のようだわ！」

と私は夢の中で叫んだ。

「もう着いたのね」

「そげです。パリの第一日目ですたい。それでは入国審査ば受けて、外へ出まっしょう」

　そう言う永瀬はいつの間にか、黒に見間違えそうな深緑色のソフト帽に、同色の丈長のツイード・コートを着込んでいた。目深にかぶった帽子の下に油断のないギョロ眼が潜んでいるものの、これが昨日までニッカボッカの作業ズボンに、タオルを首に巻いていた日本の男とはよも思えない。大柄な人物なのでパリの空港でも見劣りはしなかった。

　ついでに自分の姿も恐る恐る見ると、昼間選んだ赤のカシミアセーターに、チェックのツイード・コートを着ている。胸をなで下ろしたい気分だ。

　入国審査の窓口に行くと、団体受け付けはシーズンのせいで日本のツアー客で込んでいたが、トラブルもなく通り抜けることが出来た。

「ヨウコソ」

　若い審査官が微笑んだ。

「ボンソワール」

　私も微笑み返した。確かフランス到着は夕方のやや遅い時間で、ソワール、だったなと思う。それにしても何と本物っぽいのだろう。写りの良いよく撮れた写真を見るように、辺りの光景も鮮明だ。

空港を出るとタクシーで予約しているホテルへ向かった。

永瀬は運転手に押し黙ったまま、ホテルの名前と住所を書いたメモ紙を見せた。いかにも彼らしい外国語が苦手で臆した様子までが、夢と思えないほど真に迫っている。

夜の窓外に広がるパリのネオンは華やかだが、落ち着いた色合いだった。日本や中国などの都市のごった返す電飾の感じはない。舞台装置を点検する女監督のように、私はあらゆるものを見る。

「今、私たちが見ているのは、あなたが描いた夢ですか？」

溜息をついて私は永瀬屋根屋に訊いた。彼が自分の頭の中で思い描いて作り上げた夢だろうか。

「そんな通りです」

ソフト帽の下で彼の眼が満足気にうなずいた。

「これは私がこしらえている夢です。奥さんはそれに招待ばされました。そのことがわかっとられるようですな」

そうだ、わからないはずはない、と私は思った。

「だって私が想像もしなかったものばかり出て来ますから。あなたのその服装もですよ。本当に、とてもシックです」

思わず本音で褒《ほ》めてしまった。永瀬は何も言わず黙っていた。照れているのに違いない。私も少し気恥ずかしかった。

「それに空港の様子など、私がちょっと想像したのと違ってましたし」

永瀬は興味を示したようで、

「そんなら奥さんは、どんな場面ば思うていなさったですか。それも聞きとうなりますな」

「空港のロビーをね、あなたとカートを押して歩いていました。そんな光景を浮かべてました。そのときのあなたは茶の厚手の革ジャンなんかを着て、鳥打ち帽をかぶっていました」

いかにも永瀬らしい出で立ちだと思う。私は笑いがこみ上げる。靴はいつもの紐の運動靴だった。

「ごめんなさい」

「いやいや。よかですよ」

「それから二人で日本円をユーロに両替しに行きました」

両替の窓口で永瀬は腹巻きから横長の革財布を出すと、一万円札と千円札の分厚い束を出して、窓口にどさりと置いた。ピン札だった。

しかしこの想像は私たちの今後の円満な交際のため、言わないでおこうと思う。

通りから引っ込んだ細道でタクシーが停まり、一軒のこぢんまりとしたホテルが灯をともしていた。古風な緑色の扉を押すと中は白壁のクラシックなロビーだった。永瀬が帽子を取ってフロントに行く。私はその後について行って彼の横に佇んだ。

白髭のサンタクロースみたいな老人が応対した。パスポートを見せて、それから自分の名前を書いた。

TAIZO　NAGASE

MINORI　TORIYAMA

永瀬はちょっと首を伸ばして私の名前を読む。

「みのりっていいます。ひらがなの、ただの、みのり」

親が付けたので仕方ないが、つくづく主張のない名前だ。そこへいくと永瀬はたぶん、泰造などという字が似合いそうだ。親類にその名前の体格の良い伯父がいたのである。それとも泰蔵でもいい、何となく字画の多いごつい字にこだわりたい。本人に内緒で勝手に一人で思い込むことにする。

エレベータで上がって三階の並びの部屋に入った。日本人の客はなく落ち着いた宿である。永瀬は雑誌で調べたのだと言う。部屋に荷物を置くと、それから近くの店に夕食をとりに行った。

フランス料理、イタリア料理、中華に日本食。小さな店が小路の両側に並んでいる。

熱燗が欲しいと永瀬が言って、日本食の小料理屋に入った。こういう店は中国人が経営している所も多いというが、ここは本格的な和食で日本人の店である。ふろふき大根と鯛のあら炊きに酒を注文して、小さな杯で乾杯した。

「とりあえず初日は花丸です」

一口熱い酒を口に含んで、永瀬は感慨深げに言った。

「明日の予定は」

私も一口すすって尋ねた。

「ここには市内のノートルダム寺院はもとより、パリの北駅や東駅などを起点にして、列車で一時間二時間の距離の内に、フランスを代表する大聖堂が幾つもあります」

永瀬はポケットの手帳を出して開き、舌なめずりするようにそれを眺める。

「まずは豪勢な規模から言うてもゴシックの王のアミアン大聖堂。それから、これぞいぶし銀のシャルトル大聖堂。そしてゴシックの薔薇《ばら》ともいうべきランス大聖堂など、どうですか」

その他にも五連の扉で名高いブールジュ大聖堂や、高すぎて内陣の完成後十二年で天井が崩落したボーヴェ大聖堂も見応えがあると、彼は指を折って見せる。

「まるで大聖堂通りですね」

「どういうわけでそうなったか御存知か」

私はあら炊きの身を突きながら首を横に振った。永瀬もふろふき大根の柔らかいのを箸で崩して、

「大きな町が一つ出来るとですな、大聖堂も一つ必要になるとです。権威と繁栄と信仰のシンボルで、町の威信のためにも造りとうなるとです」

と湯気の立つ一切れを口に入れる。

「そうして各地の町の大聖堂が、次々と巨額の建築費を注ぎ込んで、建物の高さと大きさを競い合ったとです。中には税金を取りすぎて反乱が起こった町や、財政が続かず潰れた町、寄付金を取りすぎて町民に殺害された司教もいます」

「でもどうしてそんなに高くて大きな教会がいるんです？」

「高さは神への憧れですからな」

「神は天にいるものね」

「さよう。仏教の仏は西方浄土に居て、空高く塔を伸ばす必要はなかですけどなあ」

そういえば京都や奈良にある寺も三重塔や五重塔だ。そしてそれらの仏教建築の塔の屋根は、ゴシックの大聖堂みたいに天へ突き刺さるように尖ってなくて、ゆったりと鳥の羽根のように広げられている。そのまま西方浄土までふうわりと飛んで行ける。

「アミアン大聖堂の大きさはですな、七千七百平方メートルもあるとです」

そういわれても私には想像がつかない。

「当時のアミアンの町の人口が一万人でした。その人々がそっくり大聖堂の中に収容出来たとです」

「まあ」

建物一つが町を容《い》れる器になるのだ。

「それより少し規模の小さかシャルトル大聖堂も、町の人口六千人がゆったり収容出来たと言います。何か大事が起きたときは、住民が全員逃げ込める」

「まるで城塞のようね」

「そん通り。石造りの頑丈なシェルターですよ」

永瀬はあらを、小骨を取っては口に入れている。

「それに中へ入るとは、人間だけじゃなかですたい。羊も山羊も犬も猫も、土地に住む生きものはみな入ることが出来たとです。老人も子供も男も女も、酔っぱらいも無宿人も、家畜は糞をして、犬猫は小便を垂れても」

しっ、と私は唇に人差し指を当てた。

失礼、と永瀬は笑った。一つ置いた向こうのテーブルは日本人客のグループだった。

「何んでもありの大聖堂です。それで昔はもっと生きものの臭いが立ちこめて、汚れていたでっしょうな。とにかくそんなことで、大聖堂はいやが上にも高く、大きくなければならんかったとです」

「それで」と私は永瀬に酒をさした。自分の夫にもこんなことはあんまりしたことがない。

「明日はどこの大聖堂に行く予定？」

「ランス大聖堂なんかはどうですか」

酒のだいぶまわった顔で永瀬は嬉しそうに言った。今度は彼が私に酒をさす。彼は手帳の頁を繰って、

「ランスの町はパリ東駅から列車で一時間半です。列車の旅にはちょうどよか長さですな。駅の売店でコーヒーやクッキーなどを買《こ》うて乗りますか」

私は酒のせいでうっとりと夢見心地になるのを覚えた。そして、はっとして閉じかけた眼を開けた。忘れかけていたことがある。

「明日？」

「さよう」

「ということは、今夜はこれで寝ることになるのね」

永瀬は怪訝《けげん》な顔をした。

「そん通り」

ということは今日の日程と共に、今夜の夢も終るということだろうか。このままずっと続く気分でいたのだ。

永瀬は黙々と飲んで食べている。夢でも酒や料理は美味しくて食べ残してはもったいない。彼に急かされて、私も箸を取り直した。

食後、店を出ると二人でもと来た方向へてくてく歩いた。ホテルに戻って三階に上がると、隣り合わせた自分たちのドアの前に立った。永瀬がドアのノブを握って、ゆっくりと念を押すように私に言った。

「いいですか。これを開けると、もとの水ん中に入ります。今日は一応ここでお別れです。お疲れさま。おやすみなっせ」

「ええ、いろいろとありがとう。おやすみなさい。また明日」

私たちは一緒に右と左の二つのドアを開けた。眼の前にたっぷりの部厚い水の壁があった。それが勢いよく破れる。透明なキラキラ光る水の破れ目が口を開けた。私は眼を瞑《つむ》ってその中へ、頭からざんぶりと飛び込んだ。

嬉しい。歓喜に膨らんで、胸ははちきれそうだった。よくやった。とうとうやった。自分を褒めてやりたい。いや、思い切り褒めてやる。一勝負終えたアスリートの凱旋《がいせん》みたいに、私は上気しながらまた来たときの水の中を泳いで帰る。

両腕を思い切り大きく漕いで水を掻き分ける。水を掻き散らし、勢いよく泡立て、水流を打ち砕くように泳いだ。行きのときのように静かに進めば、すぐまた次の新たな夢に吸い込まれてしまうからだ。すると今見た屋根屋との艶《つや》やかなパリの夢は、跡形もなく塗り潰されて消えてしまう。

明晰《めいせき》夢というものを脳に記憶させるためには、夢が終った直後に何か刺激を受けて眼を覚まさねばならない。

「始めは処女の如く、後は脱兎の如し、というでしょうが」

と屋根屋は妙な説明をする。

私は聞いたことがない。

「孫子の兵法、戦さの仕方ですたい。まあ、それとは関係なかですが、夢の入口は眼が覚めんようにそろそろと進みます。しかし夢が終って抜け出るときは、猛然と脱出せねばなりまっせん。うつらうつらしとる暇はなかですよ」

明晰夢は見終えた後、目を覚まして思い出すことで脳に焼き付けるのだと永瀬は言う。しかし私は湧き起こる歓喜と興奮のおかげで、たちまち夢の水面からがばりと浮き上がった。

眼を開けると朝まだきのベッドの中だった。カーテンの隙間から日の出前の青白い薄明の空が覗いている。私はベッドを出るとカーテンを開け放った。

さっきまで見ていた夢はなまなましく、シャルル・ド・ゴール空港の雑踏のざわめきから、永瀬屋根屋のソフト帽にツイード・コートの渋いいでたちまで、今そこから実際に出て来たように懐かしい。しかし記憶と呼ぶには時間が経っていなくて、振り返れば自分の背中はまだパリの夜に残してきたままだ。

　朝の家の中は前夜来の静けさが凍り付いている。

　息子は部活の合宿の二日目が始まったばかりだ。夫は昨夜《ゆうべ》はメンバーと飲んで、今朝はもうコースに出て打ち始めている時間だろう。夕方早くゴルフが終ると散会して、家路に就くことになる。いずれにしろ日が暮れて帰ることになる。

　私は洗面所を出ると台所に行った。凍り付いていた洗面所の空気が溶け、台所も息を吹き返していく。私の歩きまわった後から家の縛りが少しずつ解けていくのがわかる。

　パンを焼き、紅茶を淹《い》れて、何だか鳥みたいなシンプルな一人の朝食を作ると、自分の体がすうっと浮くようだった。ボリュームたっぷりのタマネギとベーコンの味噌汁の匂いもなく、夫のいつものうがいの音も立たず、息子が私を呼ぶ甘ったれた声も聞こえない、白紙みたいな朝の空気だ。これが確かに夢でなく本当なら、こんな希薄な生活というのもあるのだとまじまじと思う。何という軽さ。薄っぺらさだ。そして気持ちいい。

　台所をかたづけて部屋の掃除を終えると、今日は汚れ物を出す男たちがいないので、洗濯機はフタが開いてカランと中が乾いている。カラッポの洗濯槽をふと覗いて見た。水滴一つないけれど、淡い洗剤の残り香が漂っている。まるで今朝の自分の頭の中を眺めているようである。

天気が良いので昼から町へ買物に出かけた。

今日の夕食は夫と二人。明日は涼太と三人の夕食。買う物は二日分の魚と肉と野菜、果物その他。献立のことを考えながら、頭の隅では夜に向けて時計が動いている。今夜はあの水を潜ってパリのド・ゴール空港でなく、昨夜のホテルの自分の部屋に戻るのだ。暗闇にぶら下がっている胃がキュッと締まる。間違えて空港へ行かないように。するとまた胃が締まる。

デパートの地下の生鮮食料品のコーナーを歩きながら、私は屋根屋の注意を呼び戻した。

「ひと続きの長い夢を見るのは、ずうっと同じ調子で呼吸するごたるもんです」

遠泳の指導を受けているような感じだ。

「そうしてですな、奥さん。気分のむらや変化を起こさぬよう、昨日と同じ呼吸ばして、昨日と同じ物ば食べて、昨日と同じ仕事ばして、穏やかな気分で夜を待つとよかですたい」

すると涼太の顔が浮かんできた。あの子がつまらないことを言って私を怒らせないことを願う。そして今度は夫の顔が浮かび上がり、夕方、ゴルフパックから帰って来た彼が、上機嫌の晩酌を早く切り上げて寝てくれることも願おう。彼のことだから前の晩はメンバーと遅くまで飲んでいたはずで、今夜はさっさと休んだ方がいいのである。

　買物をすませてデパートを出るとバス停へ歩いた。信号が青に変わると一斉に人が歩き出す。同じ舗道なのに人々の向かう足の先の角度が、一人一人異なっている。みんな行き先があるのだ。この、ここにあるこの世界のどこかに行き先がある。交差点の真ん中を歩きながら、私は自分だけ行き先が違うと思う。

　どこへ？

　フランスという、どこにもない国へ。

　とにかくそれでもまた今夜の出発は決まっている。私はバスに乗って家に帰ると、晩ご飯に夫と食べるアラカブの煮付けと、自然薯《じねんじょ》のとろろをこしらえる。真っ赤なアラカブの目が流しにぱっちり開いて、熱湯をかけると白身が反り返った。鍋に醬油と味醂《みりん》の香ばしい匂いが立つ。

　昨夜パリの小料理屋で食べたふろふき大根の湯気を思い出した。今夜は屋根屋はどこへ食事に連れて行くのだろう。永瀬にフランス料理は似合わないが、しかし昨夜のソフト帽の出で立ちではどんな店に入ってもそれなりに映える気もする。

永瀬とどこかのレストランで食事する自分の姿を描いたとき、胸の奥が疼《うず》いた。強くじゃなくてほんのちょっとだ。しかしこういう痛みを感じるのは、夫と結婚して以来たぶん初めてのことだった。私は不意打ちでうろたえた。

いやいや、旅の相棒は何しろあの永瀬屋根屋である。友達でもなく、異性とも言えず、屋根屋なのである。その彼とフランスの大聖堂の屋根を見学に行くのだ。大聖堂は宗教的美術的建造物で、私たちは至極真面目な旅行目的を持っている。それに何しろ夢で行くのである。二人の屋根に寄せる想念がこのまぼろしを生み出した。それが夜の虹のように枕を彩るだけである。

アラカブの鍋が香ばしい泡を噴いて出来上がる頃、夫から携帯に電話がかかってきた。

「俺だ」

と機嫌の良い声だった。

「これからみんなと食事して帰る」

すぐ帰ると言っていたのに、いつものごとく状況は一転する。

「もう魚が煮えたところよ」

「心配いらん。明日の晩に食べる」

彼は満足そうに笑った。

「じゃ今夜は遅くなるのね」

　と成りゆきを予測して念を押すと、今度は言をひるがえす。

「いや。早く帰る。すぐ帰る。出来るだけサッと帰る」

　急いで私の言葉を打ち消すと携帯は切れた。夫というのは幸福な人種だと思う。どの妻もみんな、女たちは亭主が早く帰ることを乞い願っていると決めている。別に遅く帰っても構わないのだ。ただ夜更けに靴を脱ぎ散らして、風呂にも入らず歯も磨かず、脂臭い靴下を片方履いたまま隣のベッドに侵入する男が困るだけだ。

　ではアラカブの煮付けは明日かならず食べて貰うことにして、私は一人分の食卓を設けた。面倒なので温かいご飯少しに、出しの利いたとろろだけですませる。おなかが物足りない気もしたが、やがてパリのホテルに戻れば向こうの時間しだいで、すぐに朝食か昼食か、はたまた夕食を取ることになる。夢でも濃厚な味と満腹感を堪能《たんのう》するので、ここは控えていてもいい。

　窓の外がとっぷり暗くなってしばらくすると、今度は涼太から電話だった。テニスの世界大会だとかが深夜、ＢＳで放映されるので録画してくれという。

「お母さん、忘れるから今すぐ予約して。きっとだよ、今すぐだからね」

　息せき切って言う。テレビ画面に番組表を出して予約すると、私は風呂を沸かした。湯に入り、シャンプーをたっぷり泡立てて髪を洗っていると、濡れた耳元にド・ゴール空港のアナウンスが間遠に流れ込んできた。こうしていても待ち合わせの出発時間はゆっくり近づいて来る。

「今度はホテルで落ち合います。空港じゃなかですからね」

別れるとき永瀬が再度言った。わかっている。

空港ではない。パリが私を呼んでいるのだ。

早く帰る、すぐ帰ると言ったくせに、夫は一向に戻って来ない。ベッドに入った頃、帰って来てガサガサされると眠るタイミングを逸するので、風呂から上がると急いで布団に入った。枕の下に暗い表の道を行く車の音が伝わってくる。大勢の夫たちが一軒の家に一人あて帰ってくる音である。わが家の夫は今夜はタクシーでの帰館である。

私は目を瞑ってゆっくり息をする。昨夜の呼吸の続きをやるのだ。するとどこかでパタンと車のドアの音がした。どこかの夫が帰ってきた。……夫が一人。またパタンと音が響く。……夫が二人。また音がして……夫が三人。……夫が四人。ああ。この世界は夫だらけだ。ということは妻だらけでもある。

月の照る夜中の道に車の影が並ぶ。

みっちゃん。

どのくらい経った頃か、夫の声がする。いつの間にか耳のそばまで来て彼が囁いている。

おい、嘘だろ。耳が起きてるじゃないか。ほら。

しつこい人。

私はようやく眠りかけている。

いつもの薄明るい水の中で行ったり来たりしていたが、永瀬屋根屋は一向に現れない。落ち合う場所がずれたみたいだ。何も目印のない水中なのでずれを修正する手立てがない。もうすでにここは場所とも言えない所なのだ。ただ生ぬるい水がもやもやと私の体を分けて流れる。

必死で泳ぎまわっていると、背後から太い手の指らしいものが私の腕を掴んだ。ぐいっと引っ張られた。永瀬の手が掴んでいた。腕の付根の方はない。体もない。ホラーの映画のように男の腕だけが私を引く。

ざぶりっ。と大きな水飛沫《みずしぶき》が立って体ごと流された。

波が割れると私はホテルの狭い廊下に投げ出された。赤い絨毯の床に倒れた私に、永瀬が手を差し伸ばした。こないだのように私の服も体も濡れてなくて、床の絨毯も乾いている。

「大丈夫ですか。心配ばしたですよ」

私はどじを踏んだのだ。

「おはよう、と言ってもいいかしら」

と私は立ち上がると恐る恐る聞いた。

「もうとっくに、こんにちは、でしょうな」

永瀬が自分の腕時計を見せてくれた。もう少しで午後三時になるところだ。私は自分の姿を点検した。それでも寝間着は着てなくて、昨日のセーターとジーンズだった。

「ああ、ごめんなさい。もうそんな時間になっていたのね。それじゃ今日はもう、ランス大聖堂には行けないのね」

みじめな声が出た。今から駅に行くと列車だけでも往復で三時間近くはかかる。それに入館時間の制限もあるかもしれなかった。

「そうですな。今日のところはランス行きは諦めて、近場の寺の見学ばしまっしょうか」

永瀬はべつだん困った風もなく笑った。

「近場」

「ノートルダム寺院はすぐそこです。一番高い鐘塔に登ることが出来ますけん」

前に来たとき私は女友達と暢気にしゃべりながら、何もろくに見ずに上がったのだった。一匹、頬杖を突いた化け物みたいな彫像があったのを覚えている。永瀬の解説付きでもう一度あそこに立ってみたくなった。

「狭い場所やが、パリの絶景が一望に見渡せます」

ええ。行きます、行きます、と私は生き返った声で応じた。

自分の部屋に入ると昨夜のままに、ハンガーにはコートが掛かっている。バッグを開けてパスポートの有無を確かめ、それからコートを着込んで永瀬の待つ階下のロビーに行った。夢でもパスポートを忘れると、またどんなアクシデントに見舞われるかしれないと思う。

表の道でタクシーを拾って乗ると、十分もかからずにノートルダム寺院の前に着いた。入口には入館者の長い列がある。前に来たときのような日本人のツアーはなくて、外国人ばかりだ。あのときは一時間半も並んだ。待たされることは夢の中でも変わらないらしい。

「向かいのレストランに入って何か飲みながら、この列が捌《さば》けるのを待ちまっしょう」

永瀬が通りのレストランに首をまわした。大きなガラス窓があって店内から行列が見通せるようだ。中に入ると昼をとっくに過ぎているので客は少なく、窓際の席が空いていた。私たちはゆったりと座った。

永瀬はホットワインを、今夜はとろろご飯だけだったので、私はココアとハムサンドも取った。ツアーできたときもこれを食べ、確かクロックムッシューとか言ったのだった。大皿盛りで日本人には軽食とは呼べないものだ。

永瀬とハムサンドをつまみながら外を眺めた。

「私はじつはこの大聖堂が一番好きなんですよ」

と彼は言う。

「身廊の高さはシャルトル大聖堂と二メートルしか違わんのに、少しも居丈高じゃなかでしょう。上品で徳が高い建物です。大きさをひけらかすこともなか。ノートルダムというのは聖母の意味らしいが、まことに聖母の気高さちゅうもんが漂うとると思います」

永瀬は思いのほか聖母マリアが気に入っているようだった。

「そういえば以前に来たときも、とくに高い建物という印象はなかったわね。しっくりとパリの街に溶け込んでいる」

それに較べると、写真で見るアミアン大聖堂やランス大聖堂などは、威圧的で巨大な岩石の森のようである。街を威圧して聳えている。同じカテドラルなのに風貌がまるで違うのだ。

「なかなか行列が減りませんなあ」

ホットワインを口に含んで永瀬が首を伸ばした。夢の時間はどうなっているのだろうと思う。ここで一時間も待つことになっても、現実の時間はもっと短いはずである。

いったい一日に人間が夢を見る時間はどのくらいなのだろう。

「だいたい一日に一時間半から、二時間と言われとります」

「だったら今日もここで終ってしまうわ」

「ははは。心配はいりまっせん。夢の時間は主観的に出来とります。ここで座って待っとる時間も、実際は数分間のことかもしれんです」

音もする。匂いもして、空気もある。そして出来事に出鱈目《でたらめ》も矛盾もない。それなのにここにあるものが、すべてまぼろしだと信じられるだろうか。私は考えることを放り出した。

空は冬晴れで明るかった。私は聖堂の高い側壁に眼を凝らした。ビルの建物にすると八、九階分もありそうな高い石の壁のほんのわずかの出っ張りに、二羽の鳩が並んで止まっているのが見えた。

「あんなとこ」

私は指さした。

「ああ。めおとの鳩でしょうなあ」

永瀬がうなずく。

「鳥ってあんな高い所に居られて、生きものの中では一番位が高いんじゃないかしら。そうして大聖堂の屋根に朝晩フンをして暮らすのね」

私は羨ましさを覚えた。いつだったか私はビルの裏手の高い窓枠の上で、つがいの鳩が夫婦の営みをするところを見た。何という眩暈《めまい》のするようなセックスだ。ノートルダムの鳩の夫婦もここで営みをして、そしてフンを落とすのだろう。

「奥さんもあんな所に登りたかですか」

「ええ。あそこで暮らせるものなら、暮らしてみたいです。あんなとこで結婚して世帯を持って、子どもを育て、毎晩、月に照らされて眠るんですよね。そんな眩暈のするような生活、してみたいわ」

私は少し熱をこめてしゃべった。

「奥さんは子どんのごたることを考える人ですな」

と彼が言った。

「どういうこと」

「幼い子どものようなことを言わっしゃる」

永瀬のどんぐり眼《まなこ》がじっと私を見た。私は頬が熱くなった。確かに。四十過ぎの女性が口に出して言うことではないような。

「列が切れかかりましたな」

永瀬が外を見て立ち上がった。

「冬季は閉館時間が早いようです」

西側正面の入口で永瀬が日本語のパンフレットを広げている。大聖堂の中へ入って壮大な内陣を観るか、それとも鐘塔に上がる有料体験を選ぶか、私たちは話し合った。両方見学すると二時間近くはかかりそうだ。

「鐘塔に登りましょうよ」

「ではそれでいきます」

鐘塔は正面の大きな薔薇窓の左右に一つずつあるが、頂上まで登ることができるのは南の塔だけである。しかし入口は北塔にある。鐘塔見学の列の後ろについて、ひんやりと暗い北塔の入口を潜って行った。

狭い石段が曲がりながら上へ上へと昇っている。人一人やっと通ることができるほどの幅で、上から降りてくる見学者とかろうじて体をかわして登って行く。人々の靴音とはしゃぐ声で塔の中は耳が痛いくらいだ。

「こんな大きな建物なのに、何でここは狭いのかしら」

大きな声で私が後ろの永瀬に言うと、

「大聖堂には屋上はなかでしょうが。屋根の上にあるのはもう神の国だけです。つまり教会は屋根の天辺に登る用事はなかとですよ」

と彼は反響音の中で怒鳴るように答える。

「大聖堂内の階段は、荷物の運搬や連絡用です」

美女と醜い鐘撞《かねつき》の映画を思い出した。あの鐘撞はこの石段を登ったのである。石段はぐるぐる曲がりくねりながら、段差も不揃いに長く続く。三百八十何段かあるという。

だいぶ登った辺りでバルコニーに出たと思うと、手摺りが消えた。ずいぶん高く登ったようでさっきのレストランの屋根が、靴で踏み潰されたように小さく地上にへばりついている。そこが北塔から南塔へ、横へ移動する地点である。

列の動きがぱたりと止まる。

手摺りのない通路の前で女性の落伍者が出る。そろそろと壁にへばり付いて蟹のように歩く女性たちもいる。

「大丈夫？」

「平気よ」

私は永瀬の先に立って風の中を伝い歩きする。そこを渡りきると、角を生やした翼のある怪物像のそばを通って、またも狭い穴のような塔の中に潜り込む。前に来たときの記憶とほとんど変わらない。

「ここの夢は永瀬さんが作っているの？」

と私は尋ねた。

「いや。奥さん、あなたの夢ですたい」

彼の声が笑いながら返って来た。

「私はここへは来たことがなかですもん。奥さんの夢に頼っとるとです。なかなかしっかりした記憶で感心しとります」

何だかよくわからないけれど褒められた。

「ということは、永瀬さんが私の夢の中に入り込んでいるということ？」

「まあ、わかりやすう言うと、そんなもんです」

私と永瀬の頭がぶよぶよとくっついて、膨れ上がった大頭が出来上がっているようだ。その下に二人分の首と胴体と手足が動いている。怪物みたいな姿になった自分たちが眼に浮かぶ。しかしこの気味の悪い想像は案外当っているかもしれなかった。

列の前の方が騒がしくなって、喚声が上がる。鐘塔の天辺に出たのだ。小さな木の扉を開けると空があった。この風景は確かに前に見たものだ。ぐるりと鐘塔の屋根が突き出ていて、そのまわりを狭い通路が囲んでいるだけだ。

「何だ。鐘もありまっせんなあ」

「大鐘はこの屋根の下にぶら下がっているのよ」

と私は答えた。本当にこんな所は鐘撞の男しか登ってこないだろうと思う。けれどパリの街並みを見下ろすには絶好の高さだった。人々は手摺りにへばりついて眺めている。

永瀬屋根屋は直径三、四メートルほどの丸屋根を通路伝いに一周する。薄い鉛のスレートで葺いた屋根は、下から見るよりはずっと貧相で所々、板の縁が割れたりズレたりしている。日本の神社仏閣の整然と葺かれた屋根とはまるで違う。

「世界遺産なのに、何だかひどく粗末ね」

「雨の少ない国ですからな」

永瀬は外れたスレートの位置を戻しながら言う。梅雨もない。台風もない。けれど雨水を地上に落とすガーゴイルは、外壁にずらりと取り付けられていた。ガーゴイルは獣や鳥や魔物の姿をした石造りで、彼らの口が雨水の吐出口になっている。

「こりゃたまげた。こうなるとゲロを吐くのもなかなか壮観ですなあ」

身を乗り出して永瀬が喜んだ。

建物の壁という壁から、獅子が虎が馬が亀が鳥が翼のある魔神が半獣人が、できるだけ建物から遠くへ雨水を飛ばすため、思い切り背を伸ばし首を差し出して、オェー、オェー、オェーと声なき声で、嘔吐物を吐き続けている。

空は一滴の雨もなく澄み切って青いのに、空中は彼らの見えない嘔吐物まみれだった。

ガーゴイルから眼を離して民家を見下ろすと、ほとんどの屋根に天窓がはまっている。スレートの屋根を四角にくり抜いただけの簡素な造りだ。

「あそこからも雨水が入り込みそうやなあ」

永瀬はどこへ行っても雨仕舞いの心配をする。なるほど今にも雨でも降れば漏りそうだ。

「石造りの建物は壁の強度のために、窓を小さくするとですよ。それで中は暗うなる。採光のために天窓は必要条件になるとですよ」

「日本の瓦屋根では思いつきにくい発想ね」

「あれをごらんなさい。美しかですなあ」

彼が指さした。十字架の形にクロスした巨大な大聖堂の屋根がある。街の上にかぶさった青い十字架だ。

「どうしてヨーロッパの寺院は屋根が青いか御存知か」

「知らないわ」

「空が青いからですたい。空の色を高い屋根に映しとるそうです」

そういえば屋根が空に溶け込むようで眼に馴染む。

私は急に胸が騒ぎ出した。

「飛んでみたくなったわ」

あの青い大きな十字架形の屋根を軽々と飛び越えたらどんな気持ちがするだろう。

「飛びますか」

と永瀬も言った。「ついでにガーゴイルや、バルコニーの化け物たちのそばにも行ってみまっしょうか」

今、ここで飛ぶのだろうか。

「人を騒がせてはならんですけん。外が暗うなって蝙蝠《こうもり》が出るまで待ちまっしょう」

永瀬は声を低くして言った。

鐘塔を降りると、夕暮れの早い国はそろそろ日が翳り始めていた。二人で大聖堂の外周を散策し、建物の全容を見て廻った。それからさっきのレストランに入って夕食を取る頃、夜が静かに降りてきた。念のため私も永瀬もアルコールは飲まなかった。

ところが予想外のことが起こったのだ。窓の外にさっきまで沈んでいた建物の影が、ふっと燃えるような黄金色の灯を浴びて立ち上がったのだった。ライトアップが始まったのだった。

私たちは思わず顔を見合わせた。

「知っとりましたか」

「そういえば夜にそんなことがあると、……聞いたような気もしますけど」

けれど忘れていた。

外の通りは建物を取り巻くように人出が増してくる。はたしてこんなざわめく衆目の中で、大のおとなの男女が二人、大聖堂の上を飛行出来るだろうか。永瀬は黙り込んだ。

「光っているのは建物だけで、少し離れて飛べばいいわ。それにライトの当り加減で、光に浮き出る場所もあれば、蔭に沈む場所もあるでしょう。人通りの少ないセーヌ河の方から飛んで様子をみて、無理なら降りることにしたら？」

「そいでん誰かに見られたらどうするとです」

「そのときは仕方ないわ」

と私は言った。

「夢にはライオンだって何だって出るときもあるでしょう。天使の一人や二人出ても悪くないわ」

「私も天使ですか」

当惑げに永瀬が言った。

「ふふ、空を飛んでいるのだから、あなただって天使でいいのよ」

そう言いながら私はふと永瀬の姿を見て、大きな蝙蝠を思い出した。黒っぽいコートを着ているから彼は天使より蝙蝠が似合うかもしれない。けれど黙っていることにする。

日暮れ前に歩いたセーヌ河畔に行ってみることにして外へ出ると、店の中で見るより遥かにノートルダム寺院は宝石みたいに輝いていた。光は魔術だ。あやかしだ。夜になると日本人のツアー客らしい団体まで繰り出している。

さっき並んだ正面の薔薇窓の入口は闇の中に燃えるようだ。人を避けて裏手の暗がりに建物を回り込んでみる。側面には石積の建物の荷重を和らげるため、フライング・バットレスというゴシック独特の巨大な梁が側壁から張り出している。暗いので高くのしかかる森のようだ。

「よか、よか。ここから飛びまっしょう」

黒いコートの永瀬が言った。まったく蝙蝠男である。靴の踵《かかと》で地面を蹴るとふわりと飛んだ。空中で永瀬が誘導のために私の手を取った。男のくせに彼の分厚い手はいつも冷たい。皮膚が厚くて硬すぎて、体内の熱が伝わりにくいのだろうか。そういえば硬い皮の蜥蜴《とかげ》も冷たい。永瀬がこんなこと聞いたら怒るだろう。

石のフライング・バットレスは石の樹のようだ。

「危ない。ガーゴイルに気をつけて」

永瀬が手を引っ張った。すぐそばで一本角の鬼が首を伸ばしゲロを吐いている。もう少しで衝突するところだった。そこらじゅうのフライング・バットレスが吐いている。

「まるで鬼の宴会ね」

石の樹の林は、オェー、オェーとゲロを吐く鬼だらけだ。

ライトの当っている正面をよけて、北塔の裏手から鐘塔の下のバルコニーへ飛んだ。セーヌ河の風が吹き付けるのになぜか寒くはなかった。私も大聖堂の建物みたいに燃えるようだった。体の内からふつふつと発熱している。二本角の翼のある石の鬼が頬杖を突いて、パリの街を見下ろしていた。向こうの鬼も自分の監視区域を見張っている。

「今にも動き出すんじゃないかしら」

私は不安になった。

「ええ。動くかもしれません」

「嫌よ」

「そんなら考えぬことです。夢で念じるとそん通りになることがある」

私は震え上がった。そのとき二本角の一匹の眼が片方だけ動いた。ウインクをした気がした。急いで眼をそらして別のことを考える。

「身廊の大屋根に上がりたいわ」

「ライトに当るかもしれんですよ」

「いいわ。そしたら私、天使になっちゃいます」

「いいでしょう。そんなら私も蝙蝠になりますか」

あっと声が出そうになった。私の心が筒抜けだ。永瀬はくすりと笑った。

「奥さんの夢を開けているとですから、奥さんの思われることも多少は伝わってくるとです」

すみませんな、と永瀬がつぶやくように言った。ごめんなさい、と私も聞こえないくらいの声で謝った。もう無念無想で行こう、と決める。

それから二人で大屋根の方へ上昇した。青い巨大な屋根が私たちの前に左右に揺れながら迫ってくる。月が雲間から出て十字架形の大屋根が本当に夢のように浮かび上がった。

思ったより傾斜がきつい。ここは鳩も羽根を休めたりはしないだろう。誰も寄せ付けない所だ。その屋根の四つの棟が交差した険しい場所に、暗くて見えないが使徒か天使らしい銅像が点々と立っていた。

「あんな誰の目にもつかない所にどうして像を飾るんでしょう」

「あれは人間に見せるためじゃなかですよ」

「それじゃ何のため」

「神が見るとです」

「行ってみましょう」

私は先に飛んだ。後ろを永瀬が追ってくる。振り返ると本当に蝙蝠のようである。

十字に交差した屋根の境に聖女の像が立っている。月の光がつめたい水のように照らしていた。私もそのそばに立ってみた。聖女はどこを見ているのだろう。彼女の視線の先を探すと、セーヌ河の向こうの真っ暗な林に行き当る。

「おや、おなごの銅像が一つ増えましたな」

と永瀬が笑った。私は聖女の像から飛びすさった。

「ははは、もう少しそんままにしていたら、写真ば撮りたかったです。いいスナップになるとこでした」

「とんでもない。嫌だわ」

「よかでしょうもん。夢の写真は残りまっせんよ」

永瀬は屋根の急傾斜に鳥のように危うく止まって笑っていた。私は自分の足が眩暈のするような傾斜に引っかかっているのを感じた。彼は何が言いたいのだろう、と私は思った。しかしこうして私がまた思うことも、永瀬の思念の中に流れ込んで行くのだろうかとさらに思った。

「風が冷たか。そろそろ下に降りまっしょうか」

永瀬が私の手を握った。冷たい。と思ったときである。いきなり聖女の像の背後から、獣のような野太い唸り声が生じた。その洞穴から流れるような声には聞き覚えがあった。

ギャオゥーー！

姿はまだ見えないが、すぐ私にはわかった。いつか東経寺の屋根に躍り出た金茶の大虎に違いない。胸の動悸が激しくなっていく。龍のような長い尻尾を振り立てて、もうこの屋根に上がってくる。唸り声が屋根から空へ、また屋根へと大きくなって迫ってくる。

「いかん」

永瀬が短く叫んだ。

「今夜はここで切り上げまっしょ」

「何ですって？」

「ここで今夜は別れるんですよ」

永瀬もあわてていた。彼もいつかの五重塔の屋根に出た、火の玉の襲来を恐れている。

「さあ、先に屋根から飛んで！」

まさかパリのノートルダム寺院の屋根から飛び降りるとは思わなかった。

「早く」

屋根の端まで行って下を見た。

群衆がこちらを見上げて叫んでいた。私はライトアップの灯の海に躍り出ていた。

人々は何と言っているのだろう。女か。聖女か。化け物か。背後から永瀬が急《せ》き立てる。早く飛べと叫んでいる。虎が躍り上がって駈け降りてくる。私は屋根のスレートを蹴って、宙へふわりと飛んだ。下から人々のどよめきが起きた。魔女だ。

真っ暗闇を矢のように落ちて行く。

どこまでも果てしなく落ち続けて、自分が果たして落ちているのか、闇の中に逆さ吊りのまま止まっているのか、わからなくなる。いつもならとっくにあの薄明るい水の層に突っ込むはずだが、どうしたわけか闇は切れない。

屋根からひと思いに空中に身を投げ出すだけで、即、夢の明るい出口が待ち受けていると信じていた。飛び降り方がまずかったのか。落ちながら考える。

しかし屋根の飛び方にどんな上手下手があるだろう。永瀬屋根屋を必死に心で念じる。呼んで彼に声が届くとは思えず、他の方法は思いつかない。ここは光の絶たれた底なし井戸のような所か、それともただ際限のない宇宙のような闇か。

夢には場所がないのだった。私はそれに気づき始める。だから広さもない。狭さもない。スペースというものもない。助けて。悶《もだ》えた。出して。宙を蹴って永瀬を呼ぶが声も生じない。

そのとき、グイッと左の腕を摑まれた。分厚くて冷たい、覚えのある手だった。

「こっちへ、来なっせ！」

永瀬の声がしたような気がして、落ちてゆくところを横へ引っ張られた。そのときはっきりと永瀬の声が響いた。

「夢から覚め切れてない。半覚醒じゃけん、無明長夜《むみょうじょうや》を行くようにありまっしょう」

「怖いわ。眼を覚まさせて！」

私は確かな世界に戻りたかった。永瀬にしがみついた。眼が覚めればこの闇を脱けられる。

「それは出来まっせん」

「どうして」

「奥さんの体は、お宅の家のベッドの上にある」

屋根屋は妙なことを言う。

「揺さぶり起こすには、私の手が届かん」

「でも私の体はここにあるじゃない！」

「ありまっせん。ここには何もなか」

抑揚のない永瀬の声がした。

「奥さんの体もなかです。私の体もなかですたい。ここにあるのは、私たちの靄《もや》のような想念だけです」

　永瀬は私の腕を摑んだまま飛び続ける。

「私たち、どこへ行くんです」

「もう一遍、夢ん中ば引き返します。無理に眼を覚ますより、その方が早かですもん」

　なるほど。私はうなずいた。私は靄である。そうなると永瀬の言うままに、やり直したほうが安全そうだ。道に迷った登山者は、やみくもに下山しようと足掻《あが》かないほうがいい。

　行く手が薄明るくなってきた。柔らかな、温度のない水……、子宮を満たす羊水はこんなじゃないかと思うほど、柔らかい水の中に入って行く。

蝙蝠みたいなコートを着た永瀬の黒い影の後から、私も生き返ったように泳いだ。

　水の壁を突き抜けると、いきなり夜道に出た。

赤みがかった月がかかっていた。道の先に、前夜泊まった見覚えのあるホテルが見えた。屋根屋は靴音を止めて佇んだ。

「ホテルへ帰る前に夕食ば取りましょう」

　腕時計を見て言う。自分も靄の体なのに、食事だけはきちんと取るのである。永瀬の夢は手堅いのかもしれない。前の晩に行った日本食の小料理屋が近いので、今夜もそこで食べることにした。

湿った石畳の路地を入って、『北斎』と筆書きした店の暖簾《のれん》を潜った。明るい店内にはその夜もどこから集まって来たのか、満席に近い日本人客がいる。まずは湯豆腐に熱燗で始めることにした。運ばれて来た徳利の酒を永瀬が注いで、おもむろに杯を掲げてみせたので、

「何の乾杯」

と聞くと、

「無事にパリ帰還の乾杯です」

屋根屋はにっこり笑った。

とにかく今日は波乱万丈だった。よくここへ戻ってこれたと、自分ながら思う。

「明日はどこへ行く予定？」

「そうですなあ。ちょっと疲れたのでそれを癒しに、春のボース平野を飛んでみますか。良い気分がするでしょう。菜の花の草原に横たわるブルーの大十字架を見に行きましょう」

そういえば先日、喫茶店でシャルトル大聖堂の話を聞いたばかりだった。そこのブルーの大十字架というのは、十字にクロスした青い身廊の屋根のことだ。

「今は菜の花の季節かしら？」

「そんなことはどうにでもなります。奥さんが菫《すみれ》の花が良かと言えば菫を咲かせますし、桜が良かと言えば桜を咲かせまっしょう。何の花が良かですな？」

永瀬は天地を司る神のようなことを言う。

「やっぱり菜の花がいいわ」

と私は言った。緑の野には春の華やぎに一歩手前の、黄色い菜の花が似合う気がする。赤でもピンクでも紫でもない、その少し淋しい明るさがシャルトル大聖堂を包む様を、どこかで見たように思う。

湯豆腐の次に大根の味噌田楽と、ヒラメとイカのお造りを頼んだ。実際のパリの街へ行っても、こんな純和風の料理が日本の割烹にひけを取らない味で出て来たものだ。この夢が私の過去に行った旅の記憶からの合成なら、この店も私が前に入った店に違いない。

テーブルの皿小鉢を少しよけて、永瀬はパリ近郊の地図を広げた。パリを起点に鉄道が放射状に近郊の町へ伸びている。北に鉄路を行くと一時間で、世界最大級のアミアン大聖堂がある。北東に進めばゴシック建築の最高峰ランス大聖堂が聳える。北に少し上ると高すぎて天井が落ちた、かのボーヴェ大聖堂だ。

そしてパリから急行なら一時間も南西へ下ると、ゴシック最盛期の建築と彫刻が奇跡みたいに残るシャルトル大聖堂が建っている。八百年前の姿がそのまま緑の穀倉地帯に、二本角の塔を高く聳やかしている。むろんその屋根の色は、空を映した薄いターコイズブルーである。

「朝は何時の急行があるかしら」

と私が地図を覗き込むと、屋根屋は酒の入った頬をくずして、

「鉄道なんぞには乗りまっせん」

杯を口に運びながらきっぱりと言う。

「まさか」

私は不安を覚えた。

「飛んで行くわけじゃないでしょうね」

「飛びますとも」

永瀬は当然のように言った。

「でもひと目につくわ」

何しろ夜のノートルダム寺院でさえ、ライトアップの光で私たちの姿は目撃されてしまったのだ。日中の空をひと目に付かず飛ぶ方法があるだろうか。

「わけはない。鳥になればよかですたい。鳩でん、雀でん、鴉《からす》でん、空飛ぶもんなら何でんよか。鳥になって飛べば、人に見らるることはなかです」

永瀬は楽しそうに言う。私は黙った。夢を見るだけでも私はまだしくじってしまうのに、うまく鳥なんかになることが出来るだろうか。

「大丈夫ですたい。私に委せてください」

もう永瀬の言いなりである。

「鳩にでもなりまっしょうか」

永瀬は酒を一口含むと、明日着て行く服でも選ぶような顔をする。私は埃っぽい鳩の羽根を思い浮かべた。

「あんまり気が進まないわ」

「そんなら雀はどうです」

小さすぎて面白味がないようでもある。

「鴉は」

と永瀬がギョロリと私を見た。

羽根がバサバサして、でかすぎる。

「せっかくフランスの野を飛ぶんですもの。もっと美しい鳥になりたいわ」

今まで不安がっていたくせに、私はだんだん気分が乗って白い翼の鶴の姿などを頭によぎらせていた。

「フランスに鶴なんかおりますかな」

「どこのお城だったか、ベルギーで黒鳥の夫婦を見たわ」

「黒鳥というと、白鳥の黒い奴ですか」

「ええ。今の季節は早春でしょう。白鳥や黒鳥がいても不自然じゃないと思うわ」

私は強引に言った。ベルギーの黒鳥は艶やかで黒い大きな翼を折り畳み、古城の湖面に浮いていた。黒い羽根に赤い嘴《くちばし》が派手だった。

「黒鳥になりましょう」

「鴉じゃいかんですか」

「鳴声が汚いわ」

やれやれ、と永瀬屋根屋は言った。

「白鳥の黒い奴ですな」

彼は自分の頭の中にその姿を描いてみる風だった。二人で徳利を二本空けると、明日のためにアルコールはそれだけにして、熱い鯛茶漬けを食べて店を出た。寝静まった町の路地を歩いてホテルに帰る。

「一つ質問があるの」

私は歩きながら聞いた。

「これから私たち、夢の中で眠るんでしょう？　眠りに眠りを重ねるわけよね」

「なるほど」

と永瀬はうなずいた。

「よく気が付きなさった」

「気が付いたけど、頭の中がまだもつれてるの。つまりこれからホテルに入って、このベッドで眠ったら、私は明日はどこで眼を覚ますのかしら。現実の私の家のベッドで？　それともやっぱりまだ夢の中の、ホテルのベッドで？」

「むろん、ここのホテルのベッドですたい。明日はシャルトル行きですもん」

永瀬はホテルの重い木製のドアを開けると、私を先に中へ入れた。フロントの老人は居眠りしていた。その前を通ってエレベーターの所に行き狭苦しい箱に乗る。三階で箱が止まり、私たちは廊下に出て自分たちの部屋の前に歩いて行った。薄暗い照明が私たちを頭上から照らしていた。

「明日の朝のことは、私が誘導します。安心して休んでください。いいですね、ドアを開けますよ」

私は部屋の鍵をカチャリと開けた。古い真鍮《しんちゅう》の鍵だ。私はそれを握り締める。

「いいわ。おやすみなさい」

「おやすみなっせ」

永瀬が帽子を取って言った。

ドアを押したとたん、中に張っていた厚い水の膜がグラッと倒れてきて、ガラス板のように粉々に破れる。私は頭からその中へ入って行った。

気が付くと、辺りは芝生の庭だった。

広い池があって水がキラキラと光っている。朝の太陽を浴びて池面の上を滑っていた。昨夜《ゆうべ》永瀬と飲みながらしゃべったことを思い出した。私はその話の通りに黒鳥になったようである。

向こうの芝生を、私より一回りも大きな体の黒鳥が歩いていた。黒い羽根が美しく陽を浴びている。あれは永瀬だと私はすぐ気付いた。私は池から上がると、お尻を振り振り彼の方へ歩いて行った。

「おはようございます、屋根屋さん」

とおどけて挨拶する。声は元のままに出た。

「これは奥さん。鳥になった朝の目覚めはどうですかな」

永瀬の黒鳥は丸くて真紅色の眼を動かして私を見た。同じ色の真紅の大きな嘴《くちばし》が開くと、その声はやはり永瀬のままだった。赤い嘴の先端だけが純白で、黒鳥は見れば見るほど大胆で美しい鳥である。私は満足した。

「この夢は誰のもの？」

と私は聞いた。

「奥さんの見ている夢は、奥さんのもんです」

「でも私は何もしていないのよ。いつの間にか眼が覚めて、いつの間にか黒鳥になっていた……」

「ははは。夢は強かイメージで生まれます。昨夜は奥さん、酒ば飲んで、えらく黒鳥のことば執心しとらしたもん。それだけで充分、鳥の夢は出来《でく》っとです」

いずれにせよパートナーの永瀬の助力によるのだった。

「では朝食にいたしましょう」

鳥になっても永瀬は時間に几帳面な男だ。私たちは池の縁に行った。自然に長い首が伸びて自分でも知らずに、辺りの水草や草の実をついばみ始める。黒鳥は植物性の餌を食べるのだった。何となく水中の虫などを食べるものと思っていた。水草は弾力があって美味しく、草の実はスイーツみたいに甘かった。

食事を終えると、永瀬が尻を振ってやってきた。

「そろそろ飛ぶといたしまっしょう！」

彼の真紅の眼が私を見た。何となく血塗《ちまみ》れのようで怖ろしい眼だった。私も同じ血塗れの眼で空を見上げた。

「シャルトルはどっちの方角？」

「あっちです。パリから南西の方角に八十キロ」

永瀬が翼を上げて空を指した。黒い翼の下に一列に純白の短かい風切り羽根が隠れている。その羽根が風にふるふると震える。

「さあ、羽根を広げて。思いきり風に乗るんです」

先に永瀬が飛び立った。バサリバサリと翼が大きく波打って、それから上昇気流をとらえるとすうーっと滑るように風に乗って行く。私も彼の後に続いた。草原がみるみる小さくなっていく。池がしぼんで掌に載るくらいになった。

ああ。いつか鳥になりたいと思った子ども時代があったのだった。なんて軽いしなやかな体になったのだろう。だからこそ空が飛べるのだ。いつも凝《こ》っていた肩が嘘のように軽くなって、その先から黒い羽根の扇子みたいな翼が、はたはたと波打ち続けている。

黒鳥の棲んでいた草原からパリ市街へ入る。

ふさふさした女の毛髪みたいな柔らかい森が点在する。樹木は空の生きものの格好のベンチで、座り心地の違うクッションなんだろう。

セーヌ河の蛇行は眠ったようで、中州のシテ島に建つサント・シャペル寺院の尖塔が空を突き刺している。ルイ九世が国家予算の半額を超える巨費を投じて、キリストが刑死直前に被せられた聖遺物の荊冠《けいかん》を購入して収めたと、いつかのツアーガイドがしゃべっていた。

小さな町に寺院の屋根が多すぎる。

昨日行ったノートルダム寺院が、灰色の石の森になって迫ってくる。九千人の信徒を収容するというゴシックの、まるで槍衾《やりぶすま》の森。尖塔の上の空はもう刺し傷だらけで血が滲んでいる。私たちはその痛々しい空の上を黒い影となって飛んだ。

「翼に気を付けて」

永瀬の黒鳥が羽根を漕ぎながら声をかける。

森と寺院の間にキャラメル色や、チョコレート色をした民家の屋根が並んでいる。つまんで食べたいような美味しそうな色。どの家の屋根にも人の眼のように天窓が嵌《はま》っている。屋根の眼が私たちを見上げている。

石畳の舗道を子どもたちが駈けて行く。胸に朝食の長いバゲットを抱いてお使いの帰りだ。自転車にバゲットと青い野菜の束を載せた女性が行く。野菜はセロリか何かだろう。大きな犬を連れた散歩の男。

街は飛んでも飛んでもきりがないほど、屋根が連なっていた。家々は箱である。人間は蓋付きの小さい箱に入って、毎日そこから出たり入ったりして、短かい一生を無為に時間を消費して生きている。

人間は朝が来ると箱の中を掃除し、洗濯物を外にひるがえし、仕事に出かけ、夕方には帰って来て、みんなで食事をし、夜は箱に鍵をかけて眠る。動物は蓋付きの箱や、着たり脱いだりする面倒な防備を持たない。獣たちは岩や木の洞に巣を作り、鳥たちは川縁の柳の枝のクッションに羽根を休める。

民家の屋根屋根の上空を飛び続けるうち、私はだんだん自分の家からはるか遠くへ来たことによる（私はもうすっかり夢であることを忘れて本気で……）感傷に襲われてくる。そうして胸が溢れそうになるのだった。

林や森が青々とゆったりと広がる風景は、人の心を休ませ慰安をもたらすが、人間の住む町の穏やかな景観にもそれに似たものがある。それはたとえば家々の屋根が歪んだり、曲がったりせずにあること。瓦が飛んだり、剝げたりせずに、見渡す眺めのどこにも壊れた箱も蓋もなく、こうして美しくのどかに並んでいること。

そうだ。家は平安な世界のシンボルなのだ。この小さな箱が人間界の無事平穏の象徴なのだ。そうしてそれが壊れずに在ることが、そんなこと何でもない当り前のことなのに、何か凄い奇跡のようで、私は涙がこみ上げてきた。人の手で成された小さな工作物が自然の掌に守られて、そのままそこに保たれている奇跡。

家々は空の下ではこんなに小さいのに。

まるでオモチャみたいなのに。

その感謝と畏敬《いけい》の念が、ヨーロッパの中世では尖塔の槍となって空を突き刺したのだろうか。しかし東洋人の習性で私はいつしか合掌したくなるのだった。けれど今の私にはその手がない。腕もない。代わりに大きな黒い艶々した翼と、風を切る白い羽根が私の肩先にしっかりと付いていた。

　永瀬は大した夢作りの名人だ。

「どうしたとです？」

　夢作りの名人が真紅の眼を私に向けた。何度見ても血塗れのように見えて、寒気がする。

「下界を眺めて、感動していたんです」

　と私は答えた。

「そんなら良かった」

　と彼は翼を動かしながら言った。

「急に黙ってしもうて。投身自殺でもしなさるのかと思うた」

「まあ。どうして」

「ははは。その眼、泣き腫《は》らしたごと見えます」

　お互い、私たちはまだ黒鳥であることに慣れていない。

　パリを抜けるとまたしばらく緑が広がった。風の渡る草の海の中を、一本の細い蛇のように急行列車が滑って行く。途中で永瀬は飛行角度をぐうーんと変えた。

　菜の花畑の連なる景色を見るには、シャルトルの町とは反対のル・マンから入るのだという。黒鳥の大きな翼ならどこへ行くのもひと飛びだ。

しばらく安定飛行が続いて、小さな町に着いた。

葡萄《ぶどう》畑の上を飛んでいると、ワイン工場らしい建物が見えてきた。その上を飛んでいるだけで酔いそうである。黒鳥は嗅覚が鋭いのだろうか。

「コーヒータイムといきたいが、まあ、あそこの池で水でも飲みましょうか」

永瀬が長い首を折って、青い草に縁取られたキラキラ光る水面を指す。そういえば私の長い喉は渇いていた。永瀬は行き届いてツアーの添乗員に向いていそうだ。工場の裏手で休んでいた作業員の一人が、私たちを見上げて指さした。

黒鳥だ！

と叫んでいるようだった。やはりこんな田舎でも眼に付く鳥であるらしい。私たちは急いで木の陰に紛れ込み、低く飛んで池の方へ降りた。

池の縁は早春の野花の刺繍《ししゅう》で縢《かが》られていた。冷たい池の水をひとしきり飲んで、草の中に座って二人、じゃない、二羽で翼を休めた。雪が降ったように辺りには何だか白い可憐な花が咲いている。永瀬が嘴でひと茎つまんで草の上に置く。

「アネモネの一種ですな」

その中に四弁の花びらを付けた、可憐な紫色の花も混じっている。白い角のような二本の雄蕊《おしべ》に露をチョンと付けている。私はそれを嘴でひと茎つまんだ。少し口が苦

い。永瀬が目ざとく見て、

「オオイヌノフグリです。フグリの意味を御存知か？」

と真紅色の眼で私の表情を窺《うかが》った。

まあ、と私は声に出さずに驚いた。なるほど、彼はそうやって迫るのか。私は彼の顔を見ないで答える。

「知ってるわ。でも私、犬が好きだから平気です」

永瀬はクックッと笑うようだった。

「しかし名前と違うて、全然大きくはない」

と永瀬は妙なケチをつける。

「だって犬のですもの」

言いさして、私はもうしゃべるのをやめた。永瀬がさっきから喜んでいるように見えるからだ。

「さあ、そろそろ行きましょう」

と私は腰を上げた。

「シャルトル大聖堂で邪悪な心を清めましょう」

翼を揃えて私たちはまた空へ飛び立った。

行く手の草の海が、眼に染むような黄色に変わる。

果てしなく菜の花の絨毯が広がっている。世界は横真っ二つに仕切られて、空が半分、地が半分である。その地上のぶんが真っ黄色に塗り込められて、地平線の真ん中、天と地の間にどちらの属とも知れず、灰色の岩の峰のような影が聳えていた。

「あれだ。シャルトル大聖堂です」

永瀬屋根屋が声を上げた。

近付くにつれその不吉な影は丈を伸ばし、私は眩暈を覚え始める。神の砦《とりで》でありながら、何て暗鬱《あんうつ》な、禍々《まがまが》しい、巨大な建造物。長すぎる歳月にすっかり黒ずんだ石造りは、もう現代には遺跡以外に使い途《みち》がないほどでか過ぎて、天から墜ちて来た地獄の砦のように見える。そこから磁力がじんじんと発せられて来る。

「怖いわ」

私の翼は震えた。

近付くと大聖堂の影はいよいよ嵩《かさ》を増して、長い角を連想させる二本の尖塔を立たせた姿は、菜の花の海に沈みかける大きな艦船のようだった。

「大丈夫？」

永瀬が声をかける。

「ええ、何とか」

「やっぱり観光客に混じって普通に、地上から来たほうが良かったかな……」

彼は後悔する風につぶやいた。

「空から近付くのは迫力があり過ぎて、女性には無理だったかもしれんです」

確かに。でももう遅い。

シャルトル大聖堂の石の壁はぐんぐん迫って来る。私は側壁に伸びた大蜘蛛《おおぐも》の手脚みたいなフライング・バットレスに、物凄いスピードで引き寄せられる。危ない。永瀬がそんな私の方へ滑り込んでくる。間一髪、私の体を衝撃から遠ざける。魔の壁は次々と迫って来た。永瀬の嘴が私の風切り羽根をくわえた。私の体はダラリと宙に垂れ下がり、永瀬の嘴に運ばれて大聖堂の壁から離れていった。

地上の人影はまばらである。なぜか信者らしい集団の影も観光客の列も見えない。昨日のパリ中心区のノートルダム寺院の盛況が異様に思える。パリから少し郊外に出るとヨーロッパ屈指の世界遺産でもこんなものだろうか。

「夢のせいかしら」

「そうかもしれんですな」

二人でしゃべっていると、広場にいた客の一人がこちらを見上げた。驚いて叫び始める。

黒鳥だ。大きいぞ！

連れも一緒に声を上げる。

私たちは大聖堂の壮麗な扉の庇の上に隠れた。

「もう大丈夫ですたい」

私は石の庇の上に体を横たえた。

「上を見上げないほうがよかです」

彼が注意する前に、もう私は長い蛇のような首を屋根の方へ振り上げていた。斜めにこちらへ倒れかかるように、左右の尖塔が青空深く突き刺している。とたんにくらくらっとした。

「横を見て」

永瀬が嘴で示す。

急いで眼を移すと、扉口のすぐ傍の壁にキリストの使徒たちの石像が立ち並んでいる。翼を伸ばせば手前の使徒の衣の裾に触れそうな近さである。目玉のない穏和な使徒の顔を間近で見ていると、高さの恐怖が薄らいでいく。

「水を汲んで来ましょう。ここに休んでいなっせ」

永瀬は言い置いて裏手へ飛んで行くと、やがてまた慌ただしく舞い戻ってきた。永瀬の嘴が私の顔に近づいた。嘴の端から水が垂れている。そうか。鳥には水をすくう手も容《い》れ物もないのだった。

さあ、口を開けて。

永瀬の赤い血塗れの眼が言った。私は呪文にかけられるように嘴を広げた。カチッ、と音を立てて永瀬の嘴が斜めに私の嘴に当る。永瀬の生温い細長い舌が私の口を割って喉まで入ってきて、私はだらだら流れるぬるい水を飲んだ。

夢ならいいのに。

そう思って、すぐ、これは夢なのだと思い直した。黒鳥の喉は長くて、私はたっぷりの時間をかけて、たっぷりの水を永瀬の嘴から流し込まれた。

「気分はどう」

「だいぶ良くなったわ」

それは嘘ではなかった。

午後一時過ぎ。観光バスが出て行った。下へ降りると広い前庭の人影は絶えていた。大きなステンドグラスの薔薇窓の下で、私たちは厚い扉に阻まれた。このいかにも重そうな扉を開ける肝心の手がない。誰か人間がやって来て扉を開けるとき、一緒に飛び込むしか方法はなかった。

「残念ね」

「内部はどこも同じようなものです」

永瀬が首をすくめてみせた。

「大聖堂の中は一つの劇場のようなもんですたい」

「ええ。そうかもね」

大聖堂の内部には小部屋はない。そこには神の国を荘厳するステンドグラスから射し込む光と、幾つかの仄明《ほのあか》るい祭壇と、十字架のキリストとマリア像と、この建物でいえば十三世紀のシャルトルの町民、六千人をそっくり収容する、大がらん堂の暗がりだけがあるのだ。

石で囲った大聖堂の中味は、ノートルダムも、シャルトルもランスもアミアンもすべて、ひしめく巨大な闇だ。それは石造りのために夏場さえ冷え冷えとして、冬はさらに骨も凍る、がらん堂の暗がり。祈りを持って入る人間にしか、そこでは神は見出せない。だからこの大聖堂もひとけがなく、昼間からこんなに森閑としているのだろう。


「屋根の上から見下ろしたいわ」

気分の良くなった私はそぞろに大聖堂の屋根が気になった。

「またくらくらっとするんじゃないですか」

「もういいの。それよりほら、以前から話してたブルーの大十字架。あれを空から眺めたいの」

「そんなら参りまっしょう」

　正面の広場の前から私たちは舞い上がった。天気は上々でまったく大聖堂の屋根日和というところだ。風を翼で叩いてぐんぐん上がると、くすんだブルーの長い身廊の屋根と、両端の側廊の屋根がクロスして、どっしりと大地に横たわっている。屋根は細かい板瓦のようなものが貼ってある。

「銅板で葺いとりますな」

　永瀬が職人の顔付きで屈み込む。長い年月によって銅が酸化すると、こんな美しいターコイズブルーになるのだと永瀬は話した。長大な地に臥《ふ》す十字架の彼方に、菜の花畑や、真緑の草原、シャルトルの町のキャラメルやチョコレート色の家並みがばらまかれている。

　私たちは鐘塔の天辺に上がった。

「ちょっとあの化け物の横に座りませんか」

　と永瀬が誘った。

　私たちは一角獣のガーゴイルの苔生《こけむ》した台座に、風をよけて腰掛けた。まったく夢のような眺望である。遠くを藁《わら》を積んだ馬車が行く。太った主婦がカゴを提げて歩いて行く。葡萄園で働く人影。

「ここにも暮らしがあるんですなあ」

　と永瀬がこちらを見た。そして、奥さん、とすぐ顔を反対の方向に向けて、遠い馬車の進むのを眼で追うのだった。

「私は以前から、この町に住みたいと、あてどなく思うていたことがあります」

彼は言葉を探すように言った。

「でもどうしてこの町なの？」

「いっそ日本から遠い所がよかですけん」

「亡くなった奥さんを忘れるため？」

「いや」

彼は口ごもる。

「別な所で別な人間になって暮らしとうなりました」

寂しい男なのだと私は胸の中で思う。

「奥さん」

と永瀬はもう一度言う。

「私と一緒に、ここに残りませんか。もしよかったら二人で残って、ここでずっと暮らさんですか」

永瀬は木訥《ぼくとつ》な訛《なま》りで、まるで不似合いな吃驚するようなことを言う。冗談ではなかろうかと私は耳を疑った。

「ここに住むって、この町に？」

「ええ。このシャルトルの古い町に」

この男はいったい何を言っているのだろう。これはもしや私への口説き文句だろうか。私は今聞いたばかりの彼の言葉が理解できないでいる。鳥になどなったので、彼は気持ちがおかしくなったのではないだろうか。

私は不安に襲われた。永瀬が変になると、私たちは元に戻れなくなるのではないか。熱の出そうな頭で考えながら、私は語りかけた。

「ねえ、永瀬さん。よく聞いて。この町はあなたと私が作り出したものなのよ。つまりこの世のどこにもない町でしょう」

永瀬はうなずく。

「ということは、どこにもないこの町で、一生暮らそうというわけなの？」

「早く言えばそうですたい。いや、深くじっくり考えても、そういうことになりますな」

「すると私たちは失踪するの？　この世界から」

「大げさですな」

と彼は困ったような声で言う。

「ただこの誰も知らない静かな町で、奥さんと二人で暮らせたらいいと思うただけです」

「だけ……ね」

こんな場合に、だけ……はないだろう、と思う。他人の妻に。私は返す言葉を失って唇を、いや嘴をカチカチ震わせた。ふいに永瀬が話し出した。

「奥さんは昨日、ノートルダム寺院のそばのレストランで、鳩の夫婦の話をされたでしょう」

そういえばあの午後、ノートルダム寺院の高い壁に、つがいの鳩がいたのを思い出す。そのとき私は何かしゃべったのだった。鳩の話だ。夫婦の鳩の生活について……。

「奥さんの話を聞きながら、私もあなたと似たような性分の人間だと、ぼんやり思うたとですよ」

そうだ……、眩暈のするような高い所に巣を掛けて鳩の夫婦が暮らす話を、私はうっとりしながらしゃべったのだ。夢の旅の楽しさに、つい自分の憧れを旅の相棒に話してみただけ……だったのが、思いがけなく永瀬の心を揺さぶった。

私もただ話してみただけ……だったのに。それは取り返しの付かないことなんだろうか、もしかして。

高い鐘塔の上に私たちは並んで座っていた。

ノートルダム寺院の眩暈のするような壁に止まった、スリリングな鳩の夫婦みたいに。

私と永瀬が折り合わない会話に息詰まっている間も、かたわらのガーゴイルは下界に向かって、見えないゲロをゲーゲーと吐き続けている。何か吐くべき悪いものが、この世にそんなにあるのだろうか。

その石の魔物の嘔吐と裏腹に、見渡せば空も地上もくまなく明るかった。本当にこれは夢なんだろうか。それは不思議といえば不思議な眺めである。

まださっきからあそこをのろのろと行く荷馬車も、カゴを提げた主婦も、農園の人々も、昼間から眠ったようなこの町も、すべてはどこにもなくて、入口もなければ出口もない、この夢の中に閉じ込められた、幻の世界というのだろうか。

5

二階のベランダで洗濯物を干しながら、私は永瀬屋根屋が言った別れ際の注意を思い出す。

「毎晩続く夢ば見るためには、一に規則正しい生活ば送ること、二に穏やかな心ば持つことです」

あの水の壁に飛び込むとき、彼は私を見てこう言った。

確かにその通りだ。時は休みなく流れ続け、私たちの日々も移り変わっていくのだけれど、しかし私と屋根屋が一緒に見続ける特別な夢は、毎回、元の所へ戻って行かねばならない。

そのためには常に同じ気分を保ち続ける必要がある。

昨日と同じ服を着て、同じ気分で、人と諍いなどもせず、昼間の時間を穏やかに過ごすこと。だが、あのシャルトル大聖堂の屋根の上で、私に言い寄ろうとした永瀬から、穏やかな心で過ごすよう諭されるのは変な気分だ。

私こそ彼に教えなければならない。

永瀬の方こそ妙な気持ちを抑えて、精神の均衡の取れた穏やかな心を取り戻したほうがいい。それでないと私たちはもう、この風変わりな夢の幕を閉じねばならなくなるだろう。それを屋根屋に知らせるためには、今夜の待ち合わせにわざと遅れて行くのもいいかと私は思い始めた。

物干に息子の濡れたジーパンと、夫のゴルフズボンをぶら下げる。洗濯ピンチで止められたズボンの四本の足が、風に煽られて股を開いたり閉じたりして踊っている。まるで中に人間の足が入っているようだ。ひらひらとズボンの足が空中に蹴りを入れている。

こっちのほうがよほど夢魔のよう。

物干から見る眺めは薄曇りの空の下に、どこの国でもない日本の瓦屋根の家々が重なり合っている。朝、覚めて眺めるこの世界の方こそまるで夢だ。

その日はいつものように午前中は家事をして、午後から毎月の読書会に行く予定だったが、課題図書の現代作家の小説を読んでいなくて、ファクシミリで役員に欠席を知らせた。そんな本は夢よりも遠く感じられる。この頃、私が手にするのはゴシック建築の寺院に関する本だけだ。

今夜行くのはアミアン大聖堂なので、昼からパソコン机に張り付いて世界最大級のこのゴシック寺院を検索する。五時過ぎ、机から離れて台所に行って夕食の支度にかかった。夢から夢の間を伝い歩きするような気分がした。

夕方、息子の涼太が合宿から帰って来る。小さい頃、母親の胸に飛び込んできた子どもは、今は台所の冷蔵庫に首を突っ込んでいる。冷たい凍えるような冷蔵庫の母だ。日が暮れると息子と二人で先に食事を取る。

午後九時過ぎ、息子が風呂から上がって今夜は早々に寝てしまった頃、休日出勤を終えた夫が帰って来る。軽く湯豆腐を食べて酒を飲む間、私もコップ一杯のビールで付き合う。

私が一緒に飲むと彼は独り酒のときより酔いがまわる。酩酊《めいてい》には相棒がいるらしい。それが妻なら尚更いいのだ。妻が相伴《しょうばん》して酔わないときは気をつけたほうがいいが、今のところ私の夫にはその心配はなさそうである。

では私の方はどうだろうか。

私は夫と飲みながら酔わない。醒めたままだ。当然である。

今夜もやがてパリへ発つ時間がやって来る。その他に私が酔わない理由はない。ビールをもう半分だけ、みみっちく注ぎ足す。今夜は遅れて行くのである。三十分では少なすぎる。一時間は待たせること。その間に永瀬屋根屋は待ちくたびれて、果たしてどんなことを考えるだろうか。

ベッドへ入ったのは十一時だった。

それからしばらく眼を開けて、暗闇でぼんやり考えていた。永瀬に会ったら何と意見をすればいいか。壁時計の針が青白い数字の十二時を過ぎる。

まだ早い。

もう少し遅れて行こう。そう思いながらいつの間にかうとうとしていた。


眼の前に白い煙のようなものが立ち昇っている。

気が付くと辺りはお湯が満々と張られていた。湯気の中に私は裸の胸元まで湯に浸っている。とろとろして温かい絹のようなお湯である。湯気の間から見覚えのある顔がこっちを向いていた。頭に手拭いを載せて夫が満悦の表情だ。

「いい湯だ」

と夫は顔をぶるぶると洗った。

「やっぱり名湯だ」

湯気の中に一人、二人と、湯治客の白い背中が浮いている。男の姿、女の姿、何と混浴である。

どうやら草津温泉に来てしまったことに気付く。夫が行きたがっていた温泉である。フランスでもイタリアでもない、日本の北関東の草津温泉。

これはまずい。

私は湯気をかき分けて広い露天風呂の奥へ入って行った。夫を残して奥へ奥へ行く。お湯の温度が少しずつ低くなるのがわかる。それが生ぬるい水のようになった辺りで、ざんぶりと水中に頭から潜り込んだ。透き通った水底に私の薄っぺらな影がゆらゆらと動いて行く。

草津の湯が遠くなる。

つと右手を柔らかな力で摑まれた。覚えのある掌の感触だ。そっと触れたかとみると大きな手の幅でしっかり握り締められる。何万枚の瓦を摑んできた男の手。大きな頭と顔が横合いからぬっと迫った。待っていたのだろう。そのまま私の手を取って力強く先を泳ぐ。

いつもの水の壁が待ち受けている場所に来た。永瀬に一瞬遅れて頭から飛び込んで行く。水の壁が崩れて向こうへ潜り込んだ。見覚えのあるパリのホテルのフロントに出た。

「おはようござす」

腕時計の針をわざとらしく見ながら永瀬が言った。

彼はいつの間にかセーター姿になっている。

今日はホテルのレストランで午前七時に会う約束をしていたのだ。朝食を取りながら二人でスケジュールを考える。私は自分の身なりをそれとなく確かめる。草津温泉のままではない。大丈夫、衣服をつけている。時間は午前八時を過ぎていた。

クロワッサンにコーヒーを取る。ほかに何も欲しくない。テーブルに向かい合うと、永瀬屋根屋は何だか魚のサンドイッチみたいなのを頬張る。

「来る途中で迷われたか」

と永瀬が探りを入れるような眼で聞いた。

「ええ、別の夢に迷い込んでしまって」

私は草津の露天風呂に置いてきた夫のことを思い出した。

「でもそれだけじゃないわ。私の心も迷っていたの」

ああ、と永瀬屋根屋は観念したように嘆息して、私に向き直った。

「昨日の、シャルトル大聖堂の屋根の上のことですな」

「ええ、その屋根の上……。ガーゴイルの化け物たちに取り囲まれて、あなたが私に言ったこと。覚えているでしょう？」

コーヒーを一口飲んで私は彼の顔を見た。

永瀬は大きな図体を折り曲げるようにして詫《わ》びる。

「あれは、まことにすまんことでした。反省しとります」

「でも私は聞いてしまった。あなたが心に思って口に出したことを、私は聞いてしまったんです。もう忘れられない」

永瀬はたじろいでいた。

「あれは、あれは私の本心ではなかですたい」

「まあ」

私は思わず口をつぐんだ。

「それなら、本心じゃないことをなぜ口に出したんです」

「それは、あの」

と彼は言い淀んで、言葉を探すように眼をぎょろつかせた。

「あれはその、まったく、黒鳥のせいでした」

「黒鳥の？」

永瀬はいかにも面目なさそうに頭を掻《か》いて、

「ええ。あの真っ黒な首の長か鳥というのは、どうも淫らな性分のようで……。私は自分でも抑えられぬごと、気がのぼせてしもうたとです。見た目は美しかけど、あれはろくな鳥じゃなかですたい。それで黒鳥から元の人間に戻ったとたん、すっと頭ののぼせたとが冷めました」

そんなことがあるものだろうか。

「人間ちゅうもんは知性の動物です」

と永瀬屋根屋は心を鎮めるようにコーヒーを飲んだ。

「しかし獣はそうじゃなかですたい。猿には猿の性分があります」

なるほど、と私は少しうなずいた。

「犬には犬の性分があります。蛇には蛇の性分があって、黒鳥には黒鳥の性分がある」

私は黒鳥の赤いまなこを頭に描いた。そういえばあの赤い血にべったりと濡れたような妖しい眼は、同じ鳥でも雀や鴉や鶏などとは別の想念を、心の中に巡らせているように見えないでもない。私はまた少し彼の言葉にうなずいてしまう。

「身と心はおかしなもんで、あのとき私は黒鳥の雄になってしもうたとです。だから私は悪うないとは申せまっせん。私が悪かです。黒鳥の私が悪かですたい」

頭のどこかで、胴体のないズボンの足が虚しく宙に蹴りを入れている。どうする。まだもう少しこの人物と旅を続けてみようか。

「それじゃあ、これからは人間で通すのね」

「はい。そういうことで、昨日のことはなかったことにしてください。この通り謝りますけん」

サンドイッチの皿に向かって、永瀬屋根屋は体を折って大きな頭を下げた。

「そうね。このまま旅を終らせるのは勿体ないわね。せっかくフランスに来たんですもの。白いテーブルクロスの上で、ナイフとフォークを使ってフランス料理を食べて、ワインを飲みたいわ。池の草なんかむしって食べるよりも」

「わかりました、わかりました」

と永瀬は手を上げる。

「よかですたい。ビンテージ物の極上ワインば、飲みまっしょう。どうせ夢ですけん、一瓶十万でん百万でん、幻のカネはどんどん出ますたい」

と急に豪気になってくる。

そのとき私はようやく今日の予定を思い出した。

「すると今日の目的のアミアン大聖堂へは、どうやって行くことになるのかしら」

永瀬はアッという顔で腕時計を睨《にら》んだ。それからフロントの老人の所へ聞きに行った。夢の中の永瀬屋根屋のフランス語は外国語の古典劇みたいである。

「九時十分にパリ北駅から、アミアン行きの急行が出るそうです。所要時間は約一時間十分」

永瀬がメモ紙を握って戻って来る。それならもう時間はあまりなかった。

私たちは飲み残しのコーヒーを喉に流し込むと、急いで出かけることにした。コートとバッグを取りに行って下に戻ると、呼んでいたタクシーがほどなく表に滑り込んだ。

　北駅に着くと私たちは、アミアン行きのチケット売り場を探して駆け回り、ようやく二階の窓口で目的の切符を手に入れた。夢とはいえ、人間の不自由なことはどうだ。黒鳥ならただひとっ飛びである。

　列車が動き出すと、私たちは駅で買ったパンやハムの包みをひらいて、もう一度食事を始めた。周囲の座席はガラ空きで気兼ねがない。シートは高くて窓外の眺望は申し分なかった。空を飛んで移動するのもいいが、椅子のシートに凭《もた》れて雑談しながら地上を行くのも悪くはない。

　永瀬がハムをつまんだ手の指を拭いて、服のポケットから紙を取り出した。

「奥さんにクイズば出してみまっしょうか」

　昨夜《ゆうべ》、フランスの大聖堂の高さをメモして来たと言う。

「ええ、いいわ。どうぞ」

　私はコーヒーを飲みながらうなずいた。

「ではこれから読み上げる大聖堂を、年代の古い順に並べ直してください。よかですか？　アミアン大聖堂。シャルトル大聖堂。ノートルダム寺院。ランス大聖堂」

　私も今日の昼にインターネットで見たばかりだ。

「一番古いのがノートルダム寺院ね。覚えてるわ。一一六三年の着工よ」

「さよう。なかなか勉強しとらるっと」

　永瀬が褒める。

「次がシャルトル大聖堂ね。これは三十年後くらい。もう世紀末すれすれ」

「さよう。一一九四年ですたい」

「その次はランス大聖堂」

「そん通り、一二一一年です。十三世紀に入りました」

　とハムを頬張ってもぐもぐしながら永瀬が言う。

「そして最後がアミアン大聖堂よ。高くて、大きくて、石造建築の極限まで壁面を薄く仕上げたゴシックの極致ね」

　その間、約六十年でフランスの大聖堂は、次々と鎬《しのぎ》を削って建ち並んでいったわけだ。

「そんなら今度は、高さの順にあげてみられよ」

　永瀬は質問を出して、ハムの後にクロワッサンに手を伸ばした。永瀬も私同様にこの旅のためには、下調べをずいぶんやっているようである。私はうなずいた。その答えは簡単だ。建築技術は年代を追う毎に高さを克服していったので、新しい順に並べればいい。

「むろん一番高いのはアミアン大聖堂で、身廊の天井の高さは四十二メートルもあるわ」

現代の十一階建てビルが優に入る高さだ。大聖堂の天井は地上の床から吹き抜けで、間に現代のビルのような各階がない。つまり物凄く天井の高い一階建てを想像すればいいのだ。そのぶん一層、高さが迫ってくる。

「次がランスね」

「さよう。三十八メートルです。ということはアミアンは十年足らずで、四メートルの丈を伸ばしたことになる」

「次がシャルトル大聖堂、それにノートルダム寺院と続くのね」

「はい。シャルトルが三十四メートル、ノートルダムが三十二メートル。この間は三十年以上も要して、わずか二メートルしか高《たこ》うなっておりまっせん。建築工法、資金の面でも、なかなか難しか時代だったとでしょうな」

資金繰りに疲弊した寺院では町民の反感が高まって、身の危険を察した司教が逃亡した例もある。人間にとって神の国はじつに天空高く、そしてあまりにも遠かった。

「奥さんはボーヴェ大聖堂の崩落を知っとらるっか」

ゴシック最高の四十八メートルを極めた建物である。

アミアンに遅れること五年後に建築が始まったが、内陣は完成したものの十二年後に天井が崩れ落ちた。その後、内陣は再建するが結局二百五十年余を経て、今度はやっと完成したばかりの中央尖塔が傾き始めた。

「それで人々が集まって対策を講じている最中に、大音響を立てて塔は倒れてしもうた。結局そのまま外陣の建築を放棄した中途半端な姿で、ゴシック建築の限界を語るモニュメントのごとく、今に聳えとります」

「行ってみたいわ、そのボーヴェ大聖堂へも。アミアンへ行く手前にあるんでしょう」

「いや、途中下車して二つの寺院を巡るのは難しか。列車の乗り換えにも時間がかかる」

「残念だわ」

「そんならまた、黒鳥になりますか」

と永瀬は顎をなでた。

「いいえ、結構よ」

私は諦めた。永瀬は今度はハムとビールを手にしている。フランスの列車ではビールを飲む客をよく見かける。永瀬はこの国の男みたいな顔をして缶ビールを傾けた。

「そうですたい。とにかくアミアン大聖堂を見学すれば、十の大聖堂をまわったに等しかと言いますけん」

と彼は言った。

「アミアンは高さばっかりじゃなか。一万人収容できる広さも見ものですたい。内陣は祈りの場だが、外陣の方は常に一般に開放されていたはずです」

「当時は巡礼もぞろぞろ来たでしょうけど、商人や職人の集会もあったらしいわね」

「何しろ娼婦組合も献金に来たと言いますもん」

「ふふ。賑やかだったでしょうね。訴訟、喧嘩の仲裁の場にもなったのよね」

「そうそう。みんな勝手に入ってきて飲食もするし、昼寝する者もいたといいます。恋人たちには暗い柱の陰が逢い引きの場で、羊飼いは犬と羊の群れを連れてぞろぞろ入ってくる。動物たちは小便も糞もする。日本の寺院とは別世界ですな。現代の教会ともまた違う。ありゃ何でしょうなあ」

　集会場であり、訴訟所であり、社交場であり、広場であり、密会の場所であり、牧場であり、そして……ボッスの絵の暗い賑わいが頭に浮かんでくる。化け物や魑《ち》魅《み》魍《もう》魎《りょう》もうごめいている所。

「なかったのは女性の出産くらいでしょうな」

「いいえ。出産こそあったと思うわ。だってこれこそ時と場所を選ばないもの。キリストの磔刑《たっけい》の像を見て産気づく女性だって、いたはずだわ」

「ははは。そんなら出産も加えておきまっしょう」

列車の窓の外は緑の野が続く。シャルトルへ行ったときと同じような草原の景色に、途中で池が見えた。昨日はあんな所に黒鳥になって舞い降りて、昼食に草を食べたのだったと思い出す。その草も黒鳥でいたときは美味しかったのだから不思議である。

アミアン駅から大聖堂に向かって歩いて行く。

始めはその姿は見えなかったが、やがて二つの塔の先端が現れると、一歩一歩近づくにつれて、信じられないような白い石の巨城が町の上にのし掛かって来た。何という物量だ。よくもまあ大地がこの重さを支えて陥没しないものだと素直に驚いた。これだけの石を十三世紀に馬と人の力だけで運んできたのだ。

郊外のせいかここの広場も思ったより静かだった。パリ市街のノートルダム寺院の賑わいはない。それに今日は日曜日ではないのでミサはなくて、信者の姿も見られないのだ。

真っ直ぐに歩いて行くと建造物の磁力がしんしんと射して来て、雪崩れるような大聖堂に後ずさりしたくなる。永瀬がゆっくりと歩きながら呟く。

「信仰というもんは人間の分際ば忘れて、途方もなかもんば造り出しますな」

神々しいというより、直ちに恐怖が胸に落ちてくる。

正面の荘重な大きな門に歩いて行くと、三つの扉口があり、左右の入口には十頭身くらいの聖母マリアや天使の彫刻が円柱を背に佇《たたず》んでいた。中央の口にはキリストが薄青い眸《ひとみ》をカッと見開いて座しているが、その顔は怒っているようで、しかも肌にうっすらと血の気が滲んでいる。

「彩色の剝げた現代でさえ、こんなになまなましいから、昔は相当な迫力でしたろうな」

永瀬が帽子を取って一礼する。

「インターネットで見ると、設計者のロベール何とかっていう人物が、扉を高く上げよ、門を広く開けよ、栄光の主が来られる、って叫んだというわ。落慶したときの、人々の興奮が見えるようね」

「西洋人の天国熱というのは何でしょうな。どうしてそんなに天へ昇りたがるんだろう」

「日本人は西方熱ね」

「サイホウ？」

永瀬が変な顔をする。

「ふふ。西方浄土熱」

ああ、と彼は笑った。

「死の願望ですな」

「でも天国だって、死ぬことじゃない？」

「いや、復活があるのだから死ぬのとは違う。永遠の生命が天国にあるとですから」

「西方浄土には死があるの？」

「あると思います」

「どうしてわかるの」

聞かれて永瀬は少し考える眼をした。

「五重塔などの屋根に登るとわかりますたい。あそこにはもう生は無《の》うて、寂漠とした死が載っています」

後ろ腰に手を置いて彼は言った。黒いコートを着ているので、私には何だかその姿は不吉な大きい鴉のように見えた。

「さあ、入りまっしょうか。天国へ」

永瀬屋根屋が私を招じ入れる。

石の建造物の内部はひやりとした。寒い。風の吹く戸外のほうがずっと暖かい。見上げるような高い森の胎内を歩く気がした。身廊の左右から林立する高い柱の先は、遥かな丸天井に交差して深い森が幻出するようだ。

沙漠で生まれた宗教がヨーロッパ大陸を北上して、森の国の人々を布教するとき、ゴシックの垂直志向の建築は、次々に伐採し滅ぼしてきた多くの森の代わりに、石の疑似森林を造り出した。森の暗さと寒さと畏怖《いふ》と、それから神秘と奇妙な慰安……。だからこそ人々はここに集まり、祈り、しゃべり、歌い、飲み食いし、喧嘩し、接吻し、ときに出産さえしたのだ。

……たぶん。

それにしても大聖堂の内も外も、ゴシック寺院は人形《ひとがた》だらけだ。人間の姿をした彫刻でひしめいている。数々の聖者伝説の場面を浮き彫り、あるいは彫像にした堂内は、宗教劇場というより、人間劇場といったほうがいい。

壁面のいたる所に一杯に群衆劇が彫り込まれ、声なき人々の祈りや、叫び、怒号、慟哭《どうこく》、罵詈《ばり》、喊声《かんせい》が耳を揺るがす。

今まさに首を打たれようとする高貴な冠をかむった司教。

頬にまだ生きているような薔薇色が残っている。

斧を持った死刑執行人の背中に盛り上がる筋肉。

彼の帽子は赤く、剥き出しの裸の上半身は赤銅色だ。その腕が急に動いて斧を振りかぶった。

「危ない。見ちゃならん！」

突然、永瀬が大きな声を出した。私の肩を摑んで視線の先を逸《そ》らせる。男の斧が私めがけて振りおろされて来た。

「眼ば瞑って！」

思わずぱっと眼を閉じた。

夢の中で思い入れが強過ぎると、怪奇が起こる。ノートルダム寺院のガーゴイルが動き出しそうになった夜のことを、私は忘れかけていた。

「もう外に出まっしょう」

永瀬が血の気の引いた顔で私を引っ張った。

「まだ見たいわ」

「そんなら塔の上ば登りましょう。あそこなら陽が射して明るい。おかしなことは起こらんでしょうから」

元の扉から外へ出ると、私は眼を押さえた。陽の燦々《さんさん》と照る世界が広がっている。こんなに居心地の良い戸外があるのに、なぜ人はあんな暗い所に入りたがるのだ。

「屋上に上がるにはチケットがいるんじゃない？」

チケット売り場を私が探そうとすると、

「ここは上がれません」

と永瀬がアミアン駅で貰ってきたリーフレットを見て言った。フランス語の文字を私たちはすらすらと読んだ。この季節はまだ屋上は寒い日もあり強風のため閉じていた。

「でも上からの景色を眺めてみたいわ」

「そんなら……」

と永瀬屋根屋は笑いを嚙《か》み殺すような顔で言う。

「もう一度、黒鳥になって塔の上へ舞い上がりますか」

「……でも」

「困った人だ」

雀になるのはどうだろう、と私は思った。鳩でもいいが、しかし鳩などももしかするといやらしい鳥かもしれない。鳩の眼を思い出しながら私は警戒するのである。

「鳥はやめまっしょう。小さか鳥は鷲や鷹など猛禽《もうきん》類にねらわれやすい」

姿を変えるにもいろいろ制約があるのだった。

「そんならいっそ、われわれの姿ば消しまっしょうか」

「体を消すこともできるんですか」

「夢は妄想ですけん、馬鹿らしかあり得んことが出来るとですよ」

永瀬は屈託なさそうに笑った。

「では眼をまた閉じて」

もうこの男に言われるまま従うことにする。眼を閉じた。陽の当る瞼《まぶた》の熱だけをじっと感じ続ける。

「はい、開けて」

そう言われて眼を開けると、自分の両手を出してみた。消えている。手だけではない。体ごとすっぽり面白いように掻き消えている。

「頬ば抓《つね》ってみてください」

永瀬の声がするが、その彼の姿も消えていた。私は自分の見えない頬を見えない手の指で抓ってみた。すると元のまま頬の肉の感触がある。どうやら体はあるようである。ただ透き通ってしまっただけらしい。

日射しの中に永瀬の声だけが響いた。

「さあ。飛びますか」

「待って」

私はあわてた。

「どこへ飛ぶんです？」

引率者の姿が見えないので、どの方向へ飛んで行くのかわからない。永瀬も説明しにくいようである。

「とにかく塔の上へ行きまっしょ。上がったら呼びますから、私の声のする方に来てください」

永瀬の声はそれっきりだった。

アミアン大聖堂の屋上を見上げると、鐘塔の屋根に並んだガーゴイルに止まっていた鳩が、急にパタパタと飛び立った。永瀬がその辺りに上がったのだろう。私も地を蹴って飛んだ。体が見えないぶん、何だか頼りなくてふらつくようだった。

「永瀬さん」

左の高い方の鐘塔の柵に止まって呼ぶと、

「奥さん」

とそばの一角獣のガーゴイルの所から彼の声がした。

「どうですか」

「素晴らしいわ」

ノートルダム寺院の天辺は圧巻だった。だけどそれよりここはずいぶん高いので下界の景観が一層遠ざかる。来るときに通ったソンム川の橋に咲き乱れた花々が、ピンク色の縞に見える。川面は青緑の鏡になって、お菓子の屋根みたいな町並みが眠っているようだ。

ふと風になったような錯覚が起きる。見えない私の髪の毛を見えない風が揺らしていく。自分の姿がなくなると、いつしか自分が魂だけになったような気分だ。下界の風景を自分の魂が見下ろしているようで妙に寂しい。

「あなたはどこにいるの」

　思わず尋ねた。

「ここですよ」

　姿は見えないが、普段と変わらない彼の声がすぐそばで響いた。心なしか人の気配のようなものが立ちこめている。どうやら永瀬の方は、私の透ける姿をとっくに感じ取っているようだった。

　私たちは鐘塔の屋根の縁に並んで腰掛けた。

「体が消えるって変な気分ね」

　飛び立っていた鳩たちがまた戻って来た。姿が見えないので安心したのだろう。すぐ横に二羽で止まっている。

「はははは。体のないのも乙なもんですな」

　永瀬が笑ったので、鳩が驚いて羽ばたいた。しかし頑張って居座り続けている。

「何かこう、物欲も性欲も、我執みたいなもんも、体ごと一緒に消えてしまいそうですな」

　永瀬が言う。確かに、そんな執着は体に付随するもので、その本体がなくなるとすべては風に流されていくようだ。

　私たちは大きな石の建造物の屋根にいる。見渡す限り堅固な石の城砦《じょうさい》のようだ。人間は自分の身体だけでは物足りず、こんな途轍《とてつ》もない建物まで造った。高く大きく堅固に造れば造るほど、建物には執着がこびりついてくるのではないか。執着が増大するのではないか。

大聖堂のこの屋根の下には、夥《おびただ》しいモノがひしめいている。柱や壁、祭壇まで埋める何万体もの彫像や絵画。金銀細工。宝玉、貴石。人骨まで。その頂点に磔刑のキリストの像がある。何だか偉大というか、巨大というか、しかしそれは虚像であって、そう思えばキリストの身体の在り方は凄いのだった。

ふっとそばで人の気配が揺れた。

ふわりとしたものが私の手を包んだ。

永瀬の手に違いない。

「まあ」

と私は呟いた。

「奥さんの手ば握らせてください」

「永瀬さんはまた黒鳥になったの？」

「いいえ、ここにあるのは私の魂だけですたい」

「色欲のある魂？」

「いや、そんな不純なもんはなかで、これは男の心の内にある女性への憧憬ですたい。聖母マリアや悲母観音信仰と似たようなもんです。体はなかです。魂だけが恋うているもんですたい」

悲母観音は女身じゃないけどな、と私は思う。仏に女性はいない。しかしまあいいと私はうなずく。永瀬屋根屋の気持ちがわかればいいのである。彼のひんやりした手を、私はずっと感じ続けた。とくに不快な気はしなかった。

永瀬がそう思って心が満足しているのなら、それはそれでいい。

「町を見物してみない？」

彼に手を握らせたまま、私はやおら声をかけた。

「そうですな。川の方へ飛んでみまっしょうか」

ふわりと手が解放されて、永瀬の立ち上がった気配を感じた。少しずつ見えないけれど伝わってくる。

ソンム川の両岸には花壇の花が咲き溢れている。

そこへ金髪をなびかせて、子どもたちが自転車を走らせて通り過ぎる。家鴨《あひる》の列が川の縁を、ぎざぎざの一本線になって進んで行く。誰に渡すのか、花束を持った男が早足に歩いて行く。

美しい町だ。

まるで本物の世界のようだ。

何て大した夢なんだろう。私は飛びながらいつしか地上の眺めに胸が溢れるようになった。世界は美しい。私も永瀬も魂になった。夢の世界は完璧である。ソンム川の流れに沿って、私たちはチョコレート色の屋根を分けるようにして飛び続けた。

夕方パリに戻ると、その晩、眼に見える体を取り戻した私たちは、ホテルから特別に予約を取って貰ったレストランで、エスカルゴとチーズの夕食を堪能した。ワインは一瓶が夫のサラリーほどの値段だった。永瀬はカードを出して料金を払い、跳《は》ねるような文字でサインをした。

呼んでいたタクシーがレストランに来たので、私たちは表に出た。永瀬屋根屋が宿泊先のホテルの名を告げると、車は宵闇の中へと滑り出た。町は暗い川のようで、車の中は薄暗い灯をともした小舟みたいだった。ビンテージのワインの酔いが残響のように、私の脳を揺らしている。

「奥さん」

と永瀬が少し改まった口調で言った。

車の窓に彼の横顔が映っている。

「フランスの大聖堂を巡る旅は、今夜でいちおう終了ばさせてもらいます」

私は呆気《あっけ》にとられて彼の顔を見た。

「まだ四日目なのに？」

「正確には、三日目です。一遍、帰り損なって引き返したんで、二日分の夢ばひと晩で見てしもうたですたい」

私は頭がこんがらかった。

「それじゃ三日間のフランス旅行というわけね。ずいぶん短かすぎないかしら」

何か永瀬の身辺に異変でも起ったのだろうか。

「本物の旅行では、往復の機内でそれぞれ一日ずつ取られるけん、五泊六日コースと同じですたい」

永瀬は少し笑った。そう言われると私の胸に淡い哀しみが生まれた。永瀬が連れて来てくれた大聖堂を巡る旅は、現実に体験した今までのどんな旅よりも、めくるめく変化に富んで刺激的だった。

「じつは新築の屋根葺きの仕事が入ったとですよ。屋根の葺き替えなら一人仕事でどうにでもなりますが、新築は大工や左官と一緒にやりますけん、気ば遣うとです。夢の旅行は疲れますけん」

仕事が入ったのなら、こればかりは仕方ないことである。

「次はもう少し長か旅ば考えてみますけん。また、ということにいたしまっしょう」

私は不思議な気がした。夢でフランスへ行くのと、実際に現実時間の中で行くのと、どっちが大変なのだろうか。現実に飛行機に乗って、日にちと体を使って行けば、肉体的物理的な疲労がかかる。

夢で行くならば、体はベッドに残したままだから肉体上の疲れはなく、時差の影響も受けたりしない。しかし毎晩、ひと続きの夢を追う難事と較べると、実際にフランスへ行くほうがよほどらくかもしれない。

昔、私が子どもの頃、インドか何処かの国の超能力者の老人がテレビに出て、座ったまま宙に何センチか浮き上がる実験をやったことがある。痩せさらばえた半裸の老人は、結局、半日ほどもうんうん唸《うな》って念力をかけ続け、確かに数センチほど地面から浮遊した。

もうその場面は記憶に残っていないが、せいぜい二センチかそこら引力と闘って勝ったように覚えている。そのとき私は子ども心に思ったものだ。無理を通すのは骨が折れる。老人はただピョン！　とゴザの上で跳べばよかったのだ。たった一、二秒でできることなのに。

永瀬屋根屋はその無理をやっている。私はただ彼に連れて行ってもらっているだけだが、永瀬はこの共同夢を一人で曳航《えいこう》しなければならなかった。

「わかったわ。いろいろお世話になって、日数が短かいなんて言っちゃいけないのよね。ごめんなさい」

私も改まって詫びた。

思えば連続夢を毎晩見続けるのは、私にとっても緊張を強いられることだった。けれどそれは心地よかった。本物の外国旅行以上に、私の生活を規則正しく律したのだった。

体調と精神のバランス。

私は永瀬と共にそれを維持し続けた。

だが明日から何を目標に暮らして行こう。

ふっとそんなことを考える。糸の切れかかった凧のような自分がいた。

「今度の仕事がすんだら、次は一つ国内旅行ばしてみんですか」

永瀬が慰めるように言う。

「そうね」

と私はただうなずいた。

「ところで、その日本にどうやって帰るんです」

「奥さんの仰るようにしますけん。いつものごと、ホテルのドアの前で別れ別れに水の壁に飛び込むか、それともＪＡＬのファーストクラスに乗って豪勢に帰国するか。何でん思うことば言うてください」

永瀬はアラブの金持ちのような顔になる。

「ついでにフランス土産に、ブランドの洋服や化粧品でも買《こ》うて帰りますか」

空港の免税店に並んだシャネルの化粧品が頭をよぎったが、すべては眼が覚めると消えてしまうものだ。玉手箱から煙が出た浦島の話と同じである。私は首を横に振った。

「土産も飛行機のファーストクラスもいらないわ。ただお願いが一つあるの」

「私に出来ることならば」

永瀬は用心深い眼をした。

「日本まで、空を飛んで帰りたいの」

「それは長旅になりますな」

「昨日、パリの街を抜けて、ボース平野の上を飛んだでしょう？　それで私、ついでにユーラシア大陸の山脈や、沙漠なんかも越えてみたくなったの」

子どもの頃、地球儀をくるりと回して眺めたものだ。神様というのは毎日こんなふうに、地球を見ているのだろうと本気で思ったことがある。神の視座でなくても、鳥の眼くらいでいいから実感してみたい。

「わかりました。そんなら渡り鳥になりますか。鶴は日本とシベリアを行き来しますけん」

「鳥はもういいわ。人間のままで飛びたいの」

「そしたら、また姿ば消しましょうか」

「でもユーラシア大陸を見下ろす上空で、永瀬さんの姿が見えなくなってしまうというのは怖いわ」

空にも大きさがいろいろあるのだと思う。シャルトル大聖堂の屋根が見えるボース平野の上の空と、白く凍ったツンドラ地帯の上の空は、同じ空でも大きさが違う。私は先刻、アミアン大聖堂の屋根の上で、永瀬の姿が消えた一瞬の不安を覚えている。

「やれやれ。困った人ですなあ」

それでも私は飛びたい気持ちを抑えられないでいるのである。

「そんなら、半分透けてみまっしょうか」

「半分？」

「半透明。曇りガラスのようにぼんやり」

「まあ。そんなこと出来るんですか」

私が声を弾ませたとたん、突然すっと永瀬の体が消えた。誰かが電気のスイッチを切ったみたいだった。私は茫然とした。まるで水中のクラゲみたいに、人間の体が現れてきた。永瀬の顔が水に濡れたポスターのように、折れ曲がってゆらゆらと浮き上がった。

私は小さい悲鳴を上げた。

「幽霊……」

「ははは。大丈夫。空の上は明るかですけん、幽霊には見えまっせんよ」

そうかもしれないと私は思い直した。

行く手にホテルの灯が見えてきた。

「それじゃ今夜のうちに飛び立つのね」

「いや、今夜はぐっすり寝て休養ば取りましょう。明日、空が明るうなってから出発します」

永瀬の言うことを聞いていると、夢と現実がもつれてしまいそうになる。これからぐっすり眠ろうというこの夜も、明日の朝も、すべてはひと続きの夢に過ぎないのに。

ホテルの玄関にタクシーが停まって、私たちは車の外へ出た。

明くる朝もよく晴れていた。

ホテルの前の道では雀がエサをついばんでいた。

私はお天気に感謝しかけて、やめた。今朝の晴天をこしらえたのは間違いなく永瀬屋根屋である。誰しも雨にびしょ濡れになって飛び立つのはごめんだ。彼は夢の中のすべてを自分の思うままに作る。天も地も空も建物も車も人間も動物も、出来事のすべても。

私たちは身軽だ。来るときに持って来たトランクも中味の服や洗面用具も、跡形もなく消えてしまった。ホテルの食堂でクロワッサンとコーヒーの簡単な朝食を取る。

「さて、渡り鳥のコースに乗るか、エールフランスの航空ルートにでも乗るか。お好み次第です」

永瀬はコーヒーにたっぷりのミルクと砂糖を落とし込みながら笑う。

「だがエールフランスは、ゴビ沙漠の上は飛びまっせんぞ。それに渡り鳥のルートは、鶴にでん聞いてみんとわかりまっせん」

「あなたにお任せするわ」

永瀬は上機嫌で食べ終えた。私たちはチェックアウトをすませると、ドアを押して外へ出た。重い木製のドアが開いて朝の光が私たちを射す。外へ出る途中から体が透けていった。足元を見ると、磨りガラス越しに見るような二人分の足がうっすらと歩いている。

パリの朝空は少し潤んでいた。

空を飛ぶことにはもう慣れた。軽く片足の靴の踵で地を蹴る。ふわっと浮上する。パリの家並みが、チョコレート色の花びらが開くように見下ろせる。今日もこの街には誰かに贈るべく花束を抱えて歩く人がいる。パンをカゴに入れた自転車を漕ぐ人がいる。

だんだん高く上がると、チョコレート色の屋根の家並みがモザイクのように見おろせる。本当によくこんなに人間は自分たちの住まいを、建て並べたものである。屋根と屋根のへりを合わせて、丁寧にきちんと大地の上に敷き広げている。こんなにどこまでも、安心しきって神に断ったわけでも誰に相談したのでもなく、建物を連らねている。地上は平和なのだ。ああ夢のように……。私は胸が膨らんでくるのを覚えた。

永瀬屋根屋はどこまでも昇り続ける。

「待って」

彼はどこまで上がる気だろう。

「ツンドラの白い大地ば、見下ろしたいとでしょ？　そんなら成層圏の近くまで高う昇らねばなりまっせん」

永瀬はやる気満々の声である。

「どのくらい昇ればいいの」

「上空十キロ以上です。国際線の飛行機がそのすれすれの所ば飛んどります」

はたはたと髪の毛が頬を打つ。パリの街はもうシミのように小さくなり、やがて雲の層の下に呑み込まれた。

「もうそろそろ着きますたい」

雲を抜けると、空の色が濃くなった。薄い雲もない。洗い流したように筒抜けの青い空がどこまでも広がって、見渡す視界の左右の果てが、大きな瞼のように合わさって綴《と》じられている。楕円形の青い凸レンズを横にしたような世界である。

「まあ、何て綺麗」

うっとりと声が出た。

「まことに美しか所ですな」

昇るのをやめて私たちは静かに浮いた。

「でも寒くないわ」

国際線の機内で座席のエアマップに気温の表示が出るのを思い出した。氷点下四十度などという数字を見たものだ。しかしここは春の暖気の中にいるようである。

「奥さんは寒いのがお好きか？」

屋根屋の薄い影が笑いながら訊く。

「だめだめ。寒くしないで。このままでいいわ」

私は打ち消した。

ここでは永瀬屋根屋が神である。

眼下には綿雲の白い平原がつらなって、遠くには世界の果てのような雲の絶壁が聳えている。人間のいない世界に、耳の痛くなるような静けさが流れていた。

「夢のようだわ」

私は呟いた。

うっすらとした永瀬の顔がこちらを見ている。

「奥さん」

と屋根屋が言った。

「せっかくですから、姿ば現しまっしょうか」

「なぜ」

「雲の原に舞う奥さんの姿ば、見てみとうなりました」

「まあ」

「姿ば出しますよ。よかですか」

「永瀬さんの姿も出して」

「私なんぞは」

永瀬が照れる。

「そんならいきますよ」

パッと私たちの体に陽の光が当った。ホテルを出るとき着ていた私の赤いコートが眼に染みるようだ。なぜこんな派手なコートを着ていたのかはわからない。

「おう、美しかですな。吉祥天女のごとあります」

そう言って眼を細める永瀬は黒い外套に身を包み、成層圏に来ても相変わらず蝙蝠男のように不吉だった。彼はいつ持って来たのか、ポケットからカメラを出すと、私に向いてシャッターを押し続けた。

「成層圏はもっと上まで続いてるのかしら」

「ええ、五十キロも上空までありますたい」

するとこの辺りは成層圏の底の方になるのだろう。

「それじゃ、もう少し上へ行ってみたいわ」

私は張り切って両手で空気を掻いた。何だか空気の抵抗が少なくて自分の体重が半分に減ったみたいである。

「やめなっせ。上へ行くと、空がだんだん暗うなってくる。夜のごとなっていきます」

私は成層圏の暗黒を想像して鳥肌が立った。上へ行けば太陽に近くなるのに、なぜ暗くなるのかわからない。

「それに上に行くほど、温度が高うなります。成層圏ば突き抜けて、熱圏に出てしまう」

「熱圏？」

「何百度もある焦熱地獄です」

天国の遥か上の方に地獄があるという。逆様《さかさま》だ。頭の上に仕切りのない空の奈落が口を開けている。じっとしていても体が上へ上へと吸われていくようで、私は屋根屋にすり寄って恐る恐る腕を摑んだ。

「心配はなかです。熱圏はまだ五十キロも百キロも上のことです」

永瀬は笑い出した。

二人でしばらく水平飛行を続ける。

「空のことにも詳しいのね」

私は飛びながら彼に言う。

「はい。ときどき休日の遠出に、アルプスを飛んでみたりしますたい」

私は永瀬のほうを見た。

「それって日本アルプスのこと？」

「ヨーロッパです」

永瀬は悠然と腕を漕ぐ。

私は黙る。

「アルプスの中では、モンブランがやっぱり圧倒的に美しかですよ。尖った山襞《やまひだ》にかぶった雪は、粉砂糖みたいですたい。フランスでは、白い婦人、の異名があるというのもわかります」

永瀬は妻の死後、もう半分は地上を離れて暮らしているという気がする。屋根の上から、さらに山へ昇っていく。不思議な人物を眺める眼で、隣を飛ぶ男を見る。

「しかし……」

と彼はつぶやいた。

「アルプスの山々は高いというても、四千メートル級です。それでときどきはヒマラヤや、カラコルムまで上がるようになったとです。エベレストやＫ２を始め、あそこには八千メートルの山々が並んどる。成層圏に手が届く距離ですたい」

「素晴らしい休日ね」

永瀬はうなずいた。

「はい。そうやって楽しんで、普段の日は人様の家の屋根の上で、カタリ、カタリと瓦を葺いとります」

永瀬屋根屋の声の響きが澄んでいた。

五重塔や大聖堂といっても、せいぜい三十メートルだ。地上の建物の高さはしれている。現代建築ではエッフェル塔は三百二十何メートルだったか。建設中の東京スカイツリーは六百三十何メートル。といってもこういう建築物は建物というより、槍みたいなものだ。天を刺している槍だ。

「アルプスやヒマラヤの雪を戴いた山々は、神々しいでしょうね」

「それはもう」

彼がうなずく。

「そんな高みから戻ってきて、月曜の朝、地上の屋根に登ったら、いったいどんな気持ちがするのかしら」

私は首をまわして永瀬を見た。

居ながらにしてどこへでも行きたい所に簡単に行けてしまうのも、もしかしたら不幸なことではないかという気もする。永瀬の頬に笑みが浮かんでいる。

「人間の世界も良かですよ。梯子を掛けて自分の仕事場の屋根に上がると、懐かしか気持ちがしますもん」

「そういうものなの……」

「人の住んでいる家の屋根というものは、温かですけんね。温いとですよ。屋根に人肌のぬくもりがあります」

「屋根にね……」

「今のセメント瓦などは違うけんど、土を焼いた和瓦には人の体温に近いものが感じらるっとです」

土か、と私は思った。縄文の土器に触れたことがある。あれもぬくもりがあった気がする。

「高い山というのは、人間を拒絶して聳えとりましょうが。山は孤高で冷たかとですよ。だけん下界に戻ってくると、それはそれで人心地がついて、ホッとするですたい」

　大丈夫。

　まだ永瀬の心は地上を離れてはいないようである。私も何となく安堵する。

「奥さんも山脈を眺めたいと言うておられましたな。それからゴビ沙漠なんぞも」

と永瀬が思い出したように言った。

「ええ。あなたの見たヒマラヤの山々もね」

「そんなら少し下へ降りましょうか。成層圏は雲の上ですけん、遮《さえぎ》られて何も見えまっせん」

　いったいここはどの辺りを飛んでいるのだろう。まさか永瀬の言うようにエールフランスの航路をなぞっているのだったら、ヒマラヤからは大きくそれてしまうのだ。北極海の上空などを飛んでいてもおかしくないのである。

「そんなら、真っ白かヒマラヤの峰々を、上空から拝むとしますか」

　私たちはまた元のうっすらとした輪郭だけの体に戻った。永瀬が雲の中に突っ込んで行くと、薄い姿なのでたちまち見失いそうになる。私は成層圏に一人取り残される恐怖を想像した。待って、と呼ぶと雲の中からガッシリと手を掴まれた。雲の層を二人でどんどん沈んで行く。やがて雲が切れて、視界が突然ぐうんと開けた。

見渡す世界は大きな瞼のように、視野の両側で天と地が綴じ合わされている。その長大な瞼の間にねっとりと広がった大地が見えた。高度があるので大地というより、大陸と呼ぶ方が合っている。地表は緑の苔の色に覆われていた。その緑色が破れ、砂色の山岳地帯が所々に吹き出物みたいに生じている。

「あそこです」

屋根屋がぼんやりした手で指し示す。ユーラシア大陸が南に下って、乳房の片方みたいに垂れた辺り。苔が広く剝けて、砂色の皺がさざ波のように寄っている。

降りて行くと砂色の間に、突然、銀紙をしわくちゃにして広げ直したような、雪をかぶった山岳地帯が見えて来た。ヒマラヤ連峰である。

「エベレストはどこ？」

「どうもいきなり降りてきたんで、方角が摑めまっせんな。この白い雪の皺の中のどれかでしょう」

「世界の屋根の最高峰が隠れているのね」

俯瞰《ふかん》すると山の形や地形が意外に読み取りにくいことを知った。地上でものを見る世界には高さがある。空から見下ろす世界には多少の凹凸はあるが、いちめんの広がりだ。この山の皺の一つ一つが七千、八千メートルの高度を持つのだろうかと思う。

ここには風が吹いていた。

見えない風の海にしばらく黙って漂っていた。ふと永瀬がいつか四国の山に、すっぽり瓦を葺いてみたいと手紙に書いていたのを思い出す。私はおかしくなった。

「永瀬さん。ここに瓦、葺きたくない？」

と訊いてみた。

「こうなるともう、自然にまかせるしかなかですなあ」

屋根屋は眩しそうに笑った。

「手も足も出まっせん」

こういう大地が生まれてきた不思議を私は思う。それを見ている自分のような人間が生まれてきた不思議もまた思う。理由もなく大地があり、人間がいる。わけもなくただ放り出されている。意味などはない。ただ在り続けているだけである。凄いことだ。

山岳地帯を越えると、やがて地表には皺のないのっぺりとした黄土色の大地が続く。ゴビ沙漠だ。エールフランスの航路からずいぶん外れたものである。けれどいつまで経っても空腹にはならず、飛び続けることに疲れも覚えなかった。

沙漠を越えると、人間の住む世界の上空にやって来た。びっしりと建物がある。それで下界は屋根が敷き詰められている。黒や赤の土の屋根瓦だ。中国に入ったのだとわかる。ヨーロッパの町並みとは違う。家並みに迫力がある。お菓子や玩具の家のような雰囲気はどこにもない。真っ黒な脂ぎった蟻の群が背中を光らせているようだ。

飛び続けることに飽きると上へ行った。

成層圏では何もせず、ただ浮いていられた。インクのブルーを流したような空が頭の上にある。雲の原に浮いて手足を伸ばした。あつらえ向きの休憩ルームになった。

永瀬はコートのポケットからのど飴を取り出して、私にも一個くれた。彼は飴を剝いて口に放り込むと、

「日本に帰ったら、私は京都ば行こうと思うとります」

と一人語りのように言う。

「京都？」

「はい。東山にある普賢院《ふげんいん》の五重塔ば見に行くつもりです。キリスト教の大聖堂ばっかり見たんで、今度は木の建造物も懐かしゅうなりました」

むろん永瀬の言うことだから、これは夢の話にほかならない。日本に帰るのも夢なら、帰国後、京都の普賢院に出かけるのも夢で行こうというわけだ。

「普賢院はあの瓦師の寿三郎も仕事をした、醍醐寺の末寺に当る寺ですがね」

私も眼下の雲海を見ながらぼんやり思い出す。成層圏の真っ青な空間で考える瓦師寿三郎の一生は、形はなくてただ情念の靄の塊のようである。

「その普賢院の五重塔に何か面白いものがあるんですか」

「ええ。ここの屋根瓦に、三位《さんみ》の昌深という者の落書きが釘で彫り込んであるとです」

天正十四年、関白秀吉が豊臣姓を賜った年だと永瀬は言う。

「どんな落書きですか」

永瀬屋根屋はくすりと笑った。そしてすらすらとそらで口に乗せる。

「京都三条センバ屋与助の娘、天下第一美人也、かく申す者、普賢院三位昌深　天正十四年十月吉日」

「まあ。何て落書き！」

「昭和九年の改修で見つかったんだそうです」

こともあろうに五重塔の上で、三位の昌深は女性を恋うている。それも堂々と名乗りを上げているのだ。といっても人の眼に触れない高い屋根の瓦の裏ではあるが。

永瀬は眼に染まるようなインクブルーの空を見上げている。

「文安五年、あの寿三郎が七十一歳になって、瑞花院の屋根に残した文章があったでしょう」

「ええ。後の世にこれを見た人は念仏を唱えてくれ、というものね」

「天正十四年というと、寿三郎のその最後の落書きを残した年から数えて、百三十八年後になります。一方は霜枯れのごとき老いた瓦師の言葉で、もう一方はこの世の無常を知らぬ若者の落書きですたい」

「センバ屋与助の娘は、何という名前だったのかしら」

「藤、というんですよ」

永瀬屋根屋がにっこりした。

「まあ」

「じつはこの醍醐寺の本山の五重塔の上でも、やっぱり三位の昌深の落書きが、昭和二十九年に出て来とります」

そこには、センバ屋与助娘、藤様、と名前が刻まれていたという。藤、ではない。藤様、である。昌深の想いがいよいよ濃くなっている気配である。

国宝の醍醐寺の五重塔は現存する京都府最古の木造建造物だ。昌深の恋人の名は後世まで残るだろう。

「醍醐寺の高さは?」

と私は聞いた。

「三十七・五メートルですかな。ランス大聖堂の天井にあと五十センチで届くところです」

「人間の心に思う想念は、高い所に登るほど深くなるのかもしれないわね」

「そうかもしれまっせん。寿三郎は五重塔で自分の人生に思いを至し、三位の昌深は一人の女に恋情を燃やしました」

「ふふ。高い屋根の上というのは、つくづく人間に物を思わせるのですね」

私は永瀬屋根屋を見て言った。

しかし、それについては、なぜ西洋の大聖堂では昔の人々の落書きが見つからないのだろう。建てた人間たちの思いの痕跡がなぜ残っていないのか。

大聖堂の職人たちは、塔の上で自分の人生を顧みなかったのだろうか。そうしてまた恋する娘の面影などを塔に持ち込んだりはしなかったのか。

「だってエジプトのピラミッドだって、数々の落書きが発見されたっていうのに」

永瀬はしばし考える目つきで、雲海の果てを眺めている。本当に幻影のような景色である。

「西洋の塔には、人がゆっくり腰をおろすような屋根がなかったからじゃなかですか。むろん屋根は職人が登って造るが、あの傾斜のきつい、軒のない狭い屋根では、ろくに物思う余裕はなかでしょう」

「ああ。そうかもしれない」

私はうなずいた。

日本の、ことに寺院建築にはやたらに出っ張りがあるのである。反り返った屋根。各階ごとに出っ張った軒。人間はそのあちこちに引っかかって、下界を眺め、あるいは空を望んで、長年かけて胸の思いを育てていった。

それに引き替え西洋の塔には、職人が落ち着けるような出っ張った場所はない。どんなに高く聳えていても大聖堂は一階建てである。ガーゴイルの怪獣がいるテラスなど、多少のスペースはあるが、そんな所は孤独に物思う場所ではない。

「瓦師が思いにふけるのは、一見、場所のようであって場所ではなか所です。屋根の上はまさにこの上ない思索の場所であると同時に、人が踏み込む場所ではない」

「確かに」

永瀬はひたひたと考えを詰めて来る。

「つまりですな。普通の人間にとっては、立ち入ることの出来ぬ禁断の場所ですたい。その戦《おのの》きがまた一層、瓦師たちを物思わせるとでしょうな」

遠い雲の原にうっすらした五重塔の影を建ててみる。何層もの屋根の反りに、瓦師たちの影法師が乗っかっている。大聖堂と較べるまでもなく、寂漠とした死の予感に満ちた建物の姿だ。

そうだ。大聖堂は男も女も聖人も農夫も詐欺師も泥棒も収容する、一大人間ドームだが、五重塔は人間の入るための空間ではない。そこには満杯の死が冷たい水のように詰まっている。

「私も行きたいわ。昌深の落書きがある五重塔へ」

すぐうなずいてくれるかと思ったのに、なぜか屋根屋は口を閉じている。

「フランスへ行くより簡単でしょう？　それに私、もうだいぶ連続夢の旅に慣れてきたわ」

すると永瀬屋根屋のうっすらと浮かんだ顔が、心なし首をかしげたように見えた。

「いや。頻繁に連続夢を見るとは、良うなかとです」

「どんなふうに良くないんですか」

「これはリアルすぎますからな。しだいに夢と現実の区別がつきにくうなる。ちょうど明晰夢にはまり込むのと似とりますけん、生活に支障が出て来るとですよ」

確かに連続夢の旅を巡っていると、それに近い感覚を覚えることがある。夢の中ではすべてが現実だ。囲いのある現実と、囲いのないどこまでも続く現実を、日々の流れの中で区別するのは難しくなっていきそうだ。

普通、朝が来て一日が過ぎて夜になる。連続夢を見ていると、その朝と昼と夜の流れに、夢の中の朝と昼と夜が割り込んでくる。私は常に今、自分の眼に映っているものが、本物の時間に乗っているものか、就寝中の数分間、あるいはもう少し長い夢の中のものか、しょっちゅう自問自答する。

考えているうちに、私の背筋はしだいに冷えてくる。火に掛けた鍋の中に生煮えの肉がある。それを気付かずに食べてしまう。夢は永久に煮えない肉だ。

「それなら、永瀬さんは大丈夫ということ？」

「私は慣れとりますから」

　と彼はうなずいた。そうして私の手を取ると雲の中へと飛び込んだ。視界はたちまち遮られる。永瀬の手のなまぬくい感触だけがある。

「日本に帰ると、しばらく連絡が途絶えますが、心配はいりまっせん」

　当分、永瀬は京都を行き来して、醍醐寺と普賢院の五重塔に意識を集中すると言う。

「それじゃ私は？」

「奥さんは旦那や息子さんの世話をしなっせ」

　こないだ私に駆け落ちを迫った男が、矛盾したことを言う。

　雲を抜けると成層圏を脱して、見覚えのある大きな都市が斜めに傾いて近づいて来た。スモッグに薄く包まれた街の間にビルが立ち並び、朝日に輝いている。

　弓なりの円弧を描いて海が入り込んでくる。東京湾だろうか。

　街も海もきらきら眩しい。

「さあ、帰り着きましたぞ。ここで私たちはお別れしまっしょう」

　屋根屋の声が耳に響いた。

　体が墜ちていく。

風圧に耐えて眼を瞑っているとストンと止まった。気がつくと自分のベッドの柔らかな羽毛布団の感触が、私の体をすっぽりと包んでいた。

6

昨日まで留守にしていたわけでもないのに、食事の支度に台所へ入ると何だか懐かしい気持ちがした。まるで本当に自分が海外旅行へ出かけて、一週間も十日も経ってしまったような感じだ。旅の思い出の断片はまだなまなましく頭に残っている……。

その間ずっと放っていた自分の家族。

放っていた自分の仕事、つまり家事など。

時計はまた私の耳元で本来の時間を刻み始めた。


フライパンを取り上げて、私は夫と息子の朝ご飯を作り始める。留守にしていたのはこの家ではなく、私の心だったわけだが、長旅からぶじ帰還した人間に似た思いで息子の顔を眺めてみる。

フランスへ発った最後の夜、草津温泉の夢の中に置いてきぼりにした夫は、ヒゲを剃りたての顔を光らせて食卓に着いた。永瀬屋根屋のような男と旅で行動を共にすると、自分の夫が塩気の足りないサーモンみたいに思えてくる。

永瀬は塩気がきつすぎる。

夫は塩気が薄すぎる。


一週間ほどした頃、永瀬の方から携帯に電話が掛かってきた。冬晴れの十二月初旬の昼下がりだった。

「旅の疲れは取れましたかな」

今ではすっかり私の耳に慣れた、深い甕《かめ》の底から水を掻き混ぜるような男の声が響く。

「とくに疲れてはいなかったんだけど」

と私は言った。

「今が昼間なのか、夜なのか、わからなくなることがあるわ。ええ、昼間っていうのはつまり現実で、夜っていうのは夢の中のことなんだけど」

「ははは。それが夢の旅行の、時差というもんですたい」

屋根屋は楽しそうに笑った。

「頭がぼんやりしているの。時間がばらけたような感じ」

「そりゃ仕方なかですたい。旅の間は空ば飛んだり、大聖堂の屋根から飛び降りたり、冒険活劇の連続でしたからな。それが急に失《の》うなったわけですもん」

永瀬にそう言われると、本当にスリリングな旅だったと私は思い返す。どこかでそのわくわくした時間を自分の体がまだ探している感じがする。

「元に戻るまでもうちょっとかかるかもしれまっせんな」

永瀬は気にする風もない。それから、やおら声の調子を改めると、

「じつは私、屋根葺きの仕事がちょっと一段落したもんで、京都に行って来ようと思うとります」

「京都？」

「はい、醍醐寺の五重塔ば見に行って来ます」

ということは、あの三位昌深の落書きがある五重塔のことだろうか。

「さよう。その昌深という男は、よりによって大変な建物の屋根に、とんでもない落書きば残したもんです。この五重塔は現存する京都府最古の木造建築物ですからな」

まったく、と私も頷かずにはいられない。

「ええ本当に……。センバ屋与助の娘、藤様、なんて事もあろうに愛する女性の名を書いたんですものね」

それもわざわざ、かく申す者はふげんいん三位昌深、なんて自分の名前まであかして、昭和二十九年に発見されるのだからたいした落書きなのである。

「これは屋根の一番上の相輪の所にですな、釘で引っ掻いて彫り込んであるといいま

す」

「ふふ、その姿が見えるようだわ」

「見えますか」

と永瀬が聞く。

「ええ」

「三位の昌深は僧侶ですたい」

と永瀬は言った。私は携帯電話を耳に当てたままのけぞった。

「お坊さん？」

「三位というから位は低かでしょうが」

素敵。私は年甲斐もない声を出した。寺の塀にでもなく、壁にでもない。地上のすべてのものが小さく見える五重塔の屋根に上がって、一人の僧が書き付けた娘の名前。その何百年も前の文字の彫り跡を、私もこの目で見てみたい。

「四百年以上も前ですたい」

私は携帯電話を握り直した。

窓の外の晴れ渡った空から、小さな白いものがパラパラ舞い降りてくる。霰《あられ》のようである。今年の冬は寒くなるのかもしれない。

「永瀬さん。私も京都へ付いて行きます」

「おやおや」

と屋根屋は少し驚いた風に笑ってみせた。

「奥さん。今度は夢ではのうて、私は実際に新幹線で京都ば行くとですよ」

私の逸《はや》る心をたしなめるように言う。だがいかにもわざとらしい、私を誘うような声の響きである。

「もうホテルの予約も取りました。昌深は醍醐寺の末寺の、東山普賢院の五重塔の屋根にも、同じように、センバ屋与助の娘、天下第一美人也、と彫り付けておりますけん。両方見て来るつもりです」

今まで膨らんでいた胸が急速に萎《しぼ》んでいく。ついて行けば人目を忍ぶカップルになってしまう。

「いつから行くんです」

「今度の金曜の夕方に発って、日曜の夜に戻って来ようかと思うとります」

今日は水曜日で日にちは迫っているが、初冬の京都行きなら新幹線やホテルの予約は取れるだろう。大聖堂巡りから帰国後間もなく、永瀬の心に何事か動きが出始めているのがわかる。どんな変化が起きているのか。

「でもね永瀬さん」

と私は追いかけるように言った。

「その屋根の昌深の落書き、現地に直接行けば必ず実物を見ることができるんですか」

落書きは五重塔の最上層の屋根の上だ。

「いや、落書きは屋根の上ですけん見ることは叶わんが、書き付けなどの記録や写真はあるはずでしょう」

永瀬はあっけらかんとした声で答える。

「夢も良かですが、何というても現地の風に当って、昌深の登った屋根の上ば仰ぎ見たいもんですけん。どうですな？　奥さんも思い切って行きますか？　三位昌深が想いを焦がした場所に……」

私の心の動揺を見透かして、永瀬はじわじわと揺さぶりをかけてくる。いいえ。だめだわ。電話のこちら側で私は首を横に振る。

「行きますか」

「いいえ」

誘惑する屋根屋に声を出して断る。はるか昔の煩悩深い一人の僧の姿が、五重塔の屋根から霞んで消えていく。彼は諦めたような声になる。

「それでは奥さん。まあ、醍醐寺行きは、がっかりしなさらんで。向こうで写真ば撮って来ますけん」

慰めるように言い残して、永瀬の電話は切れた。

私は携帯電話を置くと、それからパソコンの机に行ってインターネットを開いた。醍醐寺の五重塔を検索してみることにした。所在地は京都の伏見である。

画面には比叡山や高野山に次ぐ、広大な醍醐寺の佇まいが映っていた。応仁の乱の戦火で寺は一度焼け落ちて再建されたが、五重塔だけは焼け残り千年以上の時を超えて、昔の姿のまま洛南の空に聳えている。

青々とした樹木越しに、相輪を空に突き立てた優雅な反り屋根の塔が見える。各層の連子窓《れんじまど》や高欄《こうらん》のくすんだ紅色が、緑に映えて意外や女性的である。五重塔を初めてじっくりと眺めてみた。

ついでに法隆寺や、東寺《とうじ》、室生寺《むろうじ》、瑠璃光寺《るりこうじ》など、他に名塔と呼ばれるものの画像を検索した。こうして見ると五層の屋根の微妙な開き具合、先の跳ね上がった角度などが、女性のフレアースカートを連想させるようだった。

法隆寺はさすがに世界最古の木造建築だけあって、五重塔の屋根は重厚でとくに一層目の屋根は広く雄大である。その屋根の先端も跳ね上がってはいない。平らかな飛鳥時代の静かな精神が佇んでいるという感じ。

瑠璃光寺五重塔は室町時代の創建で、跳ね上がった屋根の下の細い塔身は朱塗りの色も褪せている。一階の木目がすり減った板壁や戸は、高貴な女性の侘《わ》び姿のようだった。江戸時代に建造された東寺の五重塔は、五層の屋根の広さがほとんど均等に見える。屋根の裾の広がりも抑え気味で、古武士の風韻というのだろうか。

そこへいくと平安時代の醍醐寺五重塔は、白壁に連子窓や高欄の朱が華やかに映えて、緩やかに反った幅広の屋根が、五枚重ねのスカートみたいに軽やかに空へ跳ねている。風通しの良い女性の立ち姿みたいだ。

お藤さんを重ね合わせる。

五層の屋根の天辺に、輪っかを何重にも通したような格好の相輪が空を刺している。いったい三位昌深の恋の落書きは、相輪のどの部分に彫り付けてあるのだろう。大工でも瓦師でもない。一人の僧が何であんな所に上がったのか。

建物の解説を読んでみると、五重塔も西洋の大聖堂と同じで、内部は仏像を安置した一階があるだけだった。二層目から上は屋根しかない。

三位昌深はいったいどうやって屋根まで上がったのだろう。それにしても昌深は僧のわりに文才のない男だったような気がする。

京都三条センバ屋与助の娘、天下第一美人也まるで瓦版みたいな紋切り型の文章。普賢院の五重塔に登って、僧にもあるまじき行為をした人物に似合わない。犯した行為の方が果敢で、文章は凡庸である。

昌深はお藤さんがただいわゆる美人だったから好きになったのだろうか。そうではなくて、やはり言うに言われないお藤さんの魅力を含めて、讃える言葉が出てこなかったものと思われる。天下第一の美人也、にはたぶん文才のない男の憧れ、思慕、懊《おう》悩《のう》のすべてがこもっているのだ。

それに較べると、永瀬が教えてくれた瑞花院吉楽寺の瓦師寿三郎の文章は、人生の情趣が深いと私は思う。彼が最初に瓦へ彫り込んだのは、彦次郎と名乗っていた二十八歳のときで、それから瓦大工一筋に齢を取って七十一歳になるまで、女の名前などは出てこない。

彼が瓦に刻んだ文章には、営々と瓦を焼き続け、高い寺院の屋根に登って瓦を葺く職人の何ともいえない哀感が込められている。

五月一日ノサル（申）ノトキ（刻）ニ
トクリホトナル（ドングリほどの）、アラリ（霰）
フル（降る）ナリ。ヒツシサル（未申）ヨリ
ウシノハウエ（丑の方角へ）、フリイク（降り行く）ナリ

これは寿三郎が作業場で瓦を焼いていたときの情景らしい。霰が大きな音を立てて南西の方から北北東の空の方へと、作業場の上を通り過ぎていく。雨や雪、霰は自然の営みだ。それをわざわざ寺の屋根瓦に刻んだ寿三郎の、心の澄みようを感じる。

ヒン□ーウシ（貧乏して）
アラヒナカヤ（あら、日永や）
ヒタルシヤ（腹が減る）

とはいっても、寿三郎は瓦大工の集団を束ねる棟梁だ。当時の庶民の中でとくに貧しすぎるというわけでもあるまい。大した栄養物を摂るでもない当時の職人の地味な暮らしだ。日の永い春などは屋根の上でだんだん腹も減ってくる。春の日の物憂さ、やるせなさ、けだるさというようなものが、瓦の文字から浮かんでくる。

寿三郎は老いてからはユウアミと号した。その号名で記した古い瓦も発見されている。

ユウアミ（幽阿弥）、トシ（齢）

七十一ニマカリ（罷り）ナル
ファン（文安）五年十月廿日
ノチノヨ（後の世）ニ、ミタラン（見る）
スル《ママ》ヒト（人）ワ、子ンフツ（念仏）ヲ
申テクルヘシ（申してくれるべし）

幽阿弥の号から推して、昌深とは別にこの寿三郎も在家のまま仏門に帰依したようである。

私は寺院の大きな屋根の上を思い浮かべる。そこには草も、木も、花もない。土もない。地面から浮遊した特別の空間だ。累々と何万、何十万枚もの瓦が敷き詰められた幾何模様の奇妙な世界。犬猫も人の姿もない。

屋根の上とは、この世とあの世の境の、賽の河原のような場所にも似ている。賽の河原には水がある。水の代わりに屋根の上には空がある。

僧の昌深よりも瓦大工の寿三郎が生きた場所のほうが彼岸に近く、だからこそ縹《ひょう》渺《びょう》とした文章が生まれたのかもしれない。

寿三郎の落書きが残る瑞花院には、思い出せば永瀬と夢で一緒に行ったのだった。

私はふと考える。

　永瀬ならいったいどんな言葉を屋根に残すだろうか。彼もまた多感な男に違いない。今は昔、彼も地上が小さく見える寺の屋根で、瓦に何か記すとしたらどんな文章を作るだろう。三位昌深のように女性の名前を刻むか、それとも寿三郎のように空を渡って行く霰の音や、春の日永の空腹やけだるさを書き記すか。

　永瀬はあれで見かけによらず繊細な面もあるから、彼でなくては書けないような文章を作るかもしれない。永瀬屋根屋は譬《たと》えていえば森のような男である。分け入ればなかなか奥は深そうだった。

　しかしあの夢旅は散々だった。私たちはオレンジ色の大きな火の玉に襲われて、別々に屋根から飛び降りて夢から逃走したのである。だから瑞花院には今も心残りがある。夢でなくて実際に行くなら、あのおかしな火の玉が出て来ることもない。

　私も見に行こうか。

　ふらっと心が動いた。三位昌深のいた醍醐寺は京都で、寿三郎が瓦に彫った瑞花院は奈良である。両方の寺院の所在地を検索してプリントアウトした。永瀬に頼むまでもない。実際に行くのなら夢を見るより簡単で、いつでも私は一人で行動に移すことが出来る。

　ただ永瀬と向こうで会うのを避けるためには、彼が発つ金曜日の前に急いで出かける必要があった。私は机の引き出しから新幹線の時刻表を取り出して頁を繰った。

「急な話だけど」

その晩、私は夕食のテーブルで夫と息子の顔を交互に見ながら口を開いた。

「明日、京都の美術館に展覧会の絵を観に行って来ようと思うの」

珍しく夫は定時に帰り、家族といっても三人きりだが一応揃った。彼はこの冬出回りはじめたばかりの生牡蠣《なまがき》の殻を空けながら聞き返す。

「何の絵だって」

私はうなずいた。

「モネとかね、印象派の画家の絵が来るので、友達に誘われたのよ」

友達が誰かってことは聞かないでね、あなた。

「ねえ、それって、ミレーの『晩鐘』なんかも来るの」

息子が牡蠣の身をポン酢に浸けながら言う。私は絵にまるで関心のない二人に情熱のない声でしゃべる。

「ミレーはね、印象派のモネたちより一時代前の画家なのよ。だけど室内画から屋外の写生に転じているので、印象派前夜の画家って呼ばれてるの。だから今回はミレーは来ないわ」

夫は牡蠣を肴にビールを飲んでいる。耳は半分も聞いていない。私はその耳に付け足した。

「久しぶりの遠出だから一泊して帰ることにしたの」

夫と息子は黙々と食べていた。

その夜はいつもより遅くベッドに入った。明日の新幹線のぞみの往復チケットと京都のホテルは、昼にインターネットで押さえていた。夕食の片付けをした後、翌日の男二人のためのビーフカレーと、カブとグリーンアスパラの一夜漬けを作っておく。

一泊の旅には化粧ポーチと、着替えの袋が入るトートバッグがあれば充分だった。フランス行きを前に、念のためスーツケースを引っ張り出して、イメージ作りをしたことなど懐かしく思い出す。寝床に入ってから一歩も外に出ることはないのに、あれは大層な旅の予行演習だった。

夢だって決して軽くはない。最近私はそう思うようになった。現実だって決して重いばかりではない。明日の京都行きは出来心で決まった。

翌朝、十時に家を出た。直前に学校へ行く凉太が体操服がないと言い出して、ネズミの巣みたいにガラクタを突っ込んだ彼の部屋を親子で探しまわり、やっと一波乱すんで駅へ行くタクシーを呼んだ。

北九州のJR小倉駅で朝昼兼用の弁当を選んでいると、自分の前に見たような女性が立っていた。何か用でもあるのかと見返すと、売店の鏡に映った私自身だ。見知らぬ女が睨むように、私の顔が私を見つめている。こんな場面、いつか夢の中で見たような気がする。

売店で弁当を買っていると、新幹線が入って来て急いで車両に乗り込む。中は無人でカラーンとしている。私は京都の方角に向いて座席に腰をおろし、ペットボトルの水を飲んだ。発車のベルがホームに鳴り響く。

大聖堂巡りの夢から眼が覚めて以来、現実の出来事のほうがよほど嘘臭い気がする。つまり夢臭い。夢は見ている間は疑わないが、現実はいくらでも怪しむことが出来るのだった。行き当りばったりで、筋道も脈絡もない世界。

私はその中から一本の細い糸をつまみ上げた。昔、五重塔の屋根に落書きした人間たちがいた。瓦大工寿三郎と、真言宗醍醐派の僧三位昌深である。

列車はゆっくり滑り出した。今日は木曜日で明日の夕方には帰りの新幹線へ乗る。永瀬屋根屋とは線路上ですれ違うことになる。よろしい。自分の素早い決断を褒めてやろう。

京都に着くまで自由席の二号車は私一人だった。途中で前後の一号車と三号車を覗きに行くと、自由席なのにここもまた両方とも客は一人もいない。折りから新幹線はトンネルに入り、轟々《ごうごう》と無人の車両は爆走した。

淋しい座席に戻ると私は少し眠った。

うつらうつらしたが夢は見なかった。京都駅に着くとJR東海道本線に乗り換えて、山科《やましな》駅まで四、五分だ。そこからタクシーで十五分ほどで着いた。

醍醐寺は五重塔など国宝指定の建物も数多く、その上、平成六年に世界文化遺産に登録されたため、駅前のタクシーの順番を待った。私は平日で良かったが、明後日にここへ来る永瀬は情趣を損ねることだろう。

表の道は狭いのに参拝客の流れに付いて総門を潜ると、中は広大な別天地が広がっている。西洋の大聖堂の祈りの空間はどんなに大きくても聖堂という建物一つと広場だけであるが、日本の寺院は本堂、五重塔の他にも宝物殿や修行道場など、様々な建物が敷地の中に群落を作って複雑だった。

大聖堂が建物一つに凝縮された天国なら、日本の寺院は敷地も併せた極楽浄土だ。京都はその極楽空間だらけである。

醍醐寺は山に至る上醍醐と下醍醐に分かれて、林や森の間に七堂《しちどう》伽藍《がらん》の屋根が見え隠れする。真っ直ぐ進んで行くと仁王門に出た。ここで五重塔の入場券を買ってまた門を潜る。五重塔の屋根の長い相輪が冬空に伸びていた。写真などでなく実際に眺めると、相輪は長くて何メートルもありそうだ。目測でも五層の建物の三分の一ほどの丈がある。あんな所に三位昌深は登って落書きしたのである。

昌深が現代の人間なら、国宝で世界文化遺産に恋人の名を落書きした罪はずいぶん重いに違いない。

五重塔の前に立った。

参拝客が入口に並んでいる。私は中には入らず、ゆっくりと佇んだ。見るべきものは屋根の上の空間だ。天辺の反り屋根の上で蛇腹《じゃばら》のようなシルエットの相輪が、青味のない冬空を串刺しにしている。その下に豆粒くらいの昌深の影法師を立たせてみる。落書きしたとき彼の齢は何歳だったのだろうか。文才のない若者の坊主頭が浮かんできた。ふと昌深の影法師が動いたような気がした。私が眼を凝らすとそれは掻き消えて、蛇腹の相輪と空だけが残った。と見る間にまた影がひょいと現れた。

夢よね。私まだ夢を見てるのだ。

自分に言い聞かせる。私は屋根から眼を下ろして地上の参拝客を見た。人々は入口の混雑にかまけている。

もう一度そっと屋根を見上げてみる。

動いている。人影が動いている。

その影が相輪の裏手にすっと回り込んで、そのまま見えなくなった。人間があんな所で何をしているのだろう。動悸の拍《う》ち始めた胸をなだめながら、私も建物の裏へ行ってみた。人影はもう辺りにはない。塔の背後は木立が繁っていた。若い夫婦連れが赤ん坊を抱いて歩いている。見上げると五重塔の屋根が雪崩《なだ》れ落ちて来るようだ。

　そこからは近過ぎて塔の天辺は見えなかった。後退《あとじさ》って木立の中へ隠れて眺めていると、はるか天辺の屋根から人影が下がっていた。私は思わず眼を疑う。蜘蛛がすうっと糸を伸ばしているのに似ていた。五層目から四層目の屋根へ降りてくる。それから三層目の屋根へと、目に見えない細い糸を手繰《たぐ》っている。

　これ以上ここにいると、上から見つかりそうで木立伝いに五重塔の正面へ戻った。動悸は拍ち止まない。夢を見ているに違いないと思う。この夢を破るにはどうすればいいのかわからない。

　京都駅までは確かに現実だったと思う。

　山科駅に降り立ったときもそうに違いない。仁王門では入場券を買った。おとな一人六百円だったか。掌に載せた百円硬貨の冷たさをはっきり覚えている。今も歩いている靴の下の、地面の確かな固さ。遠くから低く伝わって来る参拝客の足音や話し声。ざわめき。

　五重塔の正面に戻ると、入場者の列はだいぶ減っていたが、まだ私は中へ入る気持ちにならなかった。

「来る途中に蕎麦屋があったわ。川の近くだった」

中から出て来た女性たちの話し声が聞こえる。

「何ていう店」

「万寿だったかしら」

「万寿院じゃない」

「安寿院だったと思う」

聞いているうちにノートルダム寺院前のレストランに入ったのを思い出した。あのとき食べたハムサンドの味まで覚えている。夢は手ごわい。決して幻のように儚《はかな》くはないのだ。

五重塔の裏手から誰か人影が出て来るのを待ったが、参拝客らしい往来があるだけだった。あの蜘蛛みたいな人間はまだ屋根に引っ掛かっているのだろうか。どっちにしても下の階へ行くにつれて人目につきやすくなるのだから、あのまま糸を引いて下りて来ることはないと思う。たとえ夢にしてもである。

五重塔を後にして私はゆるゆると仁王門から外へと出た。

それから足を霊宝館へと向けた。ここは仏像や歴史的文化財を展示している。私も人の列に混じって中へ入ったが、いつまた何が起こるかと思うと気が気でなかった。もしや私は来る途中の新幹線で眠り込み、体だけ終点の東京まで運ばれて行くところではないのか。あるいは山科駅につく途中で寝入ってしまったおそれもないとはいえない。

そうなると何が起こっても不思議はないのである。

霊宝館の中を恐る恐る歩いた。

国宝の『薬師如来坐像』が、粘り着くような腰を上げて立ち上がりそうだった。不動明王も火焔《かえん》の輪を数多《あまた》の手で振り回しそうである。細い台上に居並んだ小さな仏たちも一列に歩き出す。そんなことが今にも眼の前で起こりかねない気配だった。

途中から目を逸らして出口へ急いだ。

霊宝館を出ると安堵して息を吸った。

「奥さん」

そのとき誰かが私を呼んだ。

振り向かなくてもその声でわかる。

「どうしたとですか。吃驚しましたよ」

仁王門の方から黒いコート姿の大きな男がやって来る。私はもう驚かなかった。何だか疲れただけである。フランス以来、旅の相棒だった男に黙って微笑んでみせた。

「いやあ、奥さんが本当にここへ来らるるとは思わんでしたよ。いつ来《こ》らしゃったですか」

「今朝よ。新幹線で来たの。急に思い立って」

するとと永瀬もうなずいて、

「ええ。私も土日は人出が多うて煩《うるさ》かろうと、仕事の段取りば変え、日にちを早めたとですよ」

参道を肩を並べて歩いた。夢でも彼と一緒にいると気持ちが落ち着いた。

「もう五重塔ば見ましたか」

「ええ、さっき」

蜘蛛男を見たことは言わなかった。

「あれは外から見ると屋根が五層になっとるが、中は巨大な吹き抜け形式です」

と永瀬は説明してくれる。その中には心柱《しんばしら》という太い柱が一本貫通しているという。

「つまりですな、一本の大きな木を想像してみなっせ」

「それでわかったわ。日本の五重塔が地震で倒れないのは、その心柱が地中深く埋め込まれて、しっかり踏ん張っているからなのね」

私は永瀬と肩を並べてしゃべる。さっきまでの胸の動悸はいつの間にか治まっている。彼は私の安定剤のようだ。

「それは違います」

と彼は軽く首を振る。

「なぜ」

「柱を地中に埋め込むと、地震が起きたら柱ごと倒れてしまいます」

わからない。私は彼の顔を見た。永瀬は口ごもって少し困った顔をする。

「だって地震は地面の下から揺れるでしょうが」

ああ、そうか。攪拌《かくはん》機《き》の中に柱を立てるのと同じようなことになる。

「それじゃ心柱の足元はどうなってるのかしら」

「足元じゃない。上ですよ。心柱は一番上から鎖で吊られておるとです。これを懸垂《けんすい》式といいます」

その吊るされた心柱を中心に、梁や桁《けた》、ほかの柱などが幾重にも複雑に組み込まれて、地震の揺れにバランスを取る。素人には信じられないような設計だ。土台が固定されずに、何百年も建ち続けているのである。その証拠に地震で倒壊した五重塔は、未だかつて一つもないと永瀬は言う。

やがて仁王門の前まで戻って来た。

永瀬が立ち止まって聞いた。

「もう出てもよかですか」

「ええ、いいわ」

門を抜けながら両脇の仁王像を見た。今にも腕を振り上げて歩き出しそうだが、不動のまま止まっている。

総門を出ると、人間の世界が押し寄せてきた。タクシーがつかまらず、しばらくてくてく歩いた。

「今日、帰らるっとですか」

永瀬がぼそりと聞いた。

「いいえ。今夜は京都駅に近いホテルに泊まって、明日、瑞花院にも訪ねて行こうと思っています」

ほう！　と永瀬の眼はまるく輝いている。

「どちらのホテルです。私も駅近くですが」

「京都駅の裏手のKホテルです。ネットで取ったので初めてですが」

ほう、ほう！　と彼は夜中の梟のような声を出す。自分も同じホテルだというのだった。

「まあ不思議」

「いやいや。駅の近くで手頃なホテルというと、そんなにあるわけじゃござっせん。新幹線の切符ばどこで取りましたか。ネットのリピーターは、ここが結構多かとです」

それで自分たちが相宿になることに何の不思議があろうか、と永瀬はもう満面の笑みである。

二人でタクシーに乗った。フランスの旅のシーンが巻き戻されたような気分になる。しかしここは日本の古都の一隅だった。永瀬は妻を連れて旅に出た男のように、タクシーに行き先を告げる。山科駅で車を降りると、また京都駅に行く東海道本線に乗る。京都駅で降りて外へ出ると、永瀬が先を歩いて行く。まだ午後の三時でホテルに入るのは少し早かったが、昼を食べそこなっていたので、チェックインして店を探そうということになる。

めざすKホテルが見えて来た。

「疲れられたことでっしょ。何か温かいもんでも飲みますかな」

永瀬はボストンバッグを片手に、いかにも旅の夫婦という風に私を従がえてホテルの玄関へ入って行った。

永瀬屋根屋と会うのはフランスから帰って以来だった。

いや、フランスの……旅の夢が覚めて以来である。

顔を見ればやはり懐かしさが湧き上がる。夕食に永瀬とホテルのレストランで向かい合った。その永瀬の顔に真紅色をした黒鳥の眼が重なってくる。

永瀬はホテルの夕食の席で酒に頬を染めてしゃべった。

「パリのあの日本料理店を、覚えておられるか。奥さんと差し向かいで食事をして、酒を飲みながら思うたもんですたい。こりゃ何と贅沢な夢であろうかと」

しゃべりながら永瀬の手は、ステーキの肉を銀色のナイフで切り分ける。薄赤い肉は抵抗もなく、するすると美しい夢のように刃が入っていく。

「それが何と、ここにこうして、まことの奥さんと差し向こうとる。まさかこれも夢ではありますまい。ささ、もう一献、飲まるっと良か」

私は周囲の席を見た。話が聞こえる心配はないが、さっきまで空いていた席が時間と共に埋まっていく。見知らぬ客ばかりだが、それでも気になってくる。

夫の知人や仕事関係で私の顔を知っている客が、もしもこのホテルへやって来たらと思う。人間の出会いには最上と最悪の場合がある。そんな滅多にあるわけではないが、絶対にないわけでもない不測の事態が脳裡をよぎる。

「とにかく明日が楽しみだわ」

と私は二人のディナーを締め括るように言った。

「それじゃ朝の待ち合わせは何時にするの」

「急ぐことはござっせん。朝食を二人でとって、十時過ぎにホテルを出ればよかでしょう」

「あの私、明日の夕方には京都を発って、北九州へ帰らなきゃならないんだけど。そんなにゆっくりした出発でいいのかしら」

まさか永瀬は二泊する予定ではないだろうか。

「大丈夫。私も明日はのぞみの、十九時過ぎの切符を買《こ》うとります。奥さんは何時ですか」

「のぞみ十七時五十二分よ」

私が永瀬より先に京都を発つことになる。永瀬が新幹線の切符を買い直すと言い出さないことを祈りたい。

「そうですか」

と彼はあっけらかんとして、うなずいた。

「それなら三位昌深の東山普賢院と、寿三郎の瑞花院を見て廻る時間は充分ある。明日はその二つの寺を廻るだけで、帰るとしましょう」

「それがいいわね」

私はデザートのケーキを食べてフォークを置いた。もう腰が椅子から浮き上がりかけている。永瀬はそんな私をちらと見た。アルコールが入ると共に、彼はだんだん黒鳥の眼に似てくる。

「その代わり、どうです?」

と彼が笑みを浮かべて口を開いた。

「今夜ちょっとだけ、法隆寺の五重塔の辺りまで散策に行きませんか」

「今から？」

外はもう暮れている。

「いや、いや。これから出て行くとじゃなかですたい。自分の部屋に戻って、寝て行くとですよ」

永瀬は夢で行こうと誘うのだった。

「夢なら、前に登ったわね。あの屋根の上で大冒険した覚えがあるわ」

法隆寺の五重塔の天辺から、私たちは飛び降りた。オレンジ色の大きな火の玉の化け物に襲われて、二十メートルを越す高さから、たとえ夢でも、決死のダイビングをしたのだった。あそこで私は絶体絶命の夢の中途から、脱出する法を知ったのである。

「もう、法隆寺はこりごりよ」

「今度は大丈夫ですたい。あの頃はまだ私も奥さんとの夢行きに慣れてなかったとですよ。心構えが出来てなかった」

すると今はどんな心構えが出来ているのだろうか。

「でもどうしてまた法隆寺へ行きたくなったんです」

と私は尋ねた。永瀬は肉を食べ終えて、グラスの酒も飲み干すと、内緒話をするように声をひそめる。

「じつはあの法隆寺にも、古い落書きがあるとですよ」

「寿三郎の彫ったもの？」

「いいえ。寿三郎でも、三位昌深のでもありまっせん。誰が書いたものかはわかりまっせんが、五重塔の屋根の一層目の、天井板に接した組み木に、墨で書いた薄い文字が残っとるそうです」

「まあ。何て書いてあるんです」

「どうも昔の歌のようです。当時の手習いに使われていた歌の一節みたいな」

「昔って？」

「法隆寺は一度、火災ですべて焼けましたからな。落書きも再建した年代から推して八世紀の初め。飛鳥時代の終り頃ですな」

文字は拙《つたな》くて、たぶん五重塔の建設に従事した庶民の大工が、仕事の合間に悪戯《いたずら》書きしたものだろうと永瀬は言う。

「人間という者は、壮大というか、壮麗というか、大きな建築物に向き合うと、我が身の小ささを、否が応でも思い知らされるとでしょうな。それで何か書き付けてしまいとうなる」

カラの酒のグラスに眼を落として永瀬は言う。アルコールが入ると、永瀬屋根屋はよくしゃべるようになるのだった。

「何を書くかということより、自分という人間がここにいるという、何か、記念の印のようなもんを残したくなるとでしょうな」

「記念ね」

　私は彼の言葉を反復した。

　そうだ。寺院の落書きはたずさわった者たちの記念なのだ。

「それが瓦師の寿三郎の手になると、味わいの深い文章が残り、若い坊主の三位昌深の手になると、器量良しの娘の名前が残り、庶民の大工の手になると、手習いの歌が残りました」

　落書きは人間だけが犯す悪戯だろうか。

「チンパンジーだって、クレヨンを持たせたら何か書くでしょうね」

　と私はつまらないことを言った。

「そりゃ書くでしょうが、その悪戯には意識ちゅうもんがなかですたい。ただ面白がって手を動かすだけや」

　と永瀬は苦笑した。

「どうです？　今から法隆寺へひとっ飛びして、あそこの落書きば見てみませんか」

「そうね」

　私は心が動いてゆっくり立ち上がった。

　腕時計を見ると午後九時を少し過ぎたところだった。今朝は早起きしたのでベッドに入るとすぐ眠れそうだ。

永瀬とレストランを出ようとしたときである。

エレベーターの扉が開いて、初老の夫婦らしい一組がこちらへやってきた。私はその女性の顔を見てドキッとした。髪を染めてなくて、手入れした白髪の混じったパーマのウェーブが美しい。

夫の姉だ。

彼女も驚いて私に眼が吸い付いた。

まあ。双方で立ち尽くす光景はまるで喜劇のようだった。横にいるのは彼女の夫である。運悪く二人肩を並べて入口にやって来たところで、正面からぶつかった。

「まあ」

と義姉は細い眼を見開いた。

「お久しぶり」

と少しも女性特有の意地悪さを持たない彼女は、突拍子もない出会いに驚きながらも優しい声をかける。

「私たち萬福寺の茶会に来たの」

彼女は煎茶の会にときどき出て来るのだ。

「ねえ、あなた」

と夫を見る。私も何か言わねばならなかった。うろたえる心を抑えて、

「私も京都国博に印象派展を見に来たんですよ、お義姉《ねえ》さん」

それから隣の永瀬を示して、

「彼はこっちに住んでいる従兄です」

とだけ紹介した。

義姉と永瀬は軽く頭を下げ、私たち二組は短かい挨拶を終えると別れた。これで一つ、私の気がかりが出来た。夫は京都に私の従兄なんていないことを知っている。義姉の寡黙《かもく》を祈るしかない。

夫婦はこれから遅い夕食を取るのである。永瀬と私は今夜、法隆寺へ行くため早々に眠りに就かなければならなかった。永瀬の部屋は五階で、私は女性専用の十階の部屋である。

「ではいつもの所で」

五階でエレベーターを降りるとき彼が言った。


久しぶりに潜る水の中はなまぬるかった。潜り慣れたせいか、水は自分の体液みたいに手足の皮膚に馴染む。水をゆっくりと掻き分けて進むと、外套を羽織った永瀬が黒いエイのようにゆらゆら泳ぎながら待っていた。

「ようござった」

永瀬が迎える。

並んで泳いで行くとやがて水の層を抜ける。どことも知れない夜の闇の中にスッと上半身が出た。

回廊に取り囲まれた暗い庭である。右手には見覚えのあるゆったりとした金堂。その左手に石灯籠を備えた、五重塔ののっぽの影法師が夜空に聳えている。空は皎々《こうこう》と月が照って、鱗雲《うろこぐも》が銀色に光っていた。

永瀬は私の手を取って低く地面すれすれを飛び、塔の入口の石の階段の方へ進んで行く。夜目にも白い腰壁と色の剝げた連子窓が、塔身をぐるりと取り巻いている。

永瀬が入口の戸を開ける。

夢の中の五重塔は鍵が不要である。

永瀬は戸口で礼拝した。私も真似た。

「真っ暗」

私が呟くと間もなく、それに応えるように、ぼうっと天井の方に明かりが灯った。永瀬が点けたのだろう。それでもとても暗い。天井も床もよく見渡せない。

「もっと明るくしたら」

「よく見えるようになると、仏像が動き出すかもしれまっせん。なまなましく見えて、こっちの気持ちが反応して危なかですたい」

そういえば夜のノートルダム寺院で魑魅魍魎の彫像が動き出したのを思い出す。

釈迦《しゃか》涅槃像《ねはんぞう》が眼の前にあった。

入滅する釈迦の片手を取って嘆き悲しんでいる羅漢《らかん》がいた。彩色の剝げた飛鳥の仏像たちは暗がりでは人間の皮膚の色に見える。そのぶんリアルでいつ動き出しても不思議のない姿だった。

大勢の羅漢たちが天井を仰ぎ、両手を上げ、項垂《うなだ》れ、身を揉んで慟哭している。痩せさらばえて肋骨の浮き出た胸が、ぶるぶると震えている。ゆがんで開いた口から泣き声の洩れそうな顔もある。

千数百年もの時を経た羅漢がひしめいている。ひび割れて頭から顔にかけて一太刀、亀裂が入っている顔もある。

「声を聴いてみましょうか」

永瀬が言うと、たちまち堂内にうおーんという共鳴音が潮のように満ちた。羅漢たちの低い嵐にも似た慟哭がもつれ合い、立ち昇っているのである。彼らの声は高くなったり低くなったり、形あるもののように動き続ける。まるで何ものかの大きな心臓の中。

不思議な袋の中に閉じ込められている。

「この声を止めて」

私が言うと、一瞬に辺りは静まった。

「塔を支えている大黒柱はどこにあるんです」

「五重塔には、支える柱はありまっせん」

永瀬は仏像の背後の壁を指で示した。

「この壁の向こうに、天辺の天井まで吹き抜けの空間がある。そこから巨大な心柱がぶら下がっとるとです」

私は背後の壁に囲われた真っ暗闇を瞼に浮かべた。

「心柱の天辺は、五重塔の屋根の相輪に繋がっとります。地震で地面が揺れると、心柱は巨大な振り子となって、揺れ動く五重塔のバランスを取るとです」

「柱の下の方はどうなってるんです」

「五重塔の土台の上に据えてあるだけです。固定はしておりまっせん」

「それじゃずれるでしょう」

「だから振り子ですたい。各層の屋根も積み重ね式で、これも繋げてはおりまっせん。それで地震の揺れが起こると、塔全体がゆらりゆらりとロッキング運動をして、バランスを取る仕掛けです」

そうして塔身がロッキングを起こすと、五層の屋根の肩は浮き上がる。それを心柱の巨大な振り子が微妙に抑える。これが飛鳥時代に完成した建築法だ。ボーヴェ大聖堂など、ヨーロッパの高い大聖堂が崩落する様を見れば対照的というしかない。

「さあ、壁の中に入りまっしょう」

永瀬はすっと浮き上がって、壁に身を入れた。

私も彼を追う。

霧を分けるように壁が開いて中の闇に吸い込まれていく。

やがて闇に眼が慣れると、私の前には心柱の太い胴体が立ちはだかっていた。顔を仰《の》け反《ぞ》らせて眼を凝らすと、長大な心柱が真っ暗な天井の洞の中へ伸びている。

「落書きはどこにあるの」

「あの辺りが一層目の屋根です。あの入り組んだ下辺り」

永瀬がぼんやりと浮かんだ天井の組み木を指し示した。

私たちは組み木のそばへ飛んで行った。木の上面に書かれている文字は見にくい。木肌に染み込んでしまった薄い墨跡が並んでいた。永瀬の手が文字の上をふわっと撫でると、青い光が流れて文字がおぼろげに現れた。

奈尔波都尔佐久夜己

とそれだけ書いてある。

「昭和二十二年、解体修理中に発見されたと聞きますが、赤外線写真で読み取ったようですな」

たどたどしい筆跡だ。日本の識字層は早くから広がって、七世紀には庶民にまでだいぶ及んだという。当時は漢字一字を一音で当てて表記したのだった。

「それでこの歌は何と読むの？」

「なにはつにさくやこの……、とまでは判読できるらしいです。『古今和歌集』に出てくる有名な歌謡ですと」

永瀬も私も昔の歌は縁遠い。

この歌を今風に文字に書くと、

難波津に咲くやこの花冬ごもり
今は春べと咲くやこの花

というようなものになるらしい。その最初の九文字が、かろうじて残っているのだった。

「瓦大工棟梁の寿三郎などとは違うて、法隆寺の建築にかり出された数多の大工の一人でしょうからな。名もない職人がまあ、いわば自分の存在証明ばおこなったわけですな」

　永瀬が推理をする。

「しかし書き残す言葉ば持たなかった……」

「それで世に知られた歌の文句を入れたのね」

「それでもなかなか立派なもんです」

「永瀬さんが大工なら、どんな文句を書くかしら」

「さあ、どうでしょうな」

　その顔が秘密めいて笑った。

「ちょっと天井の方に上がってみますか」

　永瀬が話題を変えるように言った。私たちは暗い吹き抜けの洞を風のように舞い上がる。

「そうだ。天井に上がったら、地面ば揺らしてみまっしょう。心柱が振り子運動するところば、体感してみると面白かですたい」

「とんでもない！」

　私は叫びそうになった。

「地震は結構！　そんな体感はしたくないわ」

「しかし滅多にない実験だがなあ」

永瀬は残念そうに呟いた。

やがて私たちは五重塔の天辺の天井まで昇り詰めた。頭を突きそうな組み木の下の暗がりに二人で浮かんだ。ボウフラなどはこんな風に水面に浮いているのだったと思う。自分がひどく小さなものになる。

心柱は上へいくほど径が細くなり、天井を突き抜けて屋根の上の相輪に結ばれている。

「地震の実験がいやならば」

と永瀬は私を見た。また何か危ないことを思案しているようである。

「下へ降りるついでに、地獄ば覗いてみまっしょうか」

「いやよ。地震より怖いわ」

「大丈夫。ちょっとした地獄見物です。私がついとるから怖がることはなかですたい」

と永瀬は胸を叩いてみせる。私は死んでもその彼の厚い胸板に抱きついたりはするまいと思う。永瀬が暗黒の洞にゆっくりと降り始める。さあ、と手を差し出すので、私はやっぱりその手を摑んでしまった。

下の方から低く籠もるような響きが這い上がって来る。泣き声や呻《うめ》き声のようだけれど、それはさっきの羅漢たちの釈迦入滅を嘆く声ではない。長く尾を引く苦悶の声。人間の悲鳴や絶叫のようなものが、洞の中を何重にも谺《こだま》しながら上がって来る。

「あれが……」

「地獄です」

私は鳥肌が立った。

「地獄を消して」

「上から覗くだけです」

趣味の良くない男だと呪うように思う。

「これは夢でしょう？」

と私は彼に言った。

「それならこの下にある地獄というのは、永瀬さんの心が作り出した地獄でしょう。あなたの地獄じゃないですか」

永瀬は虚を突かれて洞の中途に止まった。

「自分の地獄が見たいの？　それともあなたの地獄を、この私に見せたいの。そうして怖がらせたいのかしら」

私たちは心臓の鼓動を闇に響かせるように浮いていた。不思議な宙吊りである。

「外へ出して！」

外の広い所の空気が吸いたかった。

「もう中はよかとですか」

「ええ。屋根に出たいわ」

「わかりました」

永瀬は仕方なさそうに私の手を摑むと、五重塔の吹き抜けの洞を昇り始めた。ぐんぐん天辺の天井が近付いて来る。私たちは射られた矢のようだった。天井まで昇り詰めると、交差した頭上の組み木がふわりと解けて、体が屋根の中へと吸い込まれる。それから毬のように宙へ飛び出した。

眼の前に広い星空があった。法隆寺の屋根の天辺の長い針みたいな相輪の影が、暗い空の真ん中に刺さっている。私たちは五層の屋根の天辺に立っていた。夜の空気は湿気を含んで重かったが、塔の中の淀んだ埃臭い空気とは違っている。どちらからともなく、相輪の根元に腰を下ろした。永瀬が弁解するように言った。

「奥さんは地獄を怖れらるっが、仏教の地獄は救いのない所じゃありまっせんよ」

「地獄に救いがあるんですか？　そんなこと聞いたことがないわ」

「キリスト教では天国も地獄も、行けば行ききりになりますが、仏教の地獄は生前の悪いおこないの罪ば償《つぐな》う所です。人を殺した者はその何倍も、自分が殺されるときの痛み苦しみを味わわされる。針の山。血の池。釜ゆで。みんな悪行を償うための地獄ですたい」

「償ったらどうなるの」

「またこの世に生まれて来ます。そのとき宿業《しゅくごう》というものを背負わされて来る。これも罪を償うために乗り越えるもんですたい」

永瀬は地獄に詳しい。

「それじゃ苦しみにも意味があるということ?」

「そうなりますな」

遠くに町の灯が潤んで見えた。彼は懐かしそうな眼で遠い下界を眺めている。

「だけん仏教の鬼は怖ろしゅうはなかですたい。地獄に落ちた亡者を串刺しにしたりするが、人間の罪業を消すために手伝うている。いわば厳父の愛ですな」

私は思わず笑った。

「それじゃあ、西洋の鬼は」

「向こうには鬼はおりまっせん。キリスト教には悪魔がおりますが、あれは人間の側には立ちまっせん。あれは人間にささやきかけて、そそのかし、地獄に落とす役ですもん。仏教の鬼は人間の側についとります」

永瀬はしゃべりやむと、反りの長い屋根の端へ降りて行って腰をおろした。

「奥さん」

と彼は私を手招いた。

「ここへ来《き》ござっしゃらんか。空に吸い込まれるようでありますばい」

私はふと理由もなく胸騒ぎに襲われた。

永瀬はもしや屋根から投身するのではないだろうか。私はそろそろと傾斜を降りて行って彼の横に座った。この男に何か今、絶望の思いのようなものがあるなら、取り払ってやらねばならないという気持ちが湧き起ってきた。

永瀬は屋根のカーブを指さした。

「見なっせ。この屋根は今にも羽根を広げて、空に飛び立とうとしとる。まるで西方浄土へ行く鳥か船のようですな」

「でもまだ屋根は飛ばないわ」

と私は言った。

「鳥も船も出て行かないわ。だって私たち、まだやることがあるんですもの。人生がまだたっぷりと残ってるわ」

「私もし残した屋根の修理が溜まっとります」

永瀬が静かにうなずいたので、私は安堵した。どうやら死ぬ気はないようだ。

それに、と私はようやく気が付いた。これは夢である。屋根から飛び降りても死ぬことはできないのだ。ホテルのベッドに着地するだけである。

「今にも飛び立ちそうで、飛び立たぬ。私は寺院の大きな屋根が好きです」

永瀬はしみじみとした声で言う。

「ええ、私も好きだわ」

相槌《あいづち》を打つと、彼がもう一度呼んだ。

「奥さん」

「…………」

「確かにまだやることは残っとるが、それはもう良かじゃなかですか。どっちが夢かは永久にわからんものかもしれんです。それより二人でここに住まんですか」

え、と私は彼を見た。

どこに？　この屋根に？

「ここは良かですよ。人間の世界はすぐそこですたい。しかしここまで上がって来る者はおりまっせん。だけん邪魔されることはなか。それに地獄も極楽も、ここからは見えんです。西方浄土も見えまっせん」

「何もない所よね」

人間の世界も死の世界もなく、親も子も夫も妻もなく、犬も猫も鳥もいない。

「沢山の瓦があるだけね」

「それも良かじゃないですか。ここは何と静かな、清浄な空間でありますか。この何もない所に二人で一緒に棲み着かんですか」

永瀬はまだ心の病気が治ってないのではないかと思った。この男の孤独。鬱屈《うっくつ》。寂《せき》寥《りょう》。そして性欲。それらが永瀬の心を縛っているのではないか。

「何もない所でどうやって暮らすの」

「屋根には何もおらんと思われるか。ここには鬼瓦をはじめ、いろんな生きもんが瓦の中で生きとります。鳥、魚、大聖堂の化け物だちと同じです」

「私たちもそうなるの？」

「良かでしょう」

永瀬が私を見た。

「奥さん」

彼の手が私の肩に伸びて来た。太い手首に黒い剛毛がみっしりと生えている。この手をはねのけると、この男の魂はどんな苦悶の声を発するだろうか。私は彼の手を逃れて、屋根の突端に立ち上がった。しかし動けない。永瀬の腕にくるくると巻き取られて、彼の胸に抱きすくめられたがっている自分がいた。

「待って」

そう叫んだときだった。

向こうの屋根の下から、何か声明《しょうみょう》のような大勢の人間が唱える音声《おんじょう》が上がってくる。薄鼠色の僧服をまとった人間の列が、屋根の端からひょいひょいと瓦の上に登って来るのだった。足音も立てずするすると鼠色の長い紐のように、口々に唱えながらやって来る。

　でしむこう　じんみらいさい　ふせっしょう　ふちゅうとう　ふじゃいん　ふもうご　ふきご　ふあっく　ふりょうぜつ　ふけんどん　ふしんに　ふじゃけん……

　この響きに田舎の祖母の小さな姿が重なった。夏休みの朝晩に子どもの眼が見た後ろ姿。お経本の黒々とした怖ろしいような文字の形が浮かんでくる。

弟子某甲　尽未来際　不殺生　不偸盗　不邪淫　不妄語　不綺語　不悪口　不両舌

不慳貪　不瞋恚　不邪見

この身、今生より未来際が尽きるまで、

殺生をせず。

盗みをせず。

邪淫をせず。

妄語をせず。

「ええいっ。うるさい奴らだ」

永瀬が怒鳴った。鬼のような顔だった。

うるさい、うるさい、うるさい、うるさい、うるさい、うるさい、うるさい、うるさい……。

消えてなくなれ。

永瀬が鼠色の僧服の列に飛び込んでいった。たちまち押し包まれて、水に沈んでいくみたいに、彼の体が手や足がばらばらになって、僧服の波の中で動くのが見えた。私がとめる間もなかった。みるまにその波に呑まれて消えていった。

私は屋根のへりから下を見た。非常事態である。またいつかの夜のように飛ぶしかない。永瀬ももしかすると先にもう飛んだかもしれなかった。

彼岸へでもない。

どこへでもない。

私はホテルの白い自分のベッドへ向けて、沖に立つ旗を目指すように大きく飛んだ。

柔らかな布団の上に体が投げ出された。この瞬間の意識が好きだ。ゆっくりと自分の手や足や指の先、枕に埋まった耳の感触が戻って来た。

うまい。完璧だ。もう何十回でも見事に着地することが出来る。私は枕の上でうっすらと眼を開けた。

朝の部屋は神々しいくらい白い。

いったい朝の何時頃だろうか。私は前夜、ホテルのサイドテーブルに置いた腕時計に手を伸ばした。

　しかし手は宙を探った。

　サイドテーブルはベッドのそばになかった。

　私は自分の家の布団の上で眼を開けていた。隣では夫がまだ眠っていた。掛け布団の間から彼の頭と、寝乱れた髪の毛がはみ出ている。

　待って。私は自分にささやいた。

　落ち着いて。

　それからもう一度、思い出すことにしよう。

　いったい、いつから後が夢だったのか。いつから前が現実だったのか。

　ベッドを出て身仕舞いをすると、台所に行った。味噌汁用の小鍋には前の晩に水と出汁昆布を入れてある。それを火に掛けて、熱も何もない作り物みたいなガスの青い火を見つめた。昨日、京都に発った日の朝は、味噌汁の具に何を入れたのだったか。

「おはよう」

　家で一番寝起きの良い息子が入って来た。

「おはよう」

　私は息子を振り返った。

「昨夜はお父さんと二人で、何を食べたの？　きっと碌《ろく》なもの食べてないのよね。今夜は涼太の好きな物作るわ」

息子は少し笑うような表情をした。

「いつだって？　お母さん、いつのことを言ってるの」

「昨夜よ。ゆ、う、べ」

「昨夜は三人で食べたじゃないか」

「三人で？　誰と、誰と、誰？」

菜箸を握ったまま私は立っていた。

「お父さんと、お母さんと、そして、ぼく」

涼太はますます困ったように笑っている。私は彼の眼を覗き込んだ。眸の中に魂の抜けたような女の顔が映っている。

「ねえ。心配しないで。お母さん、寝ぼけてるだけよ。だから驚かないで、教えてちょうだい」

「うん。お母さんも、気持ちを落ち着けてね」

涼太は心配そうに言う。

私はゆっくり息子に尋ねた。

「お母さんが京都に行ったのはいつだった？」

「ううん、いつでもないよ」

と彼は澄んだ声で答えた。

「お母さんは京都なんかには行かなかった」

7

それっきり日は過ぎたが、永瀬からの音信はふっつりと途絶えたままである。五重塔の屋根の上でばらばらに別れたきりだから、その後、何も言って来ないのは不自然だ。互いの安否を確かめる必要がある。

私は彼の工務店まで行ってみることにした。近くの公園の紅葉はひしひしと深くなり、一斉に葉を落とした。前に彼の店を覗きに行ったときは、偶然、薄暗い中から永瀬当人が出て来たのだった。そのときの彼のひどく吃驚したようなぎょろ目の顔を思い出す。

永瀬工務店の前に立つと、日曜でもないのに昼間からシャッターが降りていた。彼が奥から出て来る気配などはどこにもない。シャッターの隅には破れた蜘蛛の巣が張り付いて、表には街路樹の枯葉が吹き溜まりを作っていた。もう永瀬の失踪は疑いようがなかった。

私はくらくらする頭で考えながら、家まで歩いて帰った。まさか永瀬がまだ五重塔の屋根にいるわけはないだろう。戻る道々考える。あの屋根の上で奇妙な僧の群に捕まって、まさかそこから脱け出すことができなくなったなんてことがあるだろうか。

それよりもこの私の方こそ、夢から脱出し損なって、もう一つ別のタチの悪い夢に迷い込んでいるのではないか。けれど五重塔の夢から覚めたあの朝、息子の涼太は台所で言ったのだった。

「お母さんは京都なんかには行かなかった」

彼は寝ぼけた母親をどう扱ったらいいものか、戸惑っている眼だった。あの朝の涼太とのやり取りが夢であるなら、その延長にほかならないこの生活もまた、過ぎて行く日々も、夢のそのまた夢ということになる。

だが今ここにはすっきり目覚めた日々の、普通の暮らしがあるのだった。ただ一つ不審な出来事といえば、永瀬屋根屋が前触れもなく姿を消したことだけだ。あの大きな体で、声も太く、態度もでかくて、眼の飛び出た、鼻も口も大きい、あの存在感の強すぎる男が、私の前から忽然《こつぜん》といなくなった不思議。

そう思い返してみると、今度はまたなぜか永瀬という男はいかにも泡沫のように消えやすい、薄い影を引いた人間のようにも思えてきた。

師走も押し詰まり、やがて年が明けた。永瀬工務店の表には正月の注連飾《しめかざ》りもなく、ゴミの吹き溜まりだけが大きくなっていった。

　春になって息子の涼太は高校二年に進級し、いよいよ受験の狼煙《のろし》が彼方に見えてきた。二年のテニス部員は早朝の部活がなくなり、もっぱら放課後の練習に日暮れて球が見えなくなるまで打ち込んでいる。

　春の日曜の朝。

　珍しく家にいる夫と朝のコーヒーを飲んだ。

　テレビには建築中の東京スカイツリーが映っていた。基礎の重さ二十九トンの鉄骨が地中に埋め込まれ、ようやく地上部分の鉄柱の組上げが始まったところだ。

　設計畑の夫がコーヒーを啜りながらしゃべる。

「東京タワーは高さ三百三十三メートルで、脚は四本ある。しかしスカイツリーは六百三十四メートルもあるのに、敷地面積の事情で三本脚にならざるを得なかった。その上、踏ん張るための脚と脚の間隔が、実際は百八十メートル欲しいところが、七十メートルもなかった」

「そんな劣悪な条件じゃ、塔の建設は即刻、取り止めね」

「女性は簡単に言うけどな、我々はそうはいかない。これは挑戦だ。スカイツリーは地下五十メートルまで杭を埋め込んだ。地中に強度を求めたんだ」

　彼はわがことのように満足げにうなずく。

「それじゃ、あなたからみて塔とは何かしら」

「そりゃあ、人間のどこまでも上へ昇ろうとする上昇運動の体現てとこかな」

「それだけ？」

「そんなもんだな」

　彼は小皿のピーナッツをつまんだ。

　スカイツリーは世界一の電波塔をめざしてどんどん伸びていく。しかしその鉄骨建築の中はスカスカだ。神もなく、仏もなく、美もなく、思想もなく、ただ世界の電波の網の目を掬うのだ。

　アッ！

　と庭の方で涼太の声が響いた。同時に二階の屋根の上に、カラカラカラッと硬い物の転がるような音がした。涼太が家に飛び込んで来て、そのまま二階へ駆け上がって行く。

「何だ。どうした」

　と夫が廊下から二階へ声を掛けた。

「ラケットを跳ね上げてしまったんだよ」

「ラケットが屋根にだって？　何をやってるんだ」

「ちょっと素振りをやっただけ」

夫と私は涼太の部屋に彼の後から上がって行った。

二階の裏手の屋根に、テニスのラケットが転がっていた。涼太が窓から片足を出しかけている。

「待って。そっと歩かないと屋根瓦がずれるわ！」

また雨漏りが始まったら、今度は屋根屋はもう来ないのだ。窓からラケットの落ちた所まで、結構距離がありそうだった。去年の梅雨に屋根修理に上がった夫は、自分の足で雨漏りをひどくしてしまった。

「お父さんが行くから、おまえはどいてろ」

と夫が言う。

「あなたよりは、涼太の方がましよ」

と私が言う。

「馬鹿言え。そもそも屋根瓦というものはな、足を下ろす場所があるんだ。波形のな、瓦が重なった、その一番高い山の部分を踏むように歩くんだ」

夫がそう言いながら屋根に身を乗り出した。今度は大丈夫そうではある。靴下を脱いだ男の足は生白い。その素足がぺたりぺたりと瓦に吸い付くように歩く。瓦と瓦の合わせ目の山を気持ち良さそうに渡って行く。

「今年の梅雨は、雨漏り大丈夫だろうな。大枚はたいて修理したんだ」

「あなたがその足で踏み割らなかったらね」

瓦の黒いぎざぎざの波形に、永瀬がしゃがんで仕事をしていた姿を思い出す。

「春だなあ。瓦が日に温もっていい気持ちだ」

と夫が言う。ラケットの所まで行って手を伸ばして取り上げた。

「お父さん。ぼくもそこ、行っていい？」

涼太も瓦に降りた。

「おい、気をつけろよ。踏み外すな」

「うん。お母さんも来ない？」

と涼太が私の方を見る。

「お母さんはだめだ。女はこういうの不器用だからな」

と夫がうすら笑った。

何も知らないのね、あなた。

私は黙って彼の方を見た。世界で一番、私のことを知らないのはこの男だろう。私たちが結婚したその日から、私たちは向き合っていた顔をクルリと反転して外に向け、周囲の誰よりも遠くなった。彼は私の手強さを知らない。知り過ぎているつもりで互いに馴れ合って過ごして来た。

自分の女房がこの数年、屋根のようなものに特別の関心を抱いていたことも、夫は知らない。想像したこともないだろう。永瀬がうちに来るようになってから、屋根はしだいに私の心の住処となった。まるで鴉や鳩や雀みたいに。そして私はこの半年あまり、もう何十回、軽々と屋根を登り降りしただろう。その素晴らしい日々を知らない。

私はこの家の屋根はもとより、法隆寺や醍醐寺の五重塔から、フランスの名だたる大聖堂の天辺まで、思うままその上を飛んできたのだ。

涼太がぺたぺたと瓦を踏んで、夫の横に腰を下ろした。

「そうだよね。お母さんは不器用だ」

男二人は満足そうに顔を見合わせた。

「それよりお前、今年からはそろそろテニスだけでなく、勉強の方もペース上げなくちゃな。テニスは大学に入ってからでも遅くない」

「わかってるって。お父さん。男は趣味だけじゃなくて、いろいろやることがあるんだよね」

「そうとも涼太。お前、なかなかわかってるじゃないか」

夫が息子の頭の毛をぐしゃぐしゃ撫でた。

珍しく仲の良い父親と息子を屋根に残して、私は台所に茶碗を洗いに降りて行った。

ふいに永瀬が夢に現れることがある。

彼は私の家の二階の屋根にしゃがんで、仕事をしていた。ニッカボッカの枯れ葉色の作業着に、ハンチング帽をかぶり、古瓦を屋根に積み上げていた。

春の日射しはぬるく屋根に降り注いでいた。

カタリ、カタリと永瀬はリズミカルに瓦を積んでいく。瓦は素焼きの土器に似た、素朴な懐かしい響きを立てる。

カタリ、カタリ、カタリ。

永瀬は瓦を屋根に葺くのではなく、塔のように幾つも幾つも高く積み上げていく。昼が来ると彼は屋根に腰を下ろして弁当を開く。古いアルマイトの大きな弁当箱の中身をかき込む。たぶんいつもの塩鮭と梅干しの日の丸弁当だ。昼食がすむとまた仕事の手を動かす。

西の空に真っ赤な日が沈んでいくと、屋根の上に夜が来る。闇の帳《とばり》が辺りを包む。永瀬は一日働いた体を屋根の上に横たえて、大きな黒い鳥のように眠った。

朝が来て東の空に金色の日が昇り始めると、屋根の上にはまた瓦が積み上げられていく。荒涼とした永瀬の仕事場を朝日が華やかに染め上げていく。

永瀬の仕事場は賽の河原に似ている。彼はカタリ、カタリと永劫《えいごう》に積み続ける。額の汗を拭うその下の、疎ましいほどの不敵な眼光。この世の鬱屈を仕舞い込んだような太い眉毛。この面貌は普通でないような気がするのである。彼は何かひどい罪業でも負っているのだろうか。わたしは夢の中でしきりにそんなことを考える。

永瀬工務店の前の通りは、日を追うにつれて荒れていった。店は表の道からやや引っ込んで人の通りも少なかったので、ゴミの吹き溜まりだけでなく、シャッターの前はゴミの捨て場に変わっていた。壊れた扇風機や炊飯器、清涼飲料水の空き缶などが持ち込まれ無残に放られている。

ここの店舗が借り物なら、家主が早々に来て処分をするはずである。それが冬から年を越えて春となり、半年近く経っても放置されているのは、土地も建物も永瀬の持ち物ということかもしれない。そうであれば永瀬が戻ってこない限り、建物は朽ち続け、ゴミはどんどん嵩を増していくだろう。

ある晩、私はフランスへ永瀬を探すため、久しぶりに夢の旅へ行った。いつもの水の層に潜ったが、もう以前みたいに彼が途中で待っていることはない。わたしは一人で泳ぎ続け、それからいつもの水の壁に飛び込んで、夢の向こう側の町へ抜けた。

こないだ滞在したパリのホテルに寄り、ライトアップされた夜のノートルダム寺院の屋上にも上がった。見たところその景色は本物のパリの街と変わらず、本物のノートルダム寺院と同じ空気が流れているようだったが、そこにあるのは現実とは異なるパリの街で、それは「永遠」のパリの街で、「永遠」のノートルダム大寺院なのだった。

「永遠」の町に「永遠」の通りがあり、「永遠」の人々が行き来し、「永遠」の寺院の「永遠」の塔から「永遠」の鐘の音が鳴り響いた。空には「永遠」の太陽が架かり、「永遠」の月が昇り、「永遠」の風が流れている。しかしその「永遠」の夢の都市は何と儚《はかな》いのだろう。私が毎夜眠りに就くとその都市は息を吹き返して蘇り、私が朝目覚めるときに蜃気楼《しんきろう》のように崩れ落ちる。

だとすれば永瀬が願う私との「永遠」の生活は、まるで蜃気楼の光の檻に閉じ込められるようなものだ。

「ここで一緒にずっと暮らさんですか」

ずっとというのは「永遠」ということである。

すると私たちは永遠の中で生きるために、現実の世界では滅びなければならないのではないか。今こうして彼が姿を消してしまったように。

もしかすると彼は、失意のうちに「永遠」の中に身投げしてしまったのではなかろうか。そもそも永瀬が夢の中で私を誘おうとしたのは、ボース平野に浮かんだシャルトル大聖堂の眩暈のするような鐘塔《しょうとう》の上だった。彼はあの血塗れみたいな真紅色の黒鳥の眼で私を見つめて、シャルトルの町で自分と一緒に暮らさないかと言い寄ったとき、私は驚いたけれど今思えばそれは何か、彼の自然な心がふと動いただけのような気もするのだ。

遊んでいた子どもが、夕方みんな家に帰る時刻、ふっと一人だけ帰りたくないような気持ちに襲われる。一緒にここで暮らそうと永瀬が言ったのは、そんな気分のときだったのではないか。あれがシャルトルの小さな町でなく、賑やかなパリの街だったなら、もしかすると彼は私に言い寄ったりはしなかったかもしれない。

二度目の誘いは日本に帰って、法隆寺の五重塔の上だった。夜の闇が押し包むあの屋根の上で、彼はまたもや、ここで暮らそうと私を誘った。あそこでは、今にも天空に飛び立ちそうな反りの深い屋根が、永瀬に言わせたのだ。永瀬は長い間、寺院の屋根造りに従事して、妻の死後、「永遠」病というようなものに罹ったのかもしれない。そして私は何か永瀬の望むものの影なんだろう。

次の夜もパリへ行った。もう明晰夢を意識的に見ることは、私にとって造作のないことだった。

気が付くと次の晩も黒鳥になって飛んでいた。

眼下に菜の花の黄色い海が迫ってきた。ボース平野の上空のようだった。シャルトル大聖堂をめざしているのだ。風に乗る羽根の感覚がまざまざと蘇る。私は懐かしさに涙ぐんだ。

見覚えのある池が彼方にキラキラ光っていた。シャルトルの町に行く途中、休憩したワイン造りの村である。昼食は池の草で、飲み物は池の水だった。

夢は二層構造で成っている。意識の層と、無意識の層だ。意識の層は海に浮かんだ巨大な氷山の一角に過ぎない。私を動かしているのはその水面下にある無意識の層である。深い海の底から足を攫まれているようだ。

見下ろす池は鏡みたいで、私は羽根を閉じて水面に降りた。刺繡の縁取りみたいに生えた水草をついばむと、黒鳥になった口には悲しいほど美味しい。池の水もまずまずだった。おなかが膨らむと、水に浮いて少し眠った。

水面に自分の影が絵のように映っていた。黒鳥は何て美しい鳥だろうと思う。永瀬が言い寄って来たのも無理ないことかと、淋しい笑いが喉に這い上がる。

私は永瀬と行ったコースを辿る。

やがて菜の花の海の彼方に、見覚えのある二本角を生やした巨大な石の山が見えてきた。シャルトル大聖堂の左右の鐘塔が目印だ。シャルトルブルーの屋根の青が、十字架の形にぐうーんと迫った。

私は飛びながらまた涙を流した。

神様。私の相棒がおりません。どこかへ行ってしまいました。いったいどうしたというのでしょうか。

何だか神に貸しでもあるような言いぶりだった。神の実力、救済というものを、人間はまだ見せて貰っていない気がする。度重なる戦争、繰り返す天変地異。いったい神の出番はまだなんだろうか。いや待てよ。日本はブッディストの国だから、神に救いを願う前に仏に言いに行く方が先かもしれない。

仏様。私の相棒が失踪しました。

フランスの空の上で日本の仏に言い上げる。変な気分ではある。諸仏よ、あの男はこれまであなた方のお寺の屋根もずいぶん葺きましたと、またしても恨みがましい文句が出た。

いったい神仏とは何だろう。

私は黒鳥の小さな脳味噌の頭で考える。神や仏が地球上の人間のすべてを救済してしまった暁には、地球はめちゃくちゃになるだろう。走る凶器の車は人を轢《ひ》く前に止まったままで、人間は病気になっても死なず、手足が取れてもそのまま平気で、男と女は一度愛し合ったら二度と離れることが出来ない。

地球の地下のマントルは対流できず、台風は即刻消えねばならず、キリンに噛み付いたライオンは口が裂けて死なねばならない。

宗教は非合理だ。それは宇宙をつくった科学に反し、非情であり、思惟《しゆい》の反対であり、明察の逆であり、そして何しろ実体がない。

私は翼の風切り羽根を向かい風に揃えた。遮るもののない草の海の風がぼうぼうと吹いて来る。シャルトル大聖堂の片方の鐘塔へと滑空する。一角獣のガーゴイルが、あのときと同じ姿で下界に向かって、オェー、オェーと見えない嘔吐を続けている。

物事を調べるためには、もう一度、最後の場面に立ち戻らねばならない。

シャルトル大聖堂へ行った次の夜、私はそそり立つ法隆寺の五重塔の青い影の下にいた。永瀬が僧服の坊主たちの列に呑み込まれた場所だ。互いに声を掛ける間もなく、私たちはばらばらに別れてしまった。

私は五重塔の屋根へ飛んだ。月の明かりが氷のように鋭く瓦の波を照らしていた。永瀬も僧たちの姿も今はない。その夜の五重塔の屋根は虚しいただの蓋のようだった。

永瀬と一緒に上がったときは、一つの充足した広がりだったのに、今は雨よけのスペースに過ぎない。西方浄土へ漕ぎ出す美しい船の面影も消え、まして天に飛び立つ鳥の翼にも見えなかった。

私は屋根の突端に腰掛けて、遠い町の灯がさんざめくのを眺めた。それから永瀬の姿を探して塔の中へ入った。堂内ではその夜も釈迦入滅に慟哭する羅漢たちの群像が、天井を仰ぎ、両手を上げ、項垂れ、蹲《うずくま》り、身を揉んで震えていた。千数百年を経た顔々が嘆き、悲しみ、歪み、呻いている。辺りは仏を失った悲しみで溢れかえっていた。

私も悲しい。喉の奥で声が洩れそうだった。

羅漢たちは釈迦の入滅に、私は永瀬屋根屋の失踪に泣いていた。足下の地の底から大勢の人間の苦悶が上がってくる。地獄はすぐそこに口を開けていた。釈迦や羅漢たちのいる仏界も、業苦の地獄界も一つの塔身の中にある。この構図は天上にキリストとマリアがいて、地下の地獄には死者が蠢《うごめ》く大聖堂の垂直世界と似ている。

私は五重塔の天井の闇に、片手を上げた。こないだ永瀬が、地震を起してみようと言ったのを思い出したからだ。

揺れろ。揺れろ。柱も伽藍も大きく揺れろ。

仄かな明かりの中で、塔全体がギイギイとロッキングし始めた。梁と梁、支柱と支柱、何千個もの金具という金具、繋ぎ目という繋ぎ目が、小さな鋭い悲鳴のような音を立てた。

五層の天井を突き通った巨大な心柱が、振り子運動を起して、のっ、のっ、と揺れ出す。魂を持った五重塔が厳《おごそ》かに足踏みを続けている。しかし塔は倒れない。

止まれ。

私が片手を上げると、塔はぴたりと静まった。

私は夢を自在に操れる。それから暗い洞のような塔の中を天井へと飛んだ。一層目の天井の組み木のそばへ行ってみた。あの晩、永瀬と一緒に眺めた。今は無性に懐かしい。

組み木に顔を近づけると古い木の埃の匂いがした。薄暗がりに眼を凝らすと、木肌には妙に角張った現代風な筆跡が記されている。難波津の歌ではない。誰か別人の手であきらかに書き換えられている。

コノ想ヒハ　届カズ
御身コソ　塔ナリ
美シキ遥カナ塔ナリ
筑紫国瓦大工

御身こそ、塔なり。筑紫国の瓦大工……。私は胸が溢れて、口の中で何度もその言葉を転がしながら、塔の外へ飛び出て行った。

雲に隠れていた月が少し顔を覗かせていた。空は墨を流したような黒一色から、薄い銀色の光を取り戻している。私は五重塔の屋根の縁を飛んだ。鬼瓦の顔が月明かりの中で私を睨んでいる。永瀬と鬼瓦は不思議なほど似ていた。

鬼瓦の顔は時代が古くなるほど、霊獣めいてくる。法隆寺五重塔の鬼瓦は飛鳥天平霊獣のあたたかみを宿して、鬼だけど何とも言えず情味がある。その鬼面の中に永瀬のぎょろ目や眉や鼻、口が覗いているように見えた。

もしかこの中に永瀬が閉じ込められていはしないかという気がする。屋根の上で僧服のあやかしたちと争って、ここに緊縛されているのではないだろうか。それともこれはただの鬼瓦にすぎないのか。

屋根には夜露が降りていた。鬼瓦は頭から水を打ったように濡れている。飛び出た鬼面の両眼から、夜露の雫が頬へ滑り落ちた。月はいよいよ荒涼とした白い光を五重塔の屋根に降り注いでいた。

私は五重塔の屋根から闇に身を投げた。

もうここに戻って来ることは二度とないような気がした。

真夜中のベッドで眼を覚ますと、頭は氷のように冷たく冴えていたが、胸元には生ぬるい汗が流れていた。体がべとついてひどく気持ち悪かった。

私はそっと起き出して洗面所へ行った。汗に濡れた寝間着が背中に貼り付いている。着ているものを脱ぎ、髪を巻き上げてヘアピンで止めると、浴室に入ってシャワーのお湯を出した。眼を瞑って顔にお湯を浴びせると、生き返ったようになる。熱い湯が体をざんざと打った。

浴室の鏡は湯気でもうもうと曇っていた。湯気に包まれた私の体が鏡の中にぼんやり映っていた。シャワーを背中に掛けながら体を少し斜めにしたとき、右の背中に何か赤いものが見えた。思わずシャワーの湯を止めて、鏡の曇りを手で拭った。まさか。

人の手型……。

確かにそう見える。人の手型にそっくりの跡が、赤くべったりと斜めに付いている。右手でこすってみるが消えない。触っても違和感もない。ミミズ腫れなんかとも違う。どこかで背中をぶつけた覚えもない。

私は濡れた体をそっと回して後ろを振り返った。永瀬がそこに立っている気がしたのだ。だがそこには誰も居なくて、白い湯気が動いているだけだった。

彼はいない。永瀬はもういないと、私は自分に言い聞かせると浴室を出た。背中に赤い手型を貼り付けたままで。

私は濡れた髪と体を拭き、新しい寝間着を身につけた。脱衣場の時計は午前三時を指していた。夜明けはまだ遠く、夜は深い海のように私を包んでいた。

参考資料

『ゴシックとは何か　大聖堂の精神史』酒井健　ちくま学芸文庫（二〇〇八年五月）
『塔とは何か　建てる見る昇る』林章　ウェッジ選書（二〇一二年三月）
『五重塔はなぜ倒れないか』上田篤／編　新潮選書（一九九六年二月）
『図説 西洋建築の歴史　美と空間の系譜』佐藤達生　河出書房新社（二〇〇五年八月）

この本を書くにあたり、民俗学の故谷川健一氏、写真家で瓦師の「淡路かわら房」山田脩二氏、ファミリーカイロプラクティックセンターの保井志之氏に助言を頂きました。初出の講談社版の取材では須藤寿恵さん、長谷川淳さんにお世話になりました。また単行本のとき装幀をお願いした毛利一枝さんには、この度の文庫にも素晴らしいカバーを作って戴きました。皆様にお礼申し上げます。

二〇二二年四月　村田喜代子

解説

池澤夏樹

村田喜代子は器物を偏愛する。

芥川賞を得た『鍋の中』では夏休みを迎えた孫たちと祖母の前に大きな鍋があるし、『龍秘御天歌《りゅうひぎょてんか》』は陶器とそれを作る朝鮮出身の陶工たちの話、『人が見たら蛙に化《な》れ』は骨董屋たちの右往左往でやはり中心には骨董がある。どれも器物から広がる人間模様。

そして今度は瓦。

というところで村田喜代子のもう一つの特徴に思い至る。奇想である。どの話もあれよあれよと言う間にとんでもない展開になるのだ。どこへ連れていかれるかわからない。

この『屋根屋』にしても他の作の連想からつい瓦と言ってしまったが、実はこれは瓦を敷き詰めた広い屋根の話であり、それを作る職人すなわち屋根屋の話である。

更にこの小説を駆動する大きな仕掛けがあって、それが夢なのだ。あてにならない希望を意味する夢ではなく、生理的・心理的な夜毎の現象としての夢。

さて屋根だ。日を遮《さえぎ》り雨を防げばそれで充分という、建築にあってはむしろ地味な部分。だいたい家の前に立って見上げても屋根は見えない。見るためには高いところに上って鳥瞰《ちょうかん》の視点を得なければならない。で、いちばんいいのは屋根そのものの上に立つことだ。その資格を持つ者の筆頭がすなわち屋根屋。

この話を語る「私」は同年代の夫と十七歳の息子を持つ専業主婦で、たまたま自宅の屋根が雨漏りしたので屋根屋に修理を頼む。永瀬という自営の腕のいい職人が登場、何回か通って瓦をぜんぶ剥《は》いで改めて葺《ふ》く工事が始まるが、その途中で僅かずつ言葉を交わすうちにこの大柄で胸の厚い毛深い男が毎日かかさず夢日記を付けていることを聞く。

きっかけは妻を亡くしたこと。心の不安を抱えて医者に相談に行ったところ、朝起きてすぐ見た夢を記録しなさいと言われてそれが十年続いているという。つまりこの人は夢の達人なのだ。

永瀬はもとは大きな寺などの屋根を相手にする職人でこの仕事がとても好きだったのだが、遠方の現場で大工など他の職人とのチームワークゆえに妻の死に立ち会えなかったのを機に自分の店を開いて一人でやっていると言う。そうなってからもう十年。

夢日記も十年分ある。

　彼がとつとつと話す屋根愛がいい。広大な屋根の上に立ってこれぞ我が領地と思う爽快。丘を見ても瓦を敷き詰めたらと夢想する喜び。その一方で屋根屋は孤独だとも言う。棟上《むねあ》げが終わって柱と梁《はり》による構造ができるとすぐに屋根屋の出番で、それが終わるまでは内装の大工や左官、建具《たてぐ》屋などは仕事に掛かれない。だから屋根屋は他の職人とはすれ違いだと。

　その一方、この小説の主題は夢だ。永瀬は「私」に夢の見かたを指南する。夢を見るスキルがあってそれは伝授できる。夢の中で人は日常から自由になって別世界に遊べる。永瀬はこの方法で遠いところにある名刹の屋根に飛ぶ楽しみを知っているらしい。「私」はこの話に強く惹《ひ》かれる。自分もそういうところに行ってみたいと願う。

　すると永瀬は夢は接続できると言う。二人が別々の寝床で眠って見る夢の中で行動を共にできる。同床異夢ならぬ異床同夢。その秘訣があるのだ（このからくりを作者は巧妙に作って読む者にそれを信じさせる）。かくして二人は福岡の東経寺《とうけいじ》や奈良の瑞花院《ずいけいん》、法隆寺の五重塔などの屋根に遊ぶ。

　ここで読者は荘子の胡蝶《こちょう》の夢のことを思い出さないわけにはいかない。中国古代、諸子百家の一人である荘子は夢の中で蝶になっている自分に気づく。

ある時、私は夢の中で蝶になった。それが嬉しくて、ひらひら舞った。元の自分のことは忘れていた。そしてはっと気づいてみれば人間の自分。そこで考えたのは私が夢で蝶になったのか、あるいはこの私は蝶の夢の中の存在なのか。

昔者荘周夢爲胡蝶。栩栩然胡蝶也。
自喩適志與。不知周也。俄然覺、則蘧蘧然周也。
不知、周之夢爲胡蝶與、胡蝶之夢爲周與。

変身はおもしろいが、あまり繰り返すと元に戻れなくなるかもしれない。一種の依存症、ないし脱げない仮面。嘘を繰り返す狼少年。

「私」と永瀬も相当に危ないところまで行く。この二人は惹かれ合っている。お互いそれを自覚して抑制している。二人が企てる本格的な（夢の中の）フランス行きは本当は道行きなのではないか。目の赤い黒鳥に変身するのもそのためではないのか。

だいたいフランスは雨が少ない。パリは東京の半分ほど。建物には軒も庇《ひさし》もない。ゴシックの塔には、ノートルダムでもランスでもシャルトルでも、屋根らしい屋根はないし瓦など一枚もない。あるのは不格好なガーゴイルばかり。屋根を見るという目的が他のものにすり替わっているからこの夢の旅は危機なのだが、これ以上は言わないで置こう。

実際の日本の寺でおもしろいのは永瀬が語る古い瓦に残った落書きのことだ。昔々の瓦師が自分が焼いた瓦の裏に釘などで字を書いてそれをそのまま屋根に敷く。何百年もたってからそれが発見される。公文書ではなく貴人の日記でもなく市井《しせい》の人の思いが生々しく残っている。

京都東山の普賢院《ふげんいん》という寺の瓦に「京都三条センバ屋与助の娘、天下第一美人也、かく申す者、普賢院三位昌深　天正十四年十月吉日」という落書きが残されていた。更に醍醐寺の五重塔にも同じ三位昌深の落書きに「センバ屋与助娘、藤様」とあった。名前まで書いている。

俗謡に「京都三条糸屋の娘、姉は十六妹《いもと》は十四、諸国大名弓矢で殺す、糸屋の娘は目で殺す」というのがある。京都三条は美人の産地だったらしい。

永瀬は法隆寺の五重塔の内部に「私」を連れて入って、柱に初心者の手習いによく使われる「難波津に」という和歌の一部が書いてあるのを見せる。

その横にやがて現れる別の落書きによってこの奇譚はみごとに終結する。

落書きを通じて二人の夢の空間の旅は現実の時間の旅に変換されて昔に向かい、そして今に帰ってくる。

「瓦師が思いにふけるのは、一見、場所のようであって場所ではなか所です」と言う。それが屋根の上であり、夢の中なのだ。そこからいつかは帰るしかない。

この先はぼくの雑談。

この本が出た時、ぼくは村田喜代子さんと対談する機会を得た。その話の続きと思っていただきたい。

日本の古寺を見ているとつくづく軒が深いと思う。五重塔というのはあの軒を見せるのが目的の建築で、だから中は空っぽでいいのだ。高さがあって遠くから美しい姿が見えればいいし、その高さを更に欲張って全体の三分の一にもなる相輪《そうりん》が立っている。ぼくはあれの上の方にある水煙の飛天すなわち天人の透かし彫りが好きなのだが、実際には下から見上げたのでは双眼鏡を使っても見えない。今度はバードスコープを持っていってみようか（永瀬はなにしろ瓦屋だから相輪には目もくれないようだ）。

五重塔は遠くから見れば屋根と軒が美しいが近くに寄って仰ぐと今度は軒を下から支える組物が美しい。たくさんの材を複雑に組んで少しずつせり出して重い軒を支える。重いのは瓦を敷いてあるからで、瓦の重さのことはこの話にもしばしば出てくる。

軒が深い理由は簡単明快で、日本が雨が多い国だからだ。この地で木造の建築を長持ちさせるには本体に雨が掛からないようにしなければならず、それには軒を伸ばすしかない。それがあの独特のシルエットを作る。

他の地で有名な多重塔として杭州の雷峰塔を例にとれば、軒はほんとうに浅い。ほんの飾りというところ。年間の雨量を比べてみると杭州は一千百四十ミリで奈良はほぼ一千五百ミリ。さほどの差ではないけれど雷峰塔は基本は煉瓦の塔だから雨のことは考えなくてもいい。先に書いたパリの雨量は七百二十ミリ。

永瀬が見つけた瓦の裏の落書き、自分でもやったことがあるのを『屋根屋』を読んでいて思い出した。

阪神淡路大震災の年、一九九四年の暮れにたまたま法隆寺に行った。折しも百済《くだら》観音や玉虫厨子《たまむしのずし》などを納める大宝蔵院《だいほうぞういん》を建設中で、ここで瓦の寄進を受け付けていた。何千円か払って一枚買って、その裏に名を記す。これがあの建物の屋根に乗る。名前の他にも三位昌深みたいなことを書けばよかったのだがもう遅い。

二人に倣《なら》って瑞花院や法隆寺や醍醐寺《だいごじ》に夢ではなくインターネットで行ってみる。おもしろいことに気づいた。奈良の瑞花院のすぐ横に蝶贏《すがる》神社（小子部《ちいさこべの》スガル神社）というのがあるではないか。

スガルは『日本書紀』で最も愛すべき男だ。雄略天皇に仕えた小者で、ある時、天皇が彼に「コを集めよ」と命じた。彼はすぐに奔走して子供をたくさん集めてきて庭先にずらりと並べて得意顔で天皇にお見せした。
「朕《ちん》が集めよと言ったのは蚕《こ》であって子《こ》ではない」と言われて落胆した。天皇は笑って「それではお前が養え」と言われてスガルに小子部連《ちいさこべのむらじ》という姓を与えた。たぶん子供たちは宮廷の内外で小姓として働いたのだろう。

後にスガルはやはり天皇から「雷を捕らえよ」と命じられてこの時は見事に雷を捕まえてきた。

そのスガルを祀《まつ》る小さな神社が瑞花院近くにある。蝶蠃すなわちスガルはジガバチのことであるという。ジガバチは土の中の子に餌を運んで養う。それを古代の人も知っていたらしい。

奈良はつくづくおもしろい。

（いけざわ・なつき　作家）

『屋根屋』二〇一四年四月　講談社刊

中公文庫

屋《や》根《ね》屋《や》

2022年 7 月25日　初版発行

著　者　村《むら》田《た》喜《き》代《よ》子《こ》

発行者　安 部 順 一

発行所　中央公論新社
〒100-8152　東京都千代田区大手町1-7-1
電話　販売 03-5299-1730　編集 03-5299-1890
URL https://www.chuko.co.jp/

ＤＴＰ　ハンズ・ミケ
印　刷　三晃印刷
製　本　小泉製本

Published by CHUOKORON-SHINSHA, INC.
Printed in Japan　ISBN978-4-12-207236-7 C1193

各書目の下段の数字はＩＳＢＮコードです。978－4－12が省略してあります。

中公文庫既刊より

い-3-2　夏の朝の成層圏　池澤夏樹

漂着した南の島での生活。自然と一体化する至福の感情――青年の脱文明、孤絶の生活への無意識の願望を描き上げた長篇デビュー作。〈解説〉鈴村和成

201712-2

い-3-3　スティル・ライフ　池澤夏樹

ある日ぼくの前に佐々井が現われ、ぼくの世界を見る視線は変った。しなやかな感性と端正な成熟が生みだす青春小説。芥川賞受賞作。〈解説〉須賀敦子

201859-4

い-3-4　真昼のプリニウス　池澤夏樹

世界の存在を見極めるために、火口に佇む女性火山学者。誠実に世界と向きあう人間の意識の変容を追って、小説の可能性を探る名作。〈解説〉日野啓三

202036-8

い-3-6　すばらしい新世界　池澤夏樹

ヒマラヤの奥地へ技術協力に赴いた主人公は、人々の暮らしに触れ、現地に深く惹かれてゆく。人と環境の関わりを描き、新しい世界への光を予感させる長篇。

204270-4

い-3-8　光の指で触れよ　池澤夏樹

土の匂いに導かれて、離ればなれの家族が行きつく場所は――。あの幸福な一家に何が起きたのか。『すばらしい新世界』から数年後の物語。〈解説〉角田光代

205426-4

い-3-9　楽しい終末　池澤夏樹

核兵器と原子力発電、フロン、エイズ、沙漠化、人口爆発、南北問題……人類の失策の行く末は。多分に予見的な思索エッセイ復刊。〈解説〉重松　清

205675-6

い-3-10　春を恨んだりはしない　震災をめぐって考えたこと　池澤夏樹／鷲尾和彦 写真

薄れさせてはいけない。あの時に感じたことが本物である――被災地を歩き、多面的に震災を捉えた唯一無二のリポート。文庫新収録のエッセイを付す。

206216-0

い-3-11
のりものづくし
池澤夏樹

これまでずいぶんいろいろな乗り物に乗ってきた。地下鉄、バス、カヤックに気球から馬まで。バラエティ豊かな乗り物であっちこっち、愉快痛快うろうろ人生。

206518-5

い-3-5
ジョン・レノン ラスト・インタビュー
池澤夏樹 訳

死の二日前、ジョンがヨーコと語り尽くした魂のメッセージ。二人の出会い、ビートルズのこと、至福に満ちた私的生活、再開した音楽活動のことなど。

203809-7

タ-8-1
虫とけものと家族たち
ジェラルド・ダレル
池澤夏樹 訳

ギリシアのコルフ島に移住してきた変わり者のダレル一家がまきおこす珍事件の数々。溢れるユーモアと豊かな自然、虫や動物への愛情に彩られた楽園の物語。

205970-2

か-61-1
愛してるなんていうわけないだろ
角田光代

時間を気にせず靴を履き、いつでも自由な夜の中に飛び出していけるよう…好きな人のもとへ、タクシーをぶっ飛ばすのだ！　エッセイデビュー作の復刊。

203611-6

か-61-2
夜をゆく飛行機
角田光代

谷島酒店の四女里々子には「ぴょん吉」と名付けた弟がいて……うとましいけれど憎めない、古ぼけてるから懐かしい家族の日々を温かに描く長篇小説。

205146-1

か-61-3
八日目の蟬《せみ》
角田光代

逃げて、逃げて、逃げのびたら、私はあなたの母になれるだろうか……。心ゆさぶるラストまで息もつがせぬ傑作長編。第二回中央公論文芸賞受賞作。〈解説〉池澤夏樹

205425-7

か-61-4
月と雷
角田光代

幼い頃暮らしをともにした見知らぬ女と男の子。再び現れたふたりを前に、泰子の今のしあわせが揺らいで……偶然がもたらす人生の変転を描く長編小説。

206120-0

か-61-5
世界は終わりそうにない
角田光代

恋なんて、世間で言われているほど、いいものではない。それでも……愛おしい人生の凸凹を味わうエッセイ集。三浦しをん、吉本ばなな他との爆笑対談も収録。

206512-3

各書目の下段の数字はＩＳＢＮコードです。978－4－12が省略してあります。

か-57-1
物語が、始まる
川上弘美
砂場で拾った〈雛型〉との不思議なラブ・ストーリーを描く表題作ほか、奇妙で、ユーモラスで、どこか哀しい四つの幻想譚。芥川賞作家の処女短篇集。
203495-2

か-57-2
神様
川上弘美
四季おりおりに現れる不思議な生き物たちとのふれあいと別れを描く、うららでせつない九つの物語。ドゥ・マゴ文学賞、紫式部文学賞受賞。
203905-6

か-57-3
あるようなないような
川上弘美
うつろいゆく季節の匂いが呼びさます懐かしい情景、ゆるやかに紡がれるうつつと幻のあわいの世界。じんわりとおかしみ漂う味わい深い第一エッセイ集。
204105-9

か-57-4
光ってみえるもの、あれは
川上弘美
いつだって〈ふつう〉なのに、なんだか不自由……。生きることへの小さな違和感を抱えた、江戸翠、十六歳の夏。みずみずしい青春と家族の物語。
204759-4

か-57-5
夜の公園
川上弘美
わたしいま、しあわせなのかな。寄り添っているのに、届かないのはなぜ。たゆたい、変わりゆく男女の関係をそれぞれの視点で描き、恋愛の現実に深く分け入る長篇。
205137-9

か-57-6
これでよろしくて？
川上弘美
主婦の菜月は女たちの奇妙な会合に誘われて……夫婦、嫁姑、同僚。人との関わりに戸惑いを覚える貴女に好適。コミカルで奥深いガールズトーク小説。
205703-6

し-10-5
新編 特攻体験と戦後
島尾敏雄
吉田満
戦艦大和からの生還、震洋特攻隊隊長という極限の実体験とそれぞれの思いを二人の作家が語り合う。関連するエッセイを加えた新編増補版。〈解説〉加藤典洋
205984-9

し-10-6
妻への祈り 島尾敏雄作品集
島尾敏雄
梯久美子編
加計呂麻島での運命の出会いから、二人はどのようにして『死の棘』に至ったのか。島尾敏雄の諸作品から妻ミホの姿を浮かび上がらせる、文庫オリジナル編集。
206303-7

各書目の下段の数字はＩＳＢＮコードです。978－4－12が省略してあります。

た-15-10
富士日記（上）新版
武田百合子
夫・武田泰淳と過ごした富士山麓での十三年間を克明に描いた日記文学の白眉。昭和三十九年七月から四十一年九月分を収録。〈巻末エッセイ〉大岡昇平
206737-0

た-15-11
富士日記（中）新版
武田百合子
愛犬の死、湖上花火、大岡昇平夫妻との交流。昭和四十一年十月から四十四年六月の日記を収録する。田村俊子賞受賞作。〈巻末エッセイ〉しまおまほ
206746-2

た-15-12
富士日記（下）新版
武田百合子
季節のうつろい、そして夫の病。山荘でともに過ごした最後の日々を綴る。昭和四十四年七月から五十一年九月までを収めた最終巻。〈巻末エッセイ〉武田　花
206754-7

た-15-5
日日雑記
武田百合子
天性の無垢な芸術者が、身辺の出来事や日日の想いを、時には繊細な感性で、時には大胆な発想で、心の赴くままに綴ったエッセイ集。〈解説〉巖谷國士
202796-1

た-15-9
新版　犬が星見た　ロシア旅行
武田百合子
夫・武田泰淳とその友人、竹内好との旅を、天真爛漫な目で綴った旅行記。読売文学賞受賞作。竹内好の随筆「交友四十年」を収録した新版。〈解説〉阿部公彦
206651-9

た-80-1
犬の足あと　猫のひげ
武田　花
天気のいい日は撮影旅行に。出かけた先ででくわした奇妙な出来事、好きな風景、そして思い出すことどもを自在に綴る撮影日記。写真二十余点も収録。
205285-7

つ-6-13
東海道戦争
筒井康隆
東京と大阪の戦争が始まった‼　戦闘機が飛び、重装備の地上部隊に市民兵がつづく。斬新な発想で現代を鋭く諷刺する処女作品集。〈解説〉大坪直行
202206-5

つ-6-14
残像に口紅を
筒井康隆
「あ」が消えると、「愛」も「あなた」もなくなった。ひとつ、またひとつと言葉が失われてゆく世界で、執筆し、飲食し、交情する小説家。究極の実験的長篇。
202287-4

つ-6-17

パプリカ

筒井康隆

美貌のサイコセラピスト千葉敦子のもう一つの顔は、男たちの夢にダイヴする〈夢探偵〉パプリカ。人間心理の深奥に迫る禁断の長篇小説。〈解説〉川上弘美

202832-6

つ-6-20

ベトナム観光公社

筒井康隆

新婚旅行には土星に行く時代、装甲遊覧車でベトナムへ戦争大スペクタクル見物に出かけた。戦争を戯画化する表題作他初期傑作集。〈解説〉中野久夫

203010-7

つ-6-21

虚人たち

筒井康隆

小説形式からその恐ろしいまでの〝自由〟に、現実の制約は蒼ざめ、読者さえも立ちすくむ、前人未到の長篇問題作。泉鏡花賞受賞。〈解説〉三浦雅士

203059-6

つ-6-23

小説のゆくえ

筒井康隆

小説に未来はあるか。永遠の前衛作家が現代文学へ熱きエールを贈る「現代世界と文学のゆくえ」ほか、断筆宣言後に綴られたエッセイ100篇の集成。〈解説〉青山真治

204666-5

つ-6-24

アルファルファ作戦

筒井康隆

老人問題への温かい心情を示した表題作はじめ、著者の諷刺魂が見事に発揮されたSF集——おとなの恐怖と笑いに満ちた傑作九篇。〈解説〉曽野綾子

206261-0

か-18-16

金子光晴を旅する

金子光晴
森三千代 他

上海からパリへ。『どくろ杯』三部作で知られる四年に及ぶ詩人の放浪を、本人の回想と魅せられた21人のエッセイで辿る。初収録作品多数。文庫オリジナル。

207076-9

ち-8-1

教科書名短篇　人間の情景

中央公論新社 編

司馬遼太郎、山本周五郎から遠藤周作、吉村昭まで。人間の生き様を描いた歴史・時代小説を中心に中学教科書から厳選。感涙の12篇。文庫オリジナル。

206246-7

ち-8-10

教科書名短篇　科学随筆集

中央公論新社 編

寺田寅彦、中谷宇吉郎、湯川秀樹をはじめ、岡潔、矢野健太郎、福井謙一、日高敏隆七名の名随筆を精選。国語教科書の名文で知る科学の基本。文庫オリジナル。

207112-4

各書目の下段の数字はISBNコードです。978－4－12が省略してあります。

ち-8-2
教科書名短篇 少年時代
中央公論新社 編
ヘッセ、永井龍男から山川方夫、三浦哲郎まで。少年期の苦く切ない記憶、淡い恋情を描いた佳篇を中学教科書から精選。珠玉の12篇。文庫オリジナル。
206247-4

ち-8-9
教科書名短篇 家族の時間
中央公論新社 編
幸田文、向田邦子から庄野潤三、井上ひさしまで。かけがえのない人と時を描いた感動の16篇。中学教科書から精選する好評シリーズ第三弾。文庫オリジナル。
207060-8

ち-8-6
富士日記を読む
中央公論新社 編
小川洋子、苅部直、平松洋子、村松友視各氏による書き下ろしエッセイと、各紙誌に掲載された書評を収録。写真多数、文庫新版に対応する人物索引を付す。
206789-9

ち-8-8
事件の予兆 文芸ミステリ短篇集
中央公論新社 編
大岡昇平、小沼丹から野坂昭如、田中小実昌まで。非ミステリ作家による知られざる上質なミステリ十編を一冊にした異色のアンソロジー。〈解説〉堀江敏幸
206923-7

と-28-1
夢声戦争日記 抄 敗戦の記
徳川夢声
活動写真弁士を皮切りに漫談家、俳優としてテレビ・ラジオで活躍したマルチ人間、徳川夢声が太平洋戦争中に綴った貴重な日録。〈解説〉水木しげる
203921-6

と-28-2
夢声戦中日記
徳川夢声
花形弁士から映画俳優に転じ、子役時代の高峰秀子らと共演した名優が、真珠湾攻撃から東京大空襲に到る三年半の日々を克明に綴った記録。〈解説〉濵田研吾
206154-5

な-6-3
歌のわかれ・五勺の酒
中野重治
旧制四高生の青春を描く「歌のわかれ」、天皇感情を問うた「五勺の酒」に「村の家」などを収めた代表作選集。〈巻末エッセイ〉石井桃子・安岡章太郎ほか
207157-5

は-57-3
神やぶれたまはず 昭和二十年八月十五日正午
長谷川三千子
玉音放送を拝したラジオの前の人びとは、一瞬の静寂のうちに、何を聞きとったのだろうか。忘却された奇蹟を掘り起こす精神史の試み。〈解説〉桶谷秀昭
206266-5